ALS CASABLANCA

Van Christine Otten verschenen eerder bij Uitgeverij Atlas:

Blauw metaal
Lente van glas
Engel en andere muziekverhalen
De laatste dichters

Christine Otten

Als Casablanca

27.1.08

Voor Annemieke,

Warme groet,

Christie

Uitgeverij Atlas – Amsterdam/Antwerpen

Omslagontwerp: Roald Triebels, Amsterdam
Omslagillustratie: Getty Images
Foto auteur: Harry Cock

ISBN 978 90 450 0050 3
D/2008/0108/502
NUR 301

www.christineotten.nl
www.uitgeverijatlas.nl

Voor mijn moeder, Theodora Kleintije

Die is saamgestel uit wat dagboeke
en briewe rep: nie alles waar nie –
ek moest baie jok en verkort, maar
so pas dit beter tussen andere tekste
wat self sal praat of verwerp in die web.

(Dit hier is samengesteld uit waar dagboeken
en brieven over reppen: niet alles is waar –
ik moest heel wat liegen en bekorten, maar
zo past het beter tussen andere teksten
die zelf zullen praten of verwerpen in het web.)

Uit: 'Slot' van Antjie Krog
Uit de bundel *Om te kan asemhaal*, 1999

'Why did you not stay in Russia?'
'Because my father was a slave and my people died to build this
country and I am going to stay here and have a part of it just like
you and no fascist mind people will drive me from it. Is that clear?'

Citaat uit het verhoor van zanger, acteur en activist Paul Robeson in het Huis voor Anti-Amerikaanse Activiteiten, Washington, 1956

'[…] Still, you have to go there – to the edge of te world. There's
something you can't do unless you get there.'

Uit: *Kafka on the Shore* van Haruki Murakami, 2005

PROLOOG

Daar gaat ze. Een glazen pot met een deksel vol minuscule gaten onder haar arm geklemd. Ze draagt een witte katoenen blouse en een rok die te dik en te stug is voor de tijd van het jaar. De ruwe wol prikt in haar middel. Het is augustus. Het is 1953. Leni Arndt is dertien jaar. Ze versnelt haar pas. Kijkt vluchtig over haar schouder, uit gewoonte, omdat even verderop het dorp ophoudt en de grijze kinderkopjes overgaan in zand en stof. Een laatste blik op de Bahnhofstrasse, hun straat. Alsof de kinderkopjes hitte afgeven. Een dampende witte nevel hangt loom tussen de huizen. Vanaf hier lijkt de nevel ondoordringbaar; het dorp afgesloten.

Het laatste stuk naar de aardappelvelden rent ze. Het fijne zand brandt aan haar blote voeten. Als ze goed luistert kan ze ze al horen, de kevers. Een bijna onhoorbaar zacht en laag zoemen. De kevers komen uit Amerika. Ze zijn door vliegtuigen van de CIA met tonnen tegelijk over hun land uitgestort om de aardappeloogsten op te eten. Leni weet precies waar ze zich schuilhouden. Ze verraden zichzelf, die prachtige geeloranje en zwart gestreepte beestjes met hun zijdeachtige voelsprietjes en hun treurige dikke lijfjes. Vanaf een kilometer afstand ziet ze hoe hun gezoem de honingzoete warme zomerlucht laat trillen. Alsof ze morseseinen afgeven.

Iedere kever levert een cent op. Leni's doel is genoeg kevers te vangen zodat ze een radio kan kopen. Haar moeder, Olga Arndt-

Klemm, kippenboerin en vluchtelinge uit het voormalige Oost-Pruisen, nu Polen, in 1945 met vier kleine kinderen en een zieke moeder gestrand in dit onaanzienlijke dorp bij de rivier, Vahldorf, wil dolgraag een radio. Olga houdt van muziek. Ook al past muziek niet bij haar leven en niet bij haar echtgenoot, Ernst Arndt. Samen delen ze te veel werk, te veel geschiedenis, te veel geheimen en stiltes. Maar een paar jaar geleden hoorde Olga uit de radio bij boer Kranz aan de overkant een stem die ze nooit eerder had gehoord maar die klonk als een herinnering. Ze was bezig met de was, buiten, op de binnenplaats achter het huis. Haar knokkels waren roze en rimpelig van het hete water en het wringen en schrobben van de was op het wasbord. Toen de ouverture van strijkers was afgelopen en de zware bariton woorden in het Engels begon te zingen, woorden die Olga niet verstond maar die stuk voor stuk plechtig en gevoelig en warm en verdrietig en mooi klonken, zo'n beetje als vroeger, heel vroeger, maar ook weer niet, meer zoals het leven zich tot nu toe had geopenbaard aan Olga, met alle beproevingen en teleurstellingen die erbij hoorden – toen deze zanger met zijn fluwelen donkere stem die woorden zong, hield Olga Arndt, geboren Klemm, op met wassen. Slap gleed het onderhemd van Ernst uit haar handen, terug het schuimende water in. Haar mond hing een beetje open, maar daar was ze zich niet van bewust. Haar armen hingen doelloos langs haar lichaam. Het was alsof de zanger haar met zijn stem betrapte. De lage tonen trilden in haar maag. Ze zocht krampachtig in haar geheugen waar deze muziek haar aan deed denken, maar ze vond niets, geen enkel beeld of woord, geen kleur of geur. Wat overbleef was dat vage zeurende gevoel dat op gemis leek. Op een of andere manier was het alsof de zanger haar doorzag, zoals ze echt was, diep vanbinnen, waar haar gedachten en gevoelens pruttelden in een donkere modderachtige poel waar tot nu toe niemand, zelfs Olga niet, toegang tot had gehad.

Ze sprak met niemand over haar ervaring met de buitenlandse zanger. Maar vanaf die middag wilde ze een eigen radio. En toen was de burgemeester met het bericht over de vijandige kevers uit Amerika gekomen en dat ze een cent per stuk opleverden. Ze dankte God op haar blote knieën dat Hij haar een dochter als Magdalena had gegeven. Niemand vond zoveel kevers als zij. Niemand had zo'n scherp en zuiver gehoor als zij.

Kijk, daar zit ze, op haar knieën in het zand, tussen de aardappelplanten. De beestjes zitten meestal aan de onderkant van de bladeren verstopt, alsof ze weten dat er op ze gejaagd wordt. Medelijden heeft Leni niet, al gunt ze ze nog wel wat lucht wanneer ze ze in haar glazen pot stopt. Daarom heeft ze gaten in het deksel geprikt.

Wat Leni niet weet maar misschien wel aanvoelt, is dat de kevers haar bondgenoten zijn, zoals haar moeder dat ook is met haar onuitgesproken verboden verlangen. Misschien is ze daarom zo geconcentreerd en fanatiek, alsof het een heilig soort arbeid betreft, deze klopjacht op aardappelkevers. Nog even en er zal een kameraad van de plaatselijke krant komen met een blocnote en pen en een fototoestel. En trots zal Leni voor de foto haar dertigduizendste coloradokever in de lucht houden. Natuurlijk koopt ze de radio, samen met Olga. Op een zaterdagochtend, als de kippen verzorgd zijn en het huis op orde, nemen ze de bus naar Haldesleben. Ze vertellen niemand dat ze een radio gaan kopen, waardoor het uitstapje de allure van een reis krijgt, ook al duurt de busrit maar een halfuur. Olga in haar nette olijfgroene mantelpak dat ze naaide uit de gordijnstof van buurvrouw Marx. Leni met glimmende beige linten in haar vlechten.

Als je goed kijkt zie je 'm staan, op het tafeltje naast het dressoir, in de woonkeuken. Een mooi meubel, met een glanzende vurenhouten kast. Vader heeft er geen woord over gezegd. Het is alsof de radio onzichtbaar wordt zodra hij ernaar kijkt.

Leni trekt zich er niks van aan. Wanneer iedereen weg is, haar zwijgende vader, haar moeder, haar vier rumoerige zusters en haar kleine broertje, draait Leni aan de dikke beige knop en ziet ze hoe de rode naald van de radio de verschillende stations zoekt. Krakerig en krasserig en ver weg klinken ze meestal, levenstekens van wezens van andere planeten. Gauw zet ze 'm zachter, zodat niemand in het dorp hoort wat ze doet. Ze sluit alle ramen. Of ze pakt een deken waaronder ze zich met de radio verstopt. Dat doet ze alleen bij de uitzending van radio Luxemburg, als er muziek op is, nieuwe muziek uit Amerika die niemand in Vahldorf ooit heeft gehoord. Rock 'n roll van Bill Haley, Chuck Berry en Little Richard.

Maar het mooiste vindt ze de ballades van de zwarte zangeressen. Met haar ogen dicht luistert ze naar de stem van Billie Holiday of Ella Fitzgerald. Zo is de zangeres het dichtst bij. De geringste hapering van de stem hoort ze. Het is bijna alsof ze in de muziek is, overal om haar heen is geluid, rode en oranje rafelige flarden die eruitzien als vlammetjes. Het is warm. De lovertjes op de jurk van de zangeres glinsteren als diamanten. Wanneer Leni haar ogen weer opent ziet ze dat de ramen helemaal wit zijn. Alsof er buiten een dichte mist is. Ze trekt de deken strakker om zich heen. Wentelt zich in de belofte van de hese droevige woorden die ze niet verstaat maar wel onthoudt. *I...cried for you/ Now it's your turn to cry over me...*

EEN

KIND OF BLUE

Ik was nooit eerder in Detroit geweest. En als ik niet toevallig een paar dagen eerder Charles Perry had ontmoet in het overvolle Cafe One op Columbus Avenue in New York, dan was ik er ook nooit terechtgekomen. Ik wilde weg uit New York, zo snel mogelijk. Maar in die verwarrende eerste dagen na de aanslagen leek het erop dat ik voorlopig vast zou zitten in de stad. Er vertrokken geen vliegtuigen; treinen waren overboekt. Alleen Greyhoundbussen verlieten met enige regelmaat Port Authority op 42nd Street, hartje Manhattan. Maar ik kende, behalve een paar zakelijke contacten die ik telefonisch had gesproken, niemand in de hele Verenigde Staten. Dus toen ik op die dinsdagavond vanaf mijn hotel op 79th Street de hoek omsloeg en Columbus Avenue op liep, op zoek naar een plek om wat te eten, moet ik behoorlijk radeloos zijn geweest. Ik herinner me dat niet precies. Ik weet alleen dat ik honger had en dat de anders zo overvolle straten uitgestorven waren, de wind joeg stukken krant en plastic over het asfalt. Het schemerde. De lucht was lauwwarm en vochtig. Ik hoorde vogels fluiten.

Cafe One puilde uit van de mensen. Ik had er eerder die week al eens geluncht. Het was zo'n typisch Amerikaans grotestadsrestaurant. Schoon, praktisch ingericht en het eten was eenvoudig, goed en betaalbaar. De muren hingen vol met baseballrelikwieen. De eigenaar kwam vast uit Chicago want overal hingen foto's met afbeeldingen en teksten die verwezen naar die stad. Ik stapte naar binnen en zag meteen dat er geen tafeltje meer vrij was, alleen een hoge kruk aan de bar. Ik had een boek meegenomen, zodat ik niet onhandig voor me uit hoefde te staren wanneer ik op mijn bestelling wachtte. Het was Michael Ondaatjes *Coming Through Slaughter*, mijn favoriete boek in die tijd. Een fictief portret van de eerste belangrijke jazzmuzikant uit New Orleans, Buddy Bolden, die tijdens een optreden in 1907 zo duivels hard en wild en intens had gespeeld dat hij er gek van was geworden.

Ik wurmde me tussen de smoezende en etende mensen door naar de bar. Het leek alsof iedereen zachter dan normaal praatte. De televisie stond aan zonder geluid. Bijna onafgebroken werden de beelden van de ineenstortende rokende torens herhaald, afgewisseld met commentaren van gezagsdragers en interviews met betrokkenen. Ik bestelde een cheeseburger met patat en een Sprite bij de jongen achter de bar en haalde het boekje uit mijn tas. Ik had nauwelijks nog om me heen gekeken. Ik had al mijn energie nodig gehad om dit restaurant binnen te lopen, alsof het een doodgewone doordeweekse dag was, een plaats te zoeken, een bestelling te doen. Ik sloeg het boek open op een willekeurige pagina en begon te lezen. 'In the water like soft glass. We slide in slowly leaving our clothes by the larger stone. Heads skimming along the surface.' De woorden drongen niet echt tot me door, maar het simpelweg zien van de vertrouwde tekst, bladspiegel, letters en witregels, werkten rustgevend.

'Is het wat?' De stem kwam van rechts. Ik keek op, recht in het gezicht van een oudere man. Ik realiseerde me dat ik zijn aanwezigheid al wel had geregistreerd; hij was de enige zwarte man in dit drukke etablissement.

Ik sloeg het boek dicht en staarde naar het omslag, een foto van een mooie zwarte jonge vrouw in een dunne zomerjurk. Om haar arm droeg ze een brede opengewerkte zilveren armband. Het portret dateerde uit het begin van de twintigste eeuw. Ik keek weer naar de man.

'Het is prachtig,' zei ik.

'Toerist?'

'Nah.'

'Je woont hier.'

'Ook niet.'

Hij stak zijn hand uit. 'Charles. Charles Perry.'

'Dag Charles,' zei ik en schudde hem de hand. Ik voelde geen aandrang mijn naam te zeggen. Nu pas besefte ik hoe ontzettend moe ik was en hoe zwaar mijn ledematen aanvoelden. Charles Perry was de eerste persoon met wie ik deze dag sprak. Afgezien van die paar korte chaotische telefoontjes aan het einde van de middag, toen telefoonverkeer weer af en toe mogelijk was. Ik had mijn man in Nederland aan de lijn gehad; hem gerustgesteld dat ik mijlen ver van de plek des onheils verbleef, dat ik veilig was. Ik zei dat ik zo snel mogelijk weer zou bellen. Daarna had ik mijn moeder gebeld en niet veel anders gezegd. De telefoontjes hadden niet het troostende effect waarop ik hoopte, eerder het tegenovergestelde. Zodra ik mijn mobiele telefoon dichtklapte, overviel me een groot gevoel van teleurstelling en leegte.

'Het is wat hè?' zei ik terwijl ik in de richting van de televisie in de hoek boven de bar knikte.

Hij schudde alleen maar vermoeid zijn hoofd.

'Woon je hier in de buurt?' vroeg ik.

'Ja.'

'Mooi.'

Nu schoot Charles Perry in de lach. Hij was een jaar of vijftig, schatte ik. Hij keek me afwachtend aan vanonder een donkergroene corduroy pet. Het scherpe licht boven de bar liet de zilverwitte draden in zijn baard glinsteren.

De jongen achter de bar zette de cheeseburger met patat voor me neer. Ik stopte mijn boek in mijn tas, wikkelde mes en vork uit het servet en begon te eten. Charles Perry bestelde nog een bier. Zo zaten we enige tijd zwijgend naast elkaar terwijl ik mijn eten naar binnen schrokte en hij af en toe een slok uit zijn glas nam, nippend, alsof het cognac was en geen bier.

Nu ik eraan terugdenk, komt het me onbetekenend voor, die eerste ontmoeting in Cafe One. Terwijl ik er steeds van overtuigd ben geweest dat alles wat ik sinds die dinsdagavond in september 2001 ondernam en beleefde – van de busreis naar Detroit en mijn besluit daar te blijven tot mijn overhaaste vertrek uit de stad een paar maanden terug en wat er in die tussenliggende verwarrende tijd nog meer gebeurde – allemaal voortkwam uit die toevallige eerste kennismaking met Charles Perry, de belofte die die ontmoeting in zich droeg, de vertrouwdheid en vanzelfsprekendheid ervan.

Nu vraag ik me in alle eerlijkheid af of ik niet al eerder besloten had schoon schip te maken. Of misschien heb ik zoiets helemaal nooit besloten; misschien ben ik veel meer een speelbal van de omstandigheden geweest dan ik zelf wil geloven. Misschien kwam 11 september me gewoon goed uit.

Wat ik me in ieder geval heel duidelijk herinner is dat ik die ochtend mijn hotel uit liep nadat ik op de televisie in mijn kamer gezien had hoe de eerste toren rokend en dampend in elkaar stortte. De straten stroomden vol met mensen die huilden en die, net als ik, in paniek waren en compleet ontredderd. Op dat moment, in een fractie van een seconde, gebeurde er iets vreemds met me, iets wat ik nooit eerder had beleefd of gevoeld. Alsof ik op een onzichtbare knop diep binnen in me drukte, een overlevingsknop. Ik moest me redden, sterk zijn. Ik kon op niets en niemand terugvallen. Het was bijna alsof met de vernietiging van het World Trade Center, mijn verleden in één klap ook was uitgewist en ik transformeerde tot een nieuwe, bijna fictionele versie van mezelf. Op dat cruciale ogenblik was ik even iemand zonder geschiedenis, zonder familie. Iemand die zichzelf opnieuw kon bedenken.

Die dinsdagavond wisselden Charles en ik alleen wat beleefdheden uit. Hij vertelde dat hij twaalf jaar manager was geweest in het beroemde Apollo Theater op 125th Street in Harlem. Sinds een paar maanden probeerde hij een eigen boekingskantoor voor jazz- en studiomuzikanten op te zetten. 'Maar deze dag gaat me geld kosten, geloof me. En niet alleen geld.'

Ik knikte, alsof ik precies begreep wat hij bedoelde. Ik had nog steeds niet gezegd hoe ik heette.

Ik vertelde hem dat ik journalist was maar niet wat ik in New York deed. Hij krabbelde zijn adres en telefoonnummer op een servet en schoof dat mijn kant op. 'Als je hulp nodig hebt…' zei hij terwijl hij van de barkruk gleed. 'Het is niet goed om helemaal alleen te zijn nu. Als ik er niet ben is mijn vrouw wel thuis. Je kunt ook met haar praten.'

Ik mompelde dankjewel en propte het servet in mijn tas. Daarna rekende ik af en ging terug naar het hotel.

Het Hayden Hall Hotel op W 79th Street was toentertijd nog tamelijk vervallen en armoedig. Op de onderste twee verdiepingen woonden mensen met z'n drieën of vieren op kamertjes van twaalf vierkante meter. Voornamelijk jonge ambitieuze Israëliërs die op zoek waren naar werk en een toekomst in New York. Ik ontmoette ze alleen maar in het voorbijgaan op de trap of in de kleine lobby. Mijn kamer was op de vierde etage, waar de toeristen verbleven. Mijn raam keek uit op een grijze stenen binnenplaats en wat ramen van woningen met hun ingang op Columbus Avenue. Afgezien van het monotone grijze zoemen van de airconditioning en af en toe een schril hoog janken van een ambulance of een politieauto in de verte was het er doodstil.

Ik ging op bed liggen. Hoewel de ventilator aan het plafond de hele dag onafgebroken had gedraaid, was de lucht in de kamer heet en klam. Een kleverig web dat me de adem benam. Ik wurmde me uit mijn spijkerbroek en bleef een poosje stil liggen, starend naar de verlichte ramen aan de overkant. Een vrouw met halflang blond haar rookte een sigaret voor het open raam. Traag blies ze rook in wolkjes uit en keek hoe de doorzichtige witte slierten oplosten in het donker. Af en toe keek ze over haar schouder alsof ze verwachtte dat er iemand achter haar de keuken binnen zou lopen. Ik volgde haar lome bewegingen, gedachteloos. Zo moet ik in slaap zijn gevallen. Om een uur of vier in de ochtend schrok ik wakker van geroezemoes van stemmen op de gang. Een deur viel in het slot en ik hoorde dof gestommel in de kamer naast me. Ik kroop onder de dunne katoenen deken en viel opnieuw in slaap.

De volgende dag belde ik Charles Perry vanuit een telefoonbox op Lexington Avenue. Het was vroeg in de middag.

'Kunnen we elkaar ontmoeten?' zei ik zodra ik zijn stem aan de andere kant van de lijn herkende.

'Wie is dit?'

'Laura,' zei ik.

'Welke Laura?'

'De journalist. Uit Holland. Gisteren…'

'Waar ben je?'

'Op Lexington.'

'Waar op Lexington?'

'Dat weet ik niet.'

Ik denk dat hij de paniek in mijn stem hoorde. 'Weet je wat je doet? Neem een taxi en laat je naar Lenox brengen. Hoor je me? Lenox Avenue. Daar zit Sylvia's Restaurant. Ik weet zeker dat Sylvia open is. Ik weet het huisnummer niet maar Sylvia's Restaurant moet voldoende zijn. Iedereen kent het. Daar wacht je op me. Lukt dat?'

'Jawel.'

'Okay.'

Toen hing hij op.

Ik deed wat hij me had opgedragen, blij dat er iemand was die zich om me bekommerde. Tot dat moment had ik nauwelijks ergens last van gehad. De doffe leegheid die er gistermiddag over me was gekomen, zorgde ervoor dat ik tamelijk onverschillig was tegenover mijn omgeving en mezelf. Ik wilde gewoon beginnen met het onderzoek waarvoor ik een paar dagen eerder naar New

York was gekomen. Wat moest ik anders? Ik was niet het soort journalist dat verslag deed van rampen.

Dus had ik die ochtend de eerste de beste metro richting Harlem genomen, omdat daar het Schomburg Center for Research in Black Culture was waar ik informatie zou kunnen vinden over Paul Robeson, de eerste zwarte Amerikaanse operazanger en filmster die wereldwijd faam had verworven in de jaren twintig en dertig van de twintigste eeuw. Maar toen ik uitstapte op Lexington realiseerde ik me dat ik het adres van het Schomburg in het hotel had laten liggen en dat het instituut waarschijnlijk toch gesloten was vanwege de ramp. Dat was het moment waarop ik besloot Charles Perry te bellen.

Ik zag geen taxi's. Ik begon te lopen. Ik kon altijd iemand vragen waar Sylvia's was. Het was een prachtige dag. De lucht was paarsblauw. Hier en daar waren straatverkopers bezig hun waar uit te stallen. Muziekcassettes, wierook, flesjes met geurolie, boeken, affiches van Che, Malcolm X, Martin Luther King. Hoewel het verkeer allang weer op gang was, hoorde ik nauwelijks lawaai. Alsof de vochtige hitte alle geluiden absorbeerde. Ik passeerde een braakliggend stuk land. Het lag tussen twee huizenblokken in. Het gras was geel en minstens een meter hoog en middenin lag een oude boot op z'n kant. Aan de rand zaten twee oude mannen op klapstoeltjes met elkaar te smoezen. Ze keken niet op of om toen ik voorbijliep. Ik dacht aan de beelden van de dvd over Paul Robeson die ik thuis zo vaak had bekeken. De zwart-witte straten van Harlem in de jaren twintig. De horden kinderen die elkaar uitgelaten en lachend verdrongen voor de camera. De paardentrams. De grijze torens op de achtergrond. De drommen mensen die als kleine pionnen hoekig en snel over de straten bewogen. De mannen met hoge hoeden; de vrouwen in lange elegante rokken. De opwinding en het optimisme die van de drukke beelden afspatten. En het witte licht, hetzelfde mooie witte licht dat nu van het asfalt opsteeg, waardoor alles er mistig en vaag uitzag, alsof het niet echt was, alsof ik me bevond in een werkelijkheid die me niet toebehoorde.

Er kwam een taxi aanrijden en ik stak mijn hand op. De auto stopte en ik zei dat ik naar Sylvia's Restaurant op Lenox wilde. De man, een Pakistaan of Indiër, draaide zich een kwartslag om en wees naar de overkant van de straat. 'Lopen,' zei hij. 'Je kunt lopen.'

Hij stond voor de ingang van het restaurant.

'Waar bleef je in godsnaam?'

'Er waren geen taxi's.'

'Honger?'

'Ja.'

Hij hield de deur voor me open. Een lange slanke jongen van een jaar of twintig wees ons een tafel achterin.

'Zo,' zei hij toen we zaten. 'Laura.' Ik hoorde ironie in zijn stem.

Ik knikte.

'En verder?'

'Wat?'

'Achternaam.'

'Achenbach,' zei ik.

'Duits?'

'Nederlands, dat heb ik toch verteld?'

'Rustig maar… Je bent nu veilig. Wat wil je eten?'

'Wat hebben ze hier?'

'Laat mij maar. Hou je van vis?'

Het was een uur of drie toen we het restaurant verlieten. Onder het eten hadden we over van alles en nog wat gepraat. Zijn werk. New York. De buurt. Zijn twee kinderen die allebei in Washington DC studeerden. Ik vertelde hem over het onderzoek dat ik van plan was te gaan doen en hoe ik op het idee gekomen was. De 78-toerenplaat van Paul Robeson die ik per ongeluk tussen de verhuisspullen van mijn moeder gevonden had, een jaar eerder.

Mijn verbazing over die vondst omdat mijn moeder nooit iets bewaarde, zelfs geen familiefoto's. De plaat was van haar ouders geweest, mijn grootouders, die ik nauwelijks had gekend.

Zo was het begonnen, vertelde ik Charles. Mijn fascinatie voor de zwarte zanger en acteur die ook burgerrechtenactivist was en optrad voor stakende mijnwerkers in Wales en in de Sovjet-Unie tijdens de Koude Oorlog en daarvoor gestraft werd door gouverneur McCarthy, die hem zijn paspoort had afgenomen en ervoor gezorgd had dat hij niet meer aan het werk kwam. Misschien kon ik een lang verhaal of een boek over Robeson schrijven?

'Maar wat heb je toe te voegen? Er is al zoveel over hem geschreven,' zei hij.

'Niet in mijn land.'

'Misschien zijn ze daar helemaal niet in iemand als Robeson geïnteresseerd.'

'Kan me niet schelen,' zei ik stoer.

'Waarom schrijf je niet over een onderwerp dat minder ver van je af staat?'

'Robeson staat niet ver van me af.'

'Hij is zwart.'

'En?'

Charles lachte en schudde zijn hoofd. 'Je hebt je onschuld nog niet verloren, zie ik.'

'Wat bedoel je daarmee?'

'Niets, kom op, we gaan een eindje wandelen.'

Geen seconde twijfelde ik of ik met hem mee zou gaan. Hij wilde me zijn nieuwe kantoor *downtown* laten zien.

Waarschijnlijk had mijn meegaandheid te maken met de ramp, waaraan ik eerlijk gezegd nauwelijks dacht. Ik herinner me vooral de lichtheid die er over me kwam naarmate ik langer in het gezelschap van Charles Perry verkeerde. Het was alsof onze gesprekken een heel ander doel dienden dan elkaar te leren kennen. Op een of andere manier waren de woorden en zinnen een afleidingsmanoeuvre, althans voor mij, alsof ze me uitstel gaven van iets, ruimte, zoals je in een trein kan zitten van de ene naar de andere bestemming, de reistijd is extra tijd waarin je je volledig vrij waant, of onkwetsbaar. Ik kende Charles Perry pas een paar uur maar zijn aanwezigheid voelde vertrouwder en persoonlijker en intenser dan de aanwezigheid van wie dan ook.

We slenterden Lenox Avenue af. De zon brandde op mijn gezicht en ik moest mijn ogen dichtknijpen tegen het helle licht. In de verte hingen zwarte rookpluimen boven het eiland. Daardoorheen kleurde de lucht oranje en lila. Bij 110th Street namen we de bus. We spraken niet. De bus was afgeladen. Als een slang kronkelde hij zich door de overvolle straten van Manhattan. Op Times Square persten nog meer mensen zich naar binnen. Ik rook een verschaalde mengeling van zweet en stof en oud vet. Een paar kinderen aten stukjes kip uit een papieren zak van Kentucky Fried Chicken. Een oudere dame in een veel te dikke jas knikte me bemoedigend toe. 'Gaat het wel?' vroeg ze.

'Ja hoor.'

Charles tikte me op mijn arm. 'Ze wil alleen maar aardig doen. Ze ziet dat je niet van hier bent,' fluisterde hij.

Op 34th Street stapten we uit en wurmden ons door de mensenmassa die zich traag en als één man over het trottoir voortbewoog. Tegen een winkelpui stonden een paar mensen Bob Dylanliedjes te zingen. Op de grond lagen bloemen en brandende waxinelichtjes en foto's van vermisten.

'Zijn we er bijna?' vroeg ik.

'Om de hoek.'

Zijn kantoor was een wit geschilderde kamer van hooguit vijftien vierkante meter. De keuken leek een omgebouwde kast, zo klein was-ie. Het enige raam keek uit op een blinde grijze muur. Een grote tafel was ingericht als bureau, met twee computers, een telefoon en een faxapparaat. Op de grond bij het raam stonden een laag bed en een leunstoel. Daarnaast een stereo-installatie en stapels cd's.

'Ken je dit?'

Charles Perry schoof een cd in het apparaat en wachtte. 'Luister. De piano.'

De hoge tonen klonken als waterdruppels. Het was alsof de pianist bij iedere noot twijfelde of hij verder zou spelen. Zijn losse aarzelende spel gaf de klanken iets vluchtigs, alsof ze net zo goed niet gehoord konden worden.

'Let op,' zei Charles.

Daar was de zware slepende bariton van Robeson. *Oh rock me Julie/ rock me/ o hohohohoho/ rock me slow and easy/ o hohohohoho/ oh rock me like a baby*. Alsof hij de woorden in één lange geduldige adem zong. Er volgden nog een paar dunne pianotonen en toen was het weg. Een lauwe windvlaag die het witte katoenen gordijn heel even deed opbollen.

'Alleen Otis kon dit ook. Die diepte geven aan bijna niks. Dat aanraken. *Oh rock me*. Op een heel andere manier dan Robeson natuurlijk, maar je begrijpt wel wat ik bedoel. Wat voor vrouw is je moeder?'

'Mijn moeder?'

'Ja.'

'De plaat was van haar ouders. Ik weet niet of zij naar Robeson luisterde.'

Charles lachte. In het helle licht van het peertje aan het plafond zag hij er vermoeid uit. Voor het eerst zag ik de vouwen in zijn huid door zijn baard heen schemeren. Zijn ogen stonden dof. Hij ging in de leunstoel zitten en begon een sigaret te rollen.

'Wie is dat?' vroeg ik, wijzend naar een donkere foto op zijn bureau waarin ik met moeite de contouren van een gezicht herkende.

''Trane. Coltrane, de saxofonist.'

'Rare foto. Je ziet bijna niks.'

'Dat is niet waar. Kijk 's beter. Ik denk dat de fotograaf probeerde de muziek vast te leggen, niet de muzikant. Onbegonnen werk natuurlijk, maar dit is wel de echte 'Trane voor mij. Onbereikbaar in zekere zin. Als je hem en Miles samen hoort spelen weet je meteen wie de echte god is. Ik bedoel maar, dat gemak waarmee 'Trane de partij overneemt, bij hem hoor je zijn adem in iedere toon, je voelt het, zijn warmte, pijn, alles. Miles moet jaloers op 'Trane zijn geweest, dat kan niet anders. Als je heel goed luistert hoor je het ook wel; die spanning, competitie, en tegelijkertijd is hun muziek een zwanenzang. Het is verdomme zo persoonlijk. Mijn dochter heeft die foto voor me gekocht.'

'Hoe heet ze?'

'Nikki.'

Ik keek uit het raam. Hoog boven de flats aan de overkant zag ik een smalle streep paarsroze gekleurde lucht. Ik had geen idee hoe laat het was. Charles had pizza en bier laten komen. Ik lag op de grond, met mijn hoofd leunde ik op het eenpersoonsmatras. Het bier en de wierook die Charles had aangestoken om de stank van afval en rook van buiten te verdrijven, had me loom en dizzy gemaakt. Charles wreef in zijn ogen. 'Je weet dat Robesons vader een slaaf was? Het is ongelooflijk…' Hij maakte zijn zin niet af. 'Wat denk je eigenlijk te vinden?' Het klonk bijna als een verwijt.

'Wat bedoel je?'

'Je onderzoek.'

'Ik ben nog niet eens begonnen.'

'Dat is niet waar. Je bent hier. Het is al begonnen. Het begon al voordat je op reis ging, of niet soms?'

Ik knikte alleen maar. Ik had moeite mijn aandacht bij het gesprek te houden. Alsof er een donker waas over mijn gedachten lag en ik ieder moment in slaap kon vallen. Voor het eerst sinds mijn aankomst in New York was ik helemaal ontspannen.

'Ik ben moe,' zei ik.

'Wil je dat ik je naar het hotel breng?'

'Nee.'

'Wat dan?'

'Kunnen we niet gewoon nog even hier blijven?'

'Okay.' Hij strekte zijn benen, stak de sigaret op en inhaleerde diep. 'Je wilt niet praten?' Bij ieder woord spuugde hij een wolkje rook uit.

'Hmm.' Ik kon mijn ogen nauwelijks openhouden. Charles zette een andere cd op. Een jazzy pianostuk dat ik niet kende. Langzaam rookte hij zijn sigaret op. Ik bedacht dat ik Charles Perry een of andere verklaring schuldig was, alleen kon ik niet bedenken welke. De muziek vulde de witte ruimte. Ik draaide me op mijn zij en duwde mijn hoofd in het katoenen dekbed. De geur van schoon gewassen lakens en muskus. Het geronk van straaljagers die laag boven de gebouwen vlogen. De muziek. De doorschijnende ronde tonen. Het helle licht dat ze liet glinsteren als kristallen.

'Wil je slapen?' zei Charles.

'Nog niet. Jij?'

'Nee.'

Weer drong het dreunende geronk van de straaljagers de kamer binnen.

'Ze vliegen iedere vijftien minuten,' zei Charles.

'Ik was het bijna vergeten.'

'Wat ga je doen?'

'Wanneer?'

'Straks. Morgen. Overmorgen. Je moet erover denken.'

'Dat kan ik niet.'

'Ga naar Detroit.'

'Detroit?'

'Ik heb er familie wonen. Ze kunnen op je letten. Ben je tenminste weg uit New York.'

'Ik zou morgen naar het Schomberg kunnen gaan, gewoon beginnen.'

'Bullshit. Denk je dat hier iemand is die nu over Paul Robeson wil praten? In Detroit kun je misschien wel meer doen. Daar is het grootste museum voor Afrikaans-Amerikaanse geschiedenis.

Die foto van 'Trane komt er trouwens vandaan. Nikki heeft hem er gekocht toen ze bij d'r tante logeerde. In Detroit kun je dingen kopen die je hier van je levensdagen niet zult vinden. Het is een vreemde stad, Laura, daar is het echte Amerika.'

'Ik weet het niet.'

'En trouwens, misschien ga je wel iets heel anders doen als je in het Midwesten bent.'

'Zoals?'

'Gebruik je verbeelding. Robeson wacht wel. Hij is al zo lang dood. Je zou een poosje bij mijn neef en zijn vrouw kunnen blijven. Khalid en Tania. Ze zijn van jouw leeftijd. Tania heeft een dochtertje, Monique. Khalid is een goede jongen. Mijn zuster, zijn moeder, kan het nog altijd niet verkroppen dat hij moslim is geworden, maar ik begrijp hem wel. Hij is onderwijzer, een idealist. Je zult wel zien.'

'Misschien.'

We zwegen. De muziek was afgelopen. De lage fluisterende klank van Charles' stem echode na in mijn hoofd. Ik wist dat ik precies zou doen wat hij voorstelde. Alsof ik geen keus had. Alsof de uitweg die hij me bood de enige optie was die ik had. Hoe meer namen van familieleden hij noemde, hoe vanzelfsprekender het werd dat ik ze ooit zou ontmoeten. Alsof mijn lot besloten lag in het timbre van zijn woorden, niet in de betekenis ervan maar in het simpele feit dat hij ze uitsprak voor mij, ritmisch zangerig traag, ieder woord zijn eigen kleur groen en blauw, precies zoals de muziek waarover hij praatte. De verhalen die verborgen lagen achter die doordeweekse vanzelfsprekende zinnen. Ga naar Detroit. Maar ik wilde het moment waarop ik zei 'ja okay ik ga naar Detroit' nog even uitstellen. Er kon nog van alles gebeuren. Iedere seconde dat ik langer in deze witte kale kamer bleef was meegenomen, belangrijk. Ik rook de branderige geur van plastic en roet die door de kieren in het raam naar binnen sijpelde. Proefde de zoete smaak van muskus en wierook en kokos op mijn lippen. Ik had me nooit zo gevoeld, zo compleet los van alles, alsof de ik die ik tot dan toe had aangezien voor de kern van mijn wezen, steeds verder oploste in het niets, lucht, het deed bijna zeer, het schrijnde, mijn lichaam was te klein voor zoveel vrijheid.

'Vertel me over je dochter,' zei ik.

'Misschien beter van niet.'

'Waarom?'

'Ze heeft zolang niet tegen me gepraat. Nu gaat het beter maar er blijft altijd iets tussen ons in hangen.'

'Ze was boos?'

'Ze had het recht boos te zijn.'

'Waarom?'

'Ik sloeg Aaron. Ze betrapte ons. Het was niet de eerste keer.'

'Wie is Aaron?'

'Mijn zoon; haar halfbroer. Ik heb drie kinderen. Shit. Waarom vertel ik dit?'

'Je kent me niet.'

'Nee?' Hij keek me serieus en aarzelend aan. Er zat iets smekends in zijn blik. 'Ik begon juist te denken van wel. Mijn vrouw heeft gezorgd dat Aaron bij ons kwam wonen. Zij is grootmoedig, onzelfzuchtig. Ze zegt dat ze me vergeven heeft. Ik kan niet tegen haar op. Vijf jaar geleden spoorde Aarons maatschappelijk werker me op. Kun je het je voorstellen? Een geest uit de fles. Dat joch was net een wild dier. Zijn darmen verdroegen geen normaal voedsel. Hij was gewend te bedelen. Hij had zijn moeder dingen zien doen in ruil voor crack… Hij wist meer van seks dan jij en ik bij elkaar. Dertien was hij. Mijn god.'

'En zijn moeder?'

'Peaches? Wooh. Peaches. Peaches zong. Achtergrondkoortjes, studiowerk. Ze was… Ze is mijn geheim.'

'Omdat je een verhouding met 'r had? Maar dat weet iedereen nu toch?'

'Niet wat het voor mij betekende. Ik zou me moeten schamen.'

'Maar dat doe je niet.'

'Nee.'

'En Aaron?'

'Hij is mijn schaduw. Hij is er altijd; iedere minuut van de dag. Nu. Het is anders dan met de andere twee. Begrijp je? Soms heb ik mezelf niet in de hand.'

Hij stond op. Drukte zijn handen in zijn dijen, alsof hij ze droog wilde wrijven. 'Wat nu?'

'Niets. Is dat goed?'

'Natuurlijk.'

[…]

'En jij, heb jij iemand thuis?'

Ik knikte. 'Geen kinderen.'

'Een man?'

'Ja.'

'Liefde?'

Ik lachte. 'Liefde,' zei ik hem na.

You hear the lambs a-cryin'
hear the lambs a-cryin'
hear the lambs a- cryin'

Donderdagnacht. De bus van 23.45 uur van Port Authority, New York naar Detroit, Michigan.

Alle plaatsen zijn bezet. Naast me zit een gedrongen blonde vrouw van een jaar of twintig. Ze komt uit Roemenië. Ze is onderweg naar Seattle, waar ze au pair zal zijn voor drie kinderen in een advocatengezin. Onafgebroken houdt ze een groot wit kussen tegen haar buik geklemd. Ze rommelt af en toe in een plastic tas die tussen haar voeten staat. Voor drie dagen heeft ze levensmiddelen ingeslagen, vertelt ze. Broodjes, fruit, chocolade, drinken, worst. Zo hoeft ze geen geld uit te geven in restaurants. In haperend Engels ratelt ze aan één stuk door over van alles en nog wat. Ik luister half. Af en toe dringt een flard van een zin mijn bewustzijn binnen... slapen op het busstation... zo bang... angst... in mijn dorp... vrouwen... als ze vijfentwintig zijn zien ze eruit als veertig... vijftig... afgeleefd... kinderen... ken je Seattle... ik ook niet ik ken niks hier alles is nieuw en groot en vreemd en denk je dat ik goed aan zal komen... denk je dat ik goed aan zal komen... overstappen in Cleveland... Cleveland... Cleveland...

De geur van brandend staal en rook en stof die via de airconditioning de bus binnendringt. In het aardedonker doen de ontelbare lichtjes van de fabrieken aan een kermis denken.

Toledo.

Lake Erie. De plotselinge weidsheid van het landschap, het eindeloze grijze water dat er koud uitziet, in de vroege ochtend slaat de damp ervan af. Mist boven het water.

Ik herinner me een barre tocht door het stadspark op nieuwjaarsdag, heel lang geleden. Mijn broer en ik droegen lange jagersjassen en als in een optocht sjokten we achter onze ouders aan. Mij kon die jas niks schelen, maar mijn broer had van tevoren stevig ruzie gemaakt omdat hij die lelijke groene prikjas haatte. Het schemerde in het park en er lag een dik pak sneeuw. De sneeuw knarste onder onze voeten. Het was het enige geluid dat je hoorde. Niemand zei wat. De sfeer was bedrukt. De sneeuw smoorde alle stadsgeluiden. Alsof we op watten liepen. Ik weet dat we op weg waren naar de ouders van mijn moeder; onze andere grootouders hadden we daarvoor al gelukkig nieuwjaar gewenst. Maar ik weet niet of we er ooit zijn aangekomen. Mijn broer liep demonstratief achteraan, de slee achter zich aan trekkend. Op een gegeven moment hoorden we een gil. Toen we ons omdraaiden, lag mijn broer in de sneeuw te janken en te kreunen met zijn handen voor zijn ogen. 'Ik zie niks meer,' brulde hij. 'Ik zie niks meer.' In het schemerdonker was hij met zijn rechteroog tegen een tak aangelopen. Op zijn wang kringelde een dun stroompje bloed. Nog altijd heeft hij een litteken bij zijn wenkbrauw.

OCHTEND

Dit moment van de dag is haar het liefst. Wanneer ze om halfnegen haar kantoor op de drieëntwintigste verdieping van het General Motorsgebouw binnenloopt. Lichten aan. Computers aan. De dubbele cappuccino die ze beneden bij Starbucks heeft gehaald, zet ze naast haar toetsenbord. E-mail checken. Tientallen nieuwe berichten flitsen op het scherm maar ze stelt het lezen nog wat uit. Als ze rookte zou ze nu een sigaret willen. Diep inhaleren. De opgewonden tinteling in haar lichaam voelen. Lichte duizeligheid in haar hoofd. Ze gaat zitten en leunt naar achteren, draait haar stoel een kwartslag om en kijkt naar buiten. Dit is de enige plek in Detroit waar Tania McGee zich volledig vrij en op haar gemak voelt. Het uitzicht is verpletterend. Een strakblauwe hemel boven het diepere blauw van de Detroit River. Zonlicht weerkaatst op het water, alsof er zilveren vonken vanaf spatten. Windsor aan de overkant. Canada. De belofte van een onbekende wereld. Het staal en glas van de torens in de directe omgeving storen haar niet. Het besef dat achter al die anonieme ondoorzichtige ramen mensen zitten, lopen, werken, koffiedrinken, praten, denken, e-mailen, stukken schrijven, vergaderen, vervult haar met een zekere trots. Er deel van uit te maken en er tegelijkertijd volkomen los van te zijn. Haar exotische Engelse accent en haar onbestemde schoonheid hebben deuren in Detroit geopend die in Sheffield potdicht zouden blijven. Hier kan ze kiezen wie ze wil zijn, de achtergrond aannemen die haar het beste uitkomt. Afrikaans, Portugees, Indiaas, Spaans, Zuid-Amerikaans, Italiaans, Brits. Ze geniet van de verwarring die haar verschijning oproept; van de mogelijkheden en status die haar Brits-Nigeriaanse afkomst haar tot nu toe heeft opgeleverd. Iedere ochtend denkt ze daaraan. Overtuigt ze zichzelf ervan dat ze in Engeland nooit zo'n inkomen zou kunnen verdienen, plus ziektekostenverzekering en pensioenopbouw. Het werk is gemakkelijk. Een computer en een telefoon is alles wat ze nodig heeft om het agentschap voor klassieke Afrikaans-Amerikaanse en latinomusici draaiende te houden. Af en toe een concertbezoek, een enkele afspraak. Geen directe collega's. Volledig vertrouwen van de baas. Precies zoals ze het graag heeft. Alleen.

Ze kijkt naar de lucht en ontdekt een vleugje oranje in het transparante blauw. Een beverige streep wit van een vliegtuig. Ze hoort niets dan het zoemen van de computers. Dit moment is als onbetreden sneeuw. Maagdelijk en hoopvol. De oneindigheid van de lucht maakt haar duizelig. Ze heeft nog niet ontbeten. Alsof ze zweeft. Alsof haar lichaam vloeibaar is. Niets en niemand heeft vat op haar. Geen gedachten. Bijna alsof ze niet bestaat. Het duurt nooit langer dan een minuut of twee, drie, hooguit vier, dat goddelijke gevoel van absolute leegte, van totale onthechting. Dan roept het beeldscherm dat er een nieuw bericht is. Of gaat de telefoon.

'Goedemorgen. Met Tania McGee. Waarmee kan ik u van dienst zijn?'

Dat moment waarop ze haar eigen stem hoort, vreemd klinkend in de grote ruimte, koud, als de stem van iemand anders, weerkaatsend tegen de harde beige kantoormuren, dat is het moment waarop ze met een smak terug op aarde knalt. Haar maag krimpt samen. Zweet in de palmen van haar handen. En zonder dat ze haar aandacht van het telefoongesprek af laat leiden, flitsen flarden van het telefoongesprek van de avond tevoren door haar hoofd.

'Als je terugkomt, trek ik bij jou in. Dan kom ik weer bij je wonen. Al ga je in Londen wonen,' zegt haar middelste dochter. Ze klinkt alsof ze vanuit een telefooncel om de hoek belt en niet vanuit Sheffield aan de andere kant van de oceaan.

'Maar ik heb hier alles, Gabbi, mijn werk. En je zei zelf dat je het nieuwe huis mooi vindt. Khalid en ik hebben een goede school voor je gevonden. Een meisje van jouw leeftijd hoort bij haar moeder te zijn.'

'Ik mag Khalid niet.'

'Zeg dat niet.'

'Het is zo.'

'Hij is lief voor Monique. Hij is een goede vader.'

'Waarom moet Mo hem papa noemen terwijl hij haar vader niet is?'

'Dat wil ze zelf, Gabriella.'

'Nou ik niet.'

'Dat verlangt ook niemand van je.'

'Ik wil dat je thuiskomt.'

'Ik hou van je, Gabbi.'

'Ik wil dat je terug naar Engeland komt.'

'Ik hou van je.'

'Ik moet ophangen.'

'Ik bel je morgen weer, schat.'

'Ik hang nu op.'

DETROIT

Ik zou wachten in de lounge van het Marriott Hotel in de binnenstad van Detroit en niet in de hal van het Greyhoundbusstation. Neem gewoon een taxi het is niet ver niet duur Tania werkt in het gebouw waar ook het Marriott is op de drieëntwintigste verdieping van het General Motorsgebouw zo is het het gemakkelijkst voor haar hier is haar mobiele nummer en bel haar als je er bent okay? Bel mij.

Vergeet niet te bellen.

Tania's voicemail stond aan. Misschien was ze in gesprek. Het was tien uur in de ochtend. De lounge van het hotel was een prachtige grote ruimte met glazen wanden rondom. Op de grond lag donkerrood hoogpolig tapijt en de banken en stoelen waren van oud bruin leer. Op lage kersenhouten tafels stonden schemerlampen en sierlijke planten. Her en der zaten zakenmannen de krant te lezen of naar het beeldscherm van een laptop te staren. De receptiebalie was achterin; twee jonge vrouwen die er in hun smetteloos donkerblauwe pakjes met naamplaatjes uitzagen als stewardessen, spraken op fluistertoon tegen elkaar.

Ik probeerde het opnieuw. Weer die scherpe vrouwenstem. Ze klonk jong. *I can't take the phone right now. Leave a message.* Een onvervalst Engels accent. Tania kwam uit Sheffield, had Charles Perry me verteld. Ze was pas een paar jaar in Detroit; samen met haar jongste dochter was ze bij Khalid ingetrokken. Sinds een paar maanden bewoonden ze een nieuw huis. Meer had Charles niet over Tania verteld. Behalve dat zijn zuster blij was dat Khalid eindelijk een vaste vriendin had; dat ze hoopte dat ze op een dag zouden trouwen en dat ze Monique, het dochtertje van Tania, accepteerde als haar eigen kleinkind.

Ik had geen idee hoe Tania eruitzag. Haar stem suggereerde een klein postuur, jeugd. Ik dacht erover Charles in New York te bellen maar besloot het niet te doen. Niet nu al. Gewoon wachten. Ik hoorde de muzak op de achtergrond. Ik verbaasde me over de rust die in deze ruimte hing. Er was geen televisie. Niets verwees hier ook maar op een of andere manier naar de ramp in Manhattan.

De glazen schuifdeuren gingen open en een oudere blanke vrouw in een vaal groen t-shirt en een spijkerbroek liep op de balie af.

'Pardon,' hoorde ik haar zeggen. Ze schoof de bril die voorop haar neus stond omhoog.

'Ik kom voor een horloge. Een vriend van mij logeerde hier de afgelopen week en nu is hij zijn horloge kwijt. Is het mogelijk dat jullie het hebben gevonden?'

Een van de jonge vrouwen knikte begripvol. 'Gevonden voorwerpen is alleen op dinsdag en donderdag en zaterdagochtend geopend. Het spijt me.'

'Dizzy heet hij. Dizzy Mandjaho. Hij komt uit Brussel. Ja, eigenlijk uit Zaïre maar hij woont in Brussel. Hij was hier met zijn band. Een week. U moet hem gezien hebben. Dizzy Mandjaho.'

'Het spijt me, mevrouw. Ik ga er niet over.'

'Een zilveren horloge. Heel duur. Hij is eraan gehecht. Hij belde er speciaal over op.'

'Kunt u morgen terugkomen? In de andere lounge, beneden. Vanaf acht uur 's ochtends kunt u er terecht.'

De vrouw schudde haar hoofd. 'Heb ik een keus?'

'Of dinsdag of donderdag.'

Ze rommelde in de stoffen tas die over haar schouder hing en mompelde afwezig een paar onverstaanbare woorden. Blies een pluk grijsblond haar weg uit haar gezicht. Een jaar of zestig schatte ik haar.

'Verdomme,' vloekte ze. Ze keek me recht aan. Ik was de enige andere vrouwelijke bezoeker in de chique lounge. Met haar blik maakte ze een bondgenoot van me. 'Het lijkt hier het Oostblok wel. *Kom morgen maar terug.* Alsof ik alle tijd van de wereld heb. Morgen moet ik op mijn kleindochter passen.'

'Vervelend,' zei ik.

'Vervelend? Een ramp.' Ze lachte. Stak haar hand uit. 'Leni,' zei ze. 'Leni Sinclair. Sorry hoor.'

'Waarvoor?' zei ik. 'Ik ben Laura.'

'Je bent op reis.' Ze knikte in de richting van mijn koffer.

'Ik wacht op iemand. Nou ja, ik zou iemand bellen maar haar telefoon staat af.'

Ze keek afwezig op haar horloge. Wipte nerveus van haar ene op haar andere been. 'Shit,' fluisterde ze, 'zo laat alweer. Ik moet opschieten. Je kunt meerijden als je wilt.'

'Ik zou hier wachten.'

'Maar er is niemand.'

'Nee.'

'Waar kom je vandaan?'

'New York.'

'Je klinkt niet als een New Yorker. Dus je was er toen het gebeurde?'

'Ja.'

'En nu?'

'Nu bezoek ik familie,' zei ik.

Schichtig nam ze de luxueuze ruimte in zich op. 'Ik moet echt gaan. Ik kan je een lift geven of je gaat met mij mee. Je kunt vanuit mijn huis ook bellen.'

Ze had een zwaar accent. Oost-Europees dacht ik. Ik keek naar mijn koffer en de gescheurde gele plastic tas met toiletspullen en eten. Ik voelde me smerig na een nacht in de bus.

'Ik probeer het nog een keer,' zei ik. Ik drukte op de herhaaltoets van mijn telefoon. Weer de voicemail.

'Okay,' zei ik.

De vrouw pakte mijn koffer.

'Laat mij maar.'

'Mijn auto staat voor de ingang. Hopen dat ik geen bon heb.'

Het licht die ochtend in Detroit was scherp en zilverwit en verblindend, alsof er een laag verse sneeuw over het asfalt lag en er voorbij de vangrails alleen kale witte vlakten waren. Na een minuut of twintig reden we een straat in met bomen en eenvoudige houten huizen aan weerszijden.

'Hier is het,' zei Leni.

Ik realiseerde me dat ik nauwelijks een indruk had gekregen van de stad. Voor mijn gevoel konden we overal zijn.

Ze parkeerde de auto voor een wit vierkant huis met een trap en een veranda. Op het gras voor het huis lag een driewieler op z'n kant. De veranda was volgepakt met vuilniszakken en verhuisdozen.

'Wacht hier even,' zei de vrouw en ze rende het huis binnen. Na een paar minuten kwam ze hijgend naar buiten. 'Kom maar.'

De televisie stond aan. Er was een cartoon op. Het schelle geluid vulde de kleine woonkamer. De gordijnen waren halfdicht. Een dikke streep stoffig zonlicht viel op het blauwgroene tapijt. Overal lag wat. Stapels ongevouwen wasgoed, lege dozen, cd's, langspeelplaten, kinderspeelgoed, knuffeldieren, etensborden met broodkorsten, lege koffiekopjes, een laptop.

'Ze zijn er nog niet. Goddank,' zei Leni.

'Wie niet?'

'Sunny en Bee. Mijn dochter en kleindochter, Beyoncé. En ik dacht dat ik te laat was.' Ze legde haar vinger over haar mond en met de afstandsbediening drukte ze het geluid van de televisie uit.

'Celia slaapt,' fluisterde ze.

'O.'

'Mijn andere dochter.' Ze gebaarde naar een ruimte achter in het huis. 'Mijn plek,' zei ze zachtjes. Ik volgde haar naar een kleine donkerblauw geschilderde kamer met een bureautje, een computer met beeldscherm en een enorm wasrek waarop slipjes en bh's te drogen hingen. Aan de muren hingen ouderwetse psychedelische posters. Het rook er naar wierook en sigaretten. In de hoek stond een opgerold matrasje met een dekbed erbovenop. Gehaast sloot ze de deur achter me en zuchtte toen diep. 'Ga zitten.'

Ik plofte neer op de kruk voor de computer. Sinds ik uit de bus was gestapt had ik geen ruimte gehad voor echte gedachten. Alsof alles wat er gebeurde me simpelweg overkwam en ik er geen enkele invloed op had. Eerlijk gezegd beviel deze staat me wel. Ik kon wat uitrusten. Ik was hier, in een kleine benauwde woning volgestouwd met spullen ergens in Detroit, ik had geen flauw benul van richting of plaats. De oude vrouw met het blondgrijze haar en het vreemde accent rommelde wat in een stapel papieren op het bureau, alsof ze alweer was vergeten dat ik ook in de kamer zat. In ieder geval maakte ik me geen zorgen over het feit dat ik Tania niet kon bereiken en dat ik nog geen logeeradres had voor vannacht.

Zo zat ik voor me uit te mijmeren terwijl Leni papieren van de ene stapel op de andere legde, af en toe in beslag genomen door wat ze las of zag.

'Ik heb je niets te drinken aangeboden,' zei ze na een poosje.

'Nee,' zei ik.

'Ik geneerde me zo vannacht. Ik had nooit gedacht dat Dizzy en ik ooit weer intiem zouden worden.'

Ik herinnerde me haar opmerking over het verloren horloge in het hotel.

'De mooiste liefdes blijven op afstand,' zei ze.

'Pardon?'

'Ik bedoel maar, ik heb vijf grote liefdes gekend in mijn leven en mijn echtgenoot hoorde daar niet bij. En ineens duikt Dizzy op gisteravond, of nee, ik ging naar zijn concert maar geen moment had ik er rekening mee gehouden dat hij met me mee wilde gaan. Bee was nog op. Om twee uur 's nachts. Ze is vijf. Sunny lag slapend voor de tv. Zie je het voor je? In deze troep? Gelukkig probeerde Celia Bee rustig te houden terwijl ik Dizzy mijn kamer in loodste maar ik hoorde haar de hele tijd roepen en schreeuwen: "Oma, oma, oma". Ik schaamde me dood. Dizzy heeft zelf vier kleinkinderen dus hij begreep het wel. Vanochtend vroeg vertrok hij met de band naar Buffalo. Volgende week gaat hij terug naar Brussel, als de vliegtuigen weer normaal vliegen tenminste. Je weet maar nooit tegenwoordig. Zei je nou dat je in New York was toen het gebeurde?'

Ik glimlachte.

'In Manhattan?'

'Ja. Maar noordelijk hoor. Ik zat te ontbijten. Ik hoorde iemand zeggen dat er een vliegtuig in een van de torens was gevlogen. Toen ik even later terugkwam in mijn hotel zag ik het op televisie.'

'Dat maakt niet uit.'

'Nee.'

'En daarom ben je hier.'

'Ja.'

'Goed zo.'

De dikke brillenglazen vervormden haar blik enigszins, waardoor het leek alsof ze loenste. Ze keek me recht aan. Schraapte haar keel. 'Ik snap nog altijd niet waar dat zilveren horloge kan zijn. Volgens mij had Dizzy het om toen hij met me meereed vannacht. Hij keek erop en ik herinner me nog dat ik dacht: dat is een heel duur horloge. Iets drinken? Water? Thee?'

'Water is prima.'

Op haar tenen sloop ze de kamer uit en kwam even later terug met een glas water. 'Heb je al gebeld?'

'Wie?'

'Je moest toch iemand bellen?'

'Tania.'

'Je familie?'

'Zoiets ja.' Ik toetste het nummer in. Ik kende het inmiddels uit mijn hoofd.

'Met Tania.'

Ik schrok van het horen van haar naam. Ik had er geen rekening meer mee gehouden dat ze zou opnemen.

'Wie is daar?'

'Laura,' zei ik. 'Laura Achenbach. Ik kom van Charles. Uit New York.'

'Waar ben je?'

'In Detroit.'

'In het hotel?'

'Nee. Wacht even.' Ik legde mijn hand over de telefoon en vroeg Leni het adres. Met grote hanenpoten krabbelde ze het snel op een papiertje.

'Gable. Nummer 18440. Gable.'

'Ik kom eraan.'

Geen vragen. Geen verbazing.

'Ze is onderweg,' zei ik.

'Tania?'

'Ja.'

Ze zag er heel anders uit dan ik me had voorgesteld. Groot, statig bijna, met lang blauwzwart haar en een fijn gevormd gezicht. Ze leek op Julia Roberts. Ze liep en lachte en begroette mij met een vanzelfsprekend soort gratie en afstandelijkheid.

We reden door Detroit. Tania had haast. Ze moest nog terug naar haar werk. Haar auto was nieuw. Een felrode jeepachtige Suzuki. Ik probeerde de stad in me op te nemen. Ik zag snelwegen, grote huizen met tuinen eromheen, weilanden zonder dieren, veldjes, supermarkten met schreeuwerige reclames, stoplichten, een stadion, vangrails, een kerk, nauwelijks voetgangers op de trottoirs, huizen met dichtgetimmerde ramen, bomen, flats, meer snelwegen. Hoe ik mijn best ook deed, ik kon geen samenhang ontdekken. De beelden ontglipten me voortdurend. Alsof Detroit niet bestond.

'Hoe kon je de weg vinden toen je hier pas was?' vroeg ik.

'Niet. Ik reed gewoon door totdat ik iets herkende en dan begon ik opnieuw te zoeken. Heeft me heel wat uren gekost.'

Tania's Engelse accent stelde me op mijn gemak.

'Ben je moe?' vroeg ze. 'Luister, Khalid zal straks zeggen dat je niet alleen naar buiten kunt gaan, dat een witte vrouw niet alleen met de bus kan reizen in Detroit, maar daar moet je je niks van aantrekken. Ik ging in het begin ook gewoon met de bus. Niks aan de hand. Hij stopt bij ons om de hoek. Tegenover het benzinestation.'

'Maar jij bent niet wit.'

'O jawel, een stukje van mij.' Ze lachte. 'Ik kan het ook niet helpen. Khalid is gewoon bezorgd. Zeker nu. Gelukkig zijn we weg uit ons vorige huis. Dat stond op de rand van Dearborn, waar de Arabieren wonen. Voor je het weet heb je een brandbom door je ruit. Ze denken heel vaak dat ik Arabisch ben. Je moet gewoon je gang gaan. Okay?'

'Goed.'

We reden verder. Voor mijn gevoel waren we al een uur onderweg maar Tania verzekerde me dat Leni's huis niet ver was van Highland Park, de buurt waarnaar we op weg waren. 'Dat je uitgerekend bij Leni Sinclair was,' riep ze. 'Je bent nog maar een paar uur in Detroit en je kent al meer mensen dan ik. Ze is beroemd, weet je dat? Haar foto's. Je mag voor mij werk bij haar bestellen, misschien krijg je wel korting. Ik zoek straks wel wat uit op internet, kun jij het ook zien.'

'Leni is een aardige vrouw.'

'Wat is ze? Pools? Duits? Je moet het Khalid vertellen. Heb je altijd zoveel geluk?'

Ik probeerde nog altijd houvast te vinden in het brokkelige landschap, de eindeloze inwisselbare straten met vrijstaande houten huizen en tuinen, de parkjes en brede wegen, de fabrieksgebouwen, sommige zonder glas in de ramen, donkere gaten in grauw steen, de geur van asfalt en benzine en gras en warmte, de geelgroene en oranje bladeren aan de bomen. De herfst was hier net iets dichter genaderd dan in New York. Maar terwijl de indrukken zich ongemerkt binnen in me nestelden, was het alsof mijn lichaam nog slechts uit losse, trillende deeltjes bestond.

'Ik voel me vreemd,' mompelde ik.

'Misselijk?'

'Nee. Meer als een jetlag. Het is hier zo groot.'

Tania lachte weer. Een scherpe lach waarin ironie doorklonk, of zelfspot.

'Je moet gewoon slapen.'

Ik knikte.

Geen moment week haar blik van de weg. 'Dat gevoel dat alles zo groot is vond ik heerlijk toen ik hier net was. Weet je, inmiddels ken ik de stad zo goed dat ik er bijna zeker van ben dat ik over een poosje klaar ben om weer te vertrekken.'

'Waar naartoe?'

'Weet ik niet. Maakt me ook niet echt uit.'

Met een scherpe bocht sloegen we linksaf. Tania parkeerde de auto voor een statig, rood bakstenen huis in een lommerrijke straat. 'Hier is het.' Ze sprong uit de auto en haalde mijn koffer uit de kofferbak. Ze ging me voor en opende de glazen voordeur. Ik volgde haar de gang in, naar de woonkamer. Beige en lichtbruin. Zacht hoogpolig tapijt. Een verzengende zoete geur.

'Ik ben over een paar uur terug. Khalid zal er eerder zijn dan ik. Je kunt de blauwe kamer nemen boven. Aan de voorkant. Het bed is opgemaakt. Red je je?'

'Natuurlijk.'

En weg was ze.

THUIS

De blauwe kamer lag pal naast een kinderkamer met een stapel-
bed en barbies en knuffels, en een tafeltje vol tekenspullen en
volgekliederde vellen. Een kleine badkamer met een toilet en een
wastafel verbond de twee slaapkamers met elkaar. Ik had geen
idee hoe oud Tania's dochter was, vijf of zes schatte ik. In de
blauwe kamer stond niets persoonlijks. De muren waren licht-
blauw, net als de gordijnen, het tapijt en het dekbedovertrek. Een
leeg tienerbureautje. De gordijnen waren dicht. Op mijn tenen
sloop ik naar beneden. Ik weet niet waarom want ik was alleen.
Het huis was zo groot; ik was nooit eerder in zo'n enorm woon-
huis geweest. Beneden waren alle ramen gesloten en afgedekt
met rolgordijnen die geen streepje zonlicht doorlieten. Het was
koud en schemerdonker in de woonkamer. Behalve een vleugel
stonden er twee zachte banken waarop met zorg donkerrode velours doeken waren gedrapeerd. Goudkleurige sierkussens. Een
art-decoschemerlamp. Een openhaard met aan beide kanten
boekenkasten volgestouwd met boeken over Malcolm X, de Nation of Islam, Angela Davis, Ds. Martin Luther King, Elijah Mo-
hammed, Motown, de Black Panthers. Op de schouw stonden
twee koperkleurige wierookhouders, daartussenin, op een klein
houten rekje, de Koran, opengeslagen. De sierlijke Arabische te-
kens net een decoratief schilderij. Ik nam aan dat Khalid de Koran er zo neergezet had. Ik kon me geen voorstelling van hem
maken. Op de vleugel stonden ingelijste foto's, familiefoto's,
voornamelijk van kinderen, meisjes, jonge vrouwen, maar geen

enkel portret van een man of Tania samen met een man.

Achter de zitkamer lag de eetkamer. Een donkere houten tafel met zes ouderwetse eetkamerstoelen. Het was zo stil en netjes hier; ik hoorde geen enkel straatgeluid. Alsof deze ruimte vacuüm gezogen was, alsof de stad op geen enkele manier vat mocht krijgen op de meubels en andere spullen die hier stonden. Onhoorbaar bewoog ik me door het huis, het zachte dikke tapijt zoog alle geluiden op, mijn ademhaling, voetstappen, bewegingen. Ik wist dat daarbuiten de stad was, maar hier binnen kon ik dat alleen maar vermoeden. Dit was een eiland.

Koffer openritsen, uitpakken, kast inruimen, handdoek zoeken, douchen, afdrogen, aankleden, op bed liggen, wachten. Alsof alles ging zoals gepland. Mijn onderzoek naar Paul Robeson. In de boekenkast beneden vond ik een boek over hem dat ik nog niet kende: *Paul Robeson – a biography* van Martin Duberman. 550 dichtbedrukte pagina's plus verantwoording, noten, index en namenregister. Het lag naast mijn bed. Af en toe las ik een willekeurig fragment. Te moe om bij het begin te beginnen.

'Not everyone, however, was prepared to believe in Robeson's conversion to a more politically conscious role. When Nancy Cunard heard that he had agreed to appear in Stevedore, she wrote Arthur Schomburg, "The news that Robeson wants to act in it is encouraging. But there, between you and I, my dear Arthur, with R. it is more uncertain. It is a strange 'case,' in fact. He has given his talents for the German victims of Hitler; he has never, as far as I now, done a thing for his race, anyway in England, so we shall see."'

Mijn moeder vertelde me een keer dat ze als kind dacht dat Domela Nieuwenhuis, de Friese anarchistische verzetsstrijder, haar grootvader was. Omdat er een portret van hem boven de schouw in haar ouderlijk huis hing en haar echte opa al jaren dood was.

Ik heb dat portret nooit gezien. Het gekke nu was dat de foto op de 78-toerenplaat van Paul Robeson die ik een jaar eerder tussen mijn moeders verhuisspullen had gevonden, eenzelfde soort betekenis kreeg voor mij. Het was een ouderwets bruingeel portret waarop de jonge zanger zelfbewust maar argwanend de lens in keek. Een vage glimlach speelde om zijn mond. De platenhoes zat in het zijvak van mijn koffer. Veilig opgeborgen. En wanneer ik eraan dacht was het alsof ik aan een oom dacht die ik nooit had gekend, of aan mijn opa, familie in ieder geval.

Ik zette mijn mobiele telefoon aan. Er waren geen berichten, wat me enigszins verbaasde want ik verwachtte dat mijn man of mijn moeder zouden proberen me te bereiken. Misschien dachten ze dat ik nog in het hotel in New York was en hadden ze daar berichten achtergelaten. Ik belde de vliegmaatschappij. Na een minuut of tien wachten kreeg ik een medewerker aan de lijn.

'28 september zei u? Van John F. Kennedy naar Amsterdam? Het spijt me, mevrouw, maar we weten nog net zo weinig als u. U mag van geluk spreken als alle vluchten dan weer op tijd gaan. We zullen eerst de achterstanden weg moeten werken, dat begrijpt u wel. Ik zou alles zo laten als het is. Een fijne vakantie nog.'

Ik miste niemand.

Ik wikkelde de doos met de fles parfum die ik op Schiphol in de taxfreeshop had gekocht uit het cellofaan en zette hem op het bureautje neer. Het was *Jungle* van Kenzo.

'Donker, houtig, kruidig, diep, ruikt u zelf maar,' had de verkoopster gezegd terwijl ze een geurstrookje onder mijn neus duwde. 'Een echte wintergeur. Als u hem lekker vindt, kunt u hem beter meteen nemen want *Jungle* is slechts in beperkte oplage verkrijgbaar.'

'Ik ga naar Amerika,' zei ik.

'Daar verkopen ze 'm zeker niet. Deze geur is veel te uitgesproken voor de Amerikaanse smaak.'

Ik pakte de discman en cd's uit mijn tas en legde die ook op het bureau. Vannacht in de bus had ik een keer of wat hetzelfde liedje van Nick Cave beluisterd omdat het zo goed paste bij het eentonige geronk van de motor en bij het duister buiten en de lichten van steden en winkelcentra en wegrestaurants en benzinestations die vervaagden tot een nerveus geflikker terwijl de bus maar doorjakkerde. Cave dreunde de woorden op. '*She said: "Father, mother, sister, brother, uncle, aunt, nephew, niece, soldier, scientist, mechanic, priest. Earth and moon and sun and stars, planets and comets with tails blazing. All are there forever falling, falling lovely and amazing."* '

En ik realiseerde me hoe snel paniek kan omslaan in euforie. Niets kon me gebeuren in de bus. In het donker. Ik dacht terug aan New York, een kermis aan beelden, ik kon ze niet stoppen. Als planeten cirkelden ze om de plaats van de ramp heen. Met geen stok kregen ze me naar Ground Zero. Waar moest je naar kijken? Wat hoopte je te vinden?

Nee, ik zag alleen onbelangrijke details. Zoals een grote verlichte zuil met daarop een reclame van Hewlett Packard. De manier waarop het neonlicht de zuil deed afsteken tegen de paarsblauwe avondlucht. Als een grote rechthoekige maan. De rommelige *deli* aan de overkant van mijn hotel. De felgele tulband van de jongen achter de balie. Met zorg sneed hij een sandwich met tonijnsalade doormidden. 'Nog iets drinken?'

'Groene thee graag.' Een bruine kartonnen beker. Het bruine trage water in de Hudson River. Lichtjes op de heuvels van New Jersey. Roestplekken op de emaillen borden op het metrostation aan 125th Street. Het grijze stalen hekwerk van de tijdelijke loopbrug over de weg. Uitgetrapte sigarettenpeuken in de hoeken. Lipstickresten op de filters. Een vettig beslagen raam van Dunkin' Donuts. Geelgroen plastic interieur.

De bus raasde verder. De meeste passagiers sliepen. Het Roemeense meisje naast me had haar kussen onder haar hoofd geduwd, tegen het raam aan, en snurkte zacht, met haar mond een eindje open. Ik kon de slaap niet vatten. Ik was nog nooit zo wakker geweest. De kermis in mijn hoofd ging maar door en hoe meer willekeurige beelden ik verzamelde, hoe gelukkiger ik me voelde. De toppen van mijn vingers tintelden. Ik kon amper blijven zitten. Ik sommeerde mezelf nog een keer naar dat liedje te luisteren, maar toen ik op de playknop drukte bleken de batterijen leeg. Natuurlijk wist ik ook wel dat al die nutteloze informatie in mijn hoofd slechts afleiding was. Maar de lelijkheid van sommige van die beelden gaf me wel degelijk troost. De echtheid ervan.

Ik dacht aan het zonlicht om acht uur 's ochtends in New York, verstopt achter de torens en gebouwen, en hoe het dan ruikt op straat, de rokerige kleverige rafels van de nacht nog maar amper opgelost, de frisheid duurt niet langer dan een halfuur, drie kwartier hooguit, net zolang als de stad haar adem inhoudt. Ik was beslist geen held. Met heel mijn wezen leunde ik op de aanwijzingen die Charles Perry me had gegeven. Op de herinnering aan die paar verstilde uren in zijn kantoor.

In zijn auto had hij me teruggebracht naar mijn hotel. Het was een donkerblauwe tweedehands Chrysler die in de parkeergarage om de hoek van zijn kantoor stond. Hij hield ervan te rijden, zei hij. 'We nemen de snelweg langs het water. Ik vind dat je Manhattan vanaf die kant gezien moet hebben, vanuit de auto, dat geeft een heel speciaal effect, zeker 's avonds.' Alsof we op vakantie waren. Behendig manoeuvreerde hij de wagen door de overvolle straten. De diepe ontspanning die ik even tevoren had gevoeld in Charles' flat maakte plaats voor opwinding. 'Zie je die boot? Dat marineschip? Kijk dan.' Hij wees naar een groot roestig gevaarte op het water. Woest deinde het op en neer, hoewel het buiten windstil was. Manhattan leek een berg met op het topje ervan een heilige tempel die door enorme spots plechtig werd verlicht. Stil en bezwerend pluimde de rook boven alles uit. Daaronder de ontelbare trillende en bevende en knipperende lichtjes.

'Welke straat zei je ook alweer?'

'West 79th Street.'

We sloegen linksaf. In het donker herkende ik niets. Ik deed ook geen moeite. Ik vond de beslotenheid van de auto prettig en overzichtelijk.

Na een poosje rijden zei Charles: 'We zijn er.' Hij parkeerde de auto aan de overkant van het Hayden Hall Hotel. Nu pas viel me op dat de straat omhoogliep. De auto stond schuin, alsof we naar beneden konden vallen.

'Hier is het toch?' vroeg hij.

'Ja,' zei ik. Ik was teleurgesteld dat de rit nu al voorbij was.

Hij zette de motor uit en leunde achterover. 'Ik zal naar Detroit bellen,' zei hij.

'Okay.'

'De nachtbus is het beste. Die rijdt het snelst.'

'Dat zei je al.'

'Je moet me één ding beloven,' zei hij.

'En dat is?'

'Dat je verslag doet.'

'Verslag? Waarvan?'

'Je onderzoek.' Hij lachte.

'Je neemt me in de maling,' zei ik.

'Ik zou niet durven.'

We zwegen.

Na een poosje zei ik: 'Is het veilig daar?'

'Niet minder veilig dan hier.'

'Kom op, Charles,' zeurde ik. Ik wist niet precies wat ik wilde horen.

'Ga nu maar.' Hij boog voor me langs en opende het portier.

'Je zorgt voor me,' zei ik.

Hij schudde zijn hoofd en glimlachte. 'Hoe weet je dat je mij kunt vertrouwen?' Hij zette de motor weer aan en schoof heen en weer op zijn stoel. Hij was klaar om te vertrekken. Ik voelde zijn aandacht verslappen. Ik pakte mijn tas. Probeerde mijn teleurstelling te verbergen.

'Slaap lekker,' zei ik.

Hij knikte afwezig. 'Hmm.' Trok het portier dicht en scheurde de straat uit.

MIDDAG

Waar blijven ze?

Leni Sinclair ijsbeert door het huis, op kousenvoeten om haar jongste dochter niet wakker te maken.

Heb ik me daarom zo lopen haasten?

Voor de zoveelste keer kijkt ze op haar horloge. Kwart over twaalf. Om één uur moet Sunny op haar werk zijn; ze zal het niet halen als ze eerst nog Beyoncé thuis moet afzetten.

'Verdomme.'

Naar buiten. Ze staat op de veranda. Haar ogen samengeknepen tegen het mistige, nazomerse licht. Minuscule zweetdruppeltjes parelen op haar bovenlip, slapen en voorhoofd.

'Verdomme Sunny.'

Ben ik hiervoor tweeënzestig geworden?

Ze probeert de herinnering aan vannacht terug te halen, aan Dizzy en aan zichzelf, de andere versie van haar alledaagse ik, geen oma, geen moeder, geen deur-tot-deurverkoopster van kabeltelevisieabonnementen, maar Leni, blonde Leni, slanke Leni, fotografe, kunstenares, minnares. Ze schiet in de lach. Verder dan wat onhandig gezoen en gefrummel op de futon kwamen ze niet. Maar voor haar was het genoeg. Meer dan genoeg. En ze weet zeker dat ook Dizzy er, net als zij, weer maanden en misschien wel jaren op zal teren. Hun relatie is gebaseerd op ontmoetingen als vannacht. Op kleine gebaren. Zijn vingers die vluchtig haar hand aanraken terwijl ze autorijdt en hoe zij in de club iets onbelangrijks in zijn oor fluistert en hij vanonder lome oogleden quasiverbaasd haar blik zoekt, hoe ze onderweg in de auto een uur lang helemaal niets tegen elkaar zeggen.

Misschien was dit precies de bedoeling. De belofte niet inlossen. Kijk 's wat je allemaal van me kunt krijgen. Als we maar meer tijd hadden. Jij bent geen spat veranderd. Je bent mooi. Waar kom je in godsnaam vandaan, Leni? Ze had zich gewenteld in zijn onbekommerde blik, die de lijnen en rimpels in haar dunne bleke huid voor een paar uur uitwiste, de bruine vlekken op haar armen en handen.

Niemand bespeelt de gitaar zoals Dizzy. Aarzelend, haperend, met vreemde stiltes tussen de tonen, alsof hij stottert in klanken, de snaren strelend, eraan plukkend. Hoor je het? De blues komt niet uit Mississippi of uit Tenessee, maar uit Afrika, uit West-Afrika. Je hoort het toch? Ze lachten erom, samenzweerderig, vannacht waren ze allebei vreemdelingen in Detroit, in Amerika, buitenstaanders.

'Verdomme.'

En Sunny heeft de auto nodig vanmiddag. Ze kan geen kant op.

De laatste tijd denkt ze steeds vaker aan vroeger. Eigenlijk heeft ze haast, er ligt nog zoveel werk, ontelbare rolletjes met onafgedrukte foto's, onbeantwoorde mails, onuitgevoerde plannen. Ze zou zo graag een reportage maken over de verlaten en vervallen gebouwen van Detroit. Iedere keer wanneer ze naar het centrum rijdt en in haar ooghoeken het statige oude Michigan Central Station voorbij ziet flitsen, denkt ze daaraan. Als een gigantisch skelet staat het al jaren op een leeg terrein midden in de stad. Alle ramen zijn eruit geslagen, waardoor je dwars door het gebouw heen kijkt. De muren zijn zwart geblakerd en van onder tot boven bespoten met graffiti, ondanks de haag van prikkeldraad die om de eerste drie verdiepingen is gespannen.

Zo graag zou ze dit oude station van alle kanten willen fotograferen. Met de juiste lichtinval zou ze beslist een glimp weten te vangen van de schoonheid die er nog altijd in moet huizen.

Toen ze vijfenveertig jaar geleden voor het eerst uit de trein stapte die haar van New York City naar Detroit had gebracht, was haar mond opengevallen van verbazing. Alsof ze in een paleis was beland, of in de lobby van een chic hotel. In het stationscafé stonden brede rood-witgestreepte fauteuils. Tafels van glimmend donker eiken. Groene en rode glas-in-loodramen filterden het zonlicht, alsof er goudachtig stof in de lucht zat. En overal waren mensen. Stadse mensen, vrouwen op hoge hakken, in mooie winterjassen met bontkragen, al of niet kinderen achter zich aan slepend. Mannen met gleufhoeden. Conducteurs in plechtige uniformen. Het snerpende geluid wanneer een trein het station verliet.

Leni lacht bij de herinnering. Op een bepaalde manier zijn juist de kapotte gebouwen in de stad haar lief. Zoals ze daar staan, als een soort zelfverklaarde monumenten, eenzaam, uitdagend, dapper. Ze maken haar niet treurig, zoals de meeste andere Detroiters. Iedereen die het zich maar enigszins kan veroorloven vertrekt uit deze stad, iedereen. Maar zij niet. Ook al had ze het geld ervoor.

En ondertussen zit ze hier te wachten op haar dochter en kleindochter.

Beyoncé is vijf.

Ze denkt weer aan Dizzy. De herinnering dempt haar onrust. Ze sluit haar ogen een moment en laat zijn warme handen de stramme onderkant van haar rug strelen. Het liefst zou ze vanmiddag naar Belle Isle rijden. Het mooie bosachtige eiland in de Detroit River is haar toevluchtsoord. Fototoestel mee. Opschrijfboekje. Een boom zoeken waaronder ze beschut kan zitten en over het water uitkijken. De scherpe noordenwind op haar huid voelen. De poriën voelen samentrekken. Door de mistslierten die als de schimmen van oude heksen boven het water zweven, naar de contouren van de stad kijken. Vanaf Belle Isle is Detroit de mooiste stad van de wereld.

Ze zou de herinnering aan vannacht zo gedetailleerd mogelijk willen opschrijven, ieder woord, iedere beweging, iedere blik vastleggen als op een foto. Vanochtend vroeg, terwijl Dizzy naast haar op de futon wegdommelde, zijn hand op haar buik, en zij door een kier in de gordijnen naar buiten lag te kijken en registreerde hoe het dichte zwart van de nacht oploste en ze dacht aan inkt dat met water wordt aangelengd, donkerblauw, paarsgroen, grijsgroen, melkwit, dat moment van absolute stilte waarop het geen nacht en geen dag is en je de seconden kunt tellen voordat de eerste vogels beginnen te roepen en fluiten, op dat moment besefte ze dat de herinnering belangrijker voor haar is dan de werkelijke gebeurtenis. Ze kon niet wachten totdat Dizzy zijn ogen open zou doen, naar zijn horloge zou graaien en geschrokken uitroepen: 'Al zo laat? Het spijt me. Ik moet gaan. Breng je me of zal ik een taxi bellen zodat jij wat kunt slapen? Het spijt me, Leni.'

'Natuurlijk breng ik je naar je hotel.'

'Ik hou van je.'

'Ik hou ook van jou, Dizzy.'

'Ik zal je missen.'

'En ik jou.'

Het was waar en niet waar. Na verloop van tijd zou de herinnering vervagen, de intensiteit ervan afnemen en dan begon het missen pas.

Ze gaat op het trapje van de veranda zitten. De zon brandt in haar nek. Ze geniet van de warmte. Voelt haar spieren ontspannen. Met de rug van haar hand veegt ze het zweet van haar voorhoofd. Sunny is toch al te laat. De manager op de bank zal haar een zoveelste reprimande geven en Sunny zal erom lachen en een extra Snickers eten en misschien nog een. Geef haar eens ongelijk.

HET MUSEUM

'Laat zien.' Tania griste de stenen kop van de zwarte madonna uit de handen van haar vriend.

Het was zondag. We waren op een antiekmarkt even buiten Detroit. Khalid, Tania, Monique en ik.

'Wij hadden vroeger bij mijn moeder thuis precies zo'n madonna,' zei Khalid, 'Dezelfde rode lippen, die witte hoofddoek. Ze stond op de schouw in de voorkamer.' Met een liefdevolle blik staarde hij naar het karamelkleurige gezicht van de porseleinen vrouw; zijn vingers volgden de contouren van haar gezicht. 'Ik geef er vijf dollar voor.'

'Te veel,' zei Tania.

'Wat maakt dat nou uit.'

De antiekmarkt was een gigantische neonverlichte hal met honderden kramen waarop handelaren hun spullen hadden uitgestald. Meubels, jassen, oude foto's en kranten en tijdschriften, sieraden, kinderwagens, poppen, schalen, schemerlampen, schilderijen, glaswerk, borden, bestek, ondergoed, klokken, horloges, kroonluchters, kaarsenstandaarden, speelgoed, tweedehandskleding, speldjes, schoenen, vaantjes, bekers.

'En deze neem ik ook.' Triomfantelijk hield Khalid een plastic pop omhoog. Een miniatuur-Michael Jordan. Khalid schoot in de lach. De pop opende zijn mechanische mond en zei: '*Let's play some basketball. I enjoyed playing basketball with you guys.*'

Monique rende op hem af en trok de pop uit zijn handen. Ze was zes, maar voorlijk voor haar leeftijd. In de auto had ze me de hele tijd vanuit haar ooghoeken scherp in de gaten gehouden.

'Ken je Max?' vroeg ze op een gegeven moment.

'Nee,' zei ik.

'Onze hond.'

Ik zag dat Tania vanaf de voorbank ons gesprek afluisterde.

'Hij is dood,' zei Monique.

'Hij is niet dood, Mo. Zeg dat toch niet steeds,' zei Tania.

'Hij mocht niet mee naar het nieuwe huis,' zei Monique, haar moeder negerend.

'Nee?'

Tania draaide zich naar ons om.

'Luister, dat beest was niet te houden. Als ik 's avonds thuiskwam had-ie het hele huis overhoopgehaald, de afvalbak leeggehaald. Alsof er ingebroken was. En dat iedere dag opnieuw. Hij kon niet alleen zijn. Hij jankte de hele buurt bij elkaar. Dat heb ik je toch uitgelegd, Monique?'

'Voor mij is hij dood.'

'Arme Max,' zei Tania. Ze legde haar hand quasispeels op de knie van Khalid. 'Gaat het, schatje?'

Khalid glimlachte afwezig.

Ik knipoogde naar Monique.

Ze knipoogde terug. 'Waar woon jij?'

'In Nederland.'

'Waar is dat?'

'Dicht bij Engeland.'

'Waar mijn zussen wonen en papa Cory?'

Ik keek naar Tania. Ze knikte.

'Ja,' zei ik. 'In Europa.'

'Europa,' zei Monique, mijn stem nadrukkelijk imiterend.

'Hou eens op, Mo,' zei Tania.

'Is goed,' suste ik en knipoogde weer naar het kind.

Een knipoog terug.

Ik was opgelucht dat Monique me mocht en dat ze af en toe mijn hand vastpakte in de antiekhal.

Khalid hurkte voor haar neer en drukte op een knopje in de nek van de plastic Michael Jordan.

'I enjoyed playing basketbal with you guys. Let's play some basketbal.'

Weer graaide Monique de pop uit Khalids handen.

'Voorzichtig. Michael gaat in mijn collectie,' lachte hij. Het was alsof zijn gezicht openbrak. Alsof hij ineens besefte dat hij niet alleen in de grote hal was. Op andere momenten was hij zo in gedachten en op zichzelf dat ik nauwelijks iets tegen hem durfde te zeggen. Hij was tenger en elegant, zijn halflange dreads omkransten zijn gave donkerbruine gezicht. Hij was aardrijkskundeleraar op een school voor moeilijk lerende kinderen. In zijn vrije tijd deed hij het management van jonge dichters en rappers in Detroit. Hij was net zo mooi als Tania.

'*Right,*' zei ze. Ze keek me veelbetekenend aan.

'Je collectie?' vroeg ik.

'Zijn museum. Heb je nog niet op zolder gekeken?'

Ik schudde van nee.

'Khalid beheert onze geschiedenis,' zei Tania.

'De Afrikaans-Amerikaanse geschiedenis,' zei Khalid.

'O, sorry hoor.'

'Iemand moet het doen,' zei Khalid.

'Wat doe je dan?' vroeg ik.

'Ku Klux Klanspullen kopen,' zei Tania.

'Ssjt. Niet zo hard,' siste Khalid.

'Het is waar.'

Khalid fronste zijn voorhoofd. 'Onze geschiedenis is van ons afgepakt. Ontkend. Ik wil vastleggen hoe we misbruikt en vernederd zijn. Voordat alle bewijsmateriaal weg is. Of in verkeerde handen.'

'Plaatjes van negertjes met dikke rode lippen,' fluisterde ze. Met haar vingers streelde ze plagerig zijn wang.

'Wacht maar tot ik mijn eigen museum heb. Wat ik op zolder heb liggen is goud waard.'

'Je moet het opruimen.'

'Ik moet helemaal niks.'

Nu keek Tania mij aan. 'Vraag hem maar eens waarom hij altijd zo fanatiek pro-zwart is. Hij heeft zelf twee gemengde dochters.' Ze slenterde van ons weg in de richting van een kraam met glimmende sieraden, vazen en ouderwetse handgeweven kanten kraagjes en siertasjes.

Ik wist niet hoe ik moest reageren. Khalid stond er opgelaten bij met de Michael Jordanpop in zijn armen alsof het een baby was. Eerlijk gezegd voelde ik me op een bepaalde manier onzichtbaar. Alsof ik er wel en niet bij was en mijn lichaam en geest waren samengebald tot een vreemd soort alziend oog dat alleen maar registreerde wat het zag, zonder al te veel te oordelen.

Misschien kwam het doordat Tania en Khalid me in de paar dagen dat ik bij hen was nauwelijks iets over mezelf of mijn achtergrond hadden gevraagd. Ik was er gewoon. En ik was welkom, daarover bestond geen twijfel. Voor hen was het vanzelfsprekend dat ik nu bij hen woonde, alleen omdat Charles Perry me gestuurd had. En ik kon blijven zolang ik wilde. Op mij had die ruwe en onvoorwaardelijke gastvrijheid een wonderlijk effect: alsof ik pas bestond vanaf het moment dat ik in hun leven was gekomen, door hun ogen werd gezien. Alles wat ik daarvoor had meegemaakt, zelfs de recente gebeurtenissen in New York en de ontmoeting met Charles, telde hier niet.

Dus zei ik alleen maar: 'Goh, een museum. Ik wil het wel zien.'

'Is goed,' zei Khalid.

Tania had zich weer bij ons gevoegd. Monique huppelde op en neer in het gangpad tussen de kramen.

'Je moet je geschiedenis kennen,' zei Khalid toonloos.

'Ik herinner me niks van voor mijn vijfde,' lachte Tania.

'Jij hebt geen wortels.'

'Wel waar.'

'Waarom herinner je je dan zo weinig?'

'Misschien waren die eerste vijf jaar gewoon niet interessant genoeg om door mij herinnerd te worden? Kan toch? Mijn herinneringen beginnen op het moment dat ik met mijn vader in Port Harcourt ben in Nigeria. Ik ben vijf. Alles wat daarvoor in Engeland is gebeurd is weg, een waas, niks.' Ze lachte.

'Doe niet zo cynisch, Tania.'

'Jij kent mijn moeder niet.'

Ze zwegen.

Khalid haalde een verkreukeld briefje van tien dollar uit zijn zak en rekende de Michael Jordanpop af.

'Heb je het hem nu gevraagd?' vroeg Tania.

'Wat?' zei ik.

'Over zijn dochters.' Ze zei het zo hard dat Khalid het hoorde.

Hij kwam bij ons staan. Leunde heel even met zijn hoofd op Tania's schouder maar Tania gaf geen krimp.

'Mijn dochters hebben er niks aan als hun moeders hen in de waan laten dat ze net zo blank zijn als zij,' zei hij. 'Daar raken ze alleen maar teleurgesteld en gefrustreerd van. Dit is Amerika. Detroit. Je ben zwart of je bent wit. En mijn dochters zijn zwart. Punt. Ze moeten weerbaar zijn. Hun cultuur kennen.'

'En als ze met een blanke jongen thuiskomen?' vroeg Tania.

'Dat doen ze niet.'

'Daar zou ik maar niet zo zeker van zijn.' Ze draaide zich om. 'Monique!'

Lachend kwam het kleine meisje op ons afgerend.

'Laten we gaan,' zei Khalid.

Monique pakte mijn hand.

'We gaan,' zei Tania monter.

We waren bijna thuis. Ik herkende inmiddels de afslag die we moesten nemen op Woodward, de brede verkeersader die Detroit als een diepe troebele rivier doormidden kliefde. Het was warm in de auto. De zon brandde op het dak. De airconditioning was kapot. De lucht trilde boven het asfalt, alsof er plassen water op de weg lagen. We waren allemaal moe en hongerig en niemand zei iets. Tania had een cassette met Afrikaanse muziek in de recorder geduwd en op het ritme van de muziek bewoog ze met haar hoofd. Khalid reed geconcentreerd of in gedachten, zijn blik, verborgen achter een donkere zonnebril, gefixeerd op de weg voor hem. Ineens sloeg hij rechtsaf.

Stapvoets reden we door een buurt die nog het meest deed denken aan een gebied waar net een oorlog heeft gewoed. Verlaten, zwartgeblakerde huizen. Gaten in de wegen. Op een afgekloven veld lag een berg rotzooi. Een verroest stalen ledikant, een leren zitbank, gore matrassen, kinderfietsen, vuilniszakken. De wind joeg oude kranten en ander zwerfvuil over het gele gras en het asfalt. Tussen de puinhopen stonden her en der gewone huizen, met kleurige potten met bloemen op de veranda's en kinderen die in- en uitrenden. Een familie hield een barbecue. De vette geur van gebraden varken drong de auto binnen. Uit een geparkeerde glanzend witte Cadillac klonken diepe bastonen, een lome melodie. Khalid draaide het raampje open.

'Zie je het?' vroeg Khalid.

'Wat moet ze nou zien?' zei Tania.

'Ik heb honger,' kreunde Monique.

'Ik zie het,' zei ik.

'Khalid is verliefd op Detroit,' zei Tania, 'Je begrijpt zeker wel waarom?'

'Verliefd?' vroeg ik.

Hij reageerde niet. Keek Tania recht aan. 'Gaan we nog naar mijn moeder vanmiddag?' vroeg hij vermoeid.

'Wat je wilt.'

'Moet ik mee?' vroeg Monique.

'Ik kan oppassen,' zei ik, blij dat ik iets terug kon doen.

'*Whatever,*' zei Tania.

Khalid drukte het gaspedaal in en we scheurden de straat uit, de hoek om, Woodward op. Binnen een paar minuten waren we thuis.

Het was al donker buiten. Na de lunch had ik me teruggetrokken in de blauwe kamer en was in slaap gevallen. Uren later schrok ik wakker van een schel geclaxonneer in de straat. Ik stond op en ging naar beneden. Er was niemand. Geen briefje hoe laat ze terug zouden zijn.

'Charles?'

'Wie is daar?'

'Laura.'

'Je belt nu pas.' Hij klonk korzelig en afstandelijk. 'Hoe gaat het?'

'Goed,' zei ik afgemeten. Alsof ik in één klap iets kostbaars kwijt was.

'Zijn ze aardig voor je?'

'Heel aardig.'

'Ik zei het toch?'

Ik reageerde niet. Ik dacht aan Khalid. Tijdens de lunch had hij me verteld over zijn plannen voor een museum. Het moest een mobiel museum worden, een museumbus, waarmee hij langs de middelbare scholen in Detroit en omgeving kon gaan. Wie anders moest de kinderen hun geschiedenis laten zien? En hij zou ze vertellen over zijn stad. De grote migratie van zwarten aan het begin van de vorige eeuw, Henry Ford, de auto-industrie, soulmuziek, Motown, de Nation of Islam, de eerste grote Mars voor Burgerrechten, jazz, hiphop, techno… er lag al een ontwerp voor de bus, vertelde hij in één adem door, gemaakt door studenten van de kunstacademie. Terwijl hij opsprong om het ontwerp uit de woonkamer te pakken, was Tania zonder iets te zeggen van tafel opgestaan en naar boven verdwenen. Monique zat op de bank televisie te kijken, een bordje met boterhammen en sla lag onaangeroerd op haar schoot.

'Kijk,' zei Khalid. Zijn vingers streelden het dunne papier waarop het Detroit Mobile Museum No. 1 was getekend. 'Zo wordt het.'

'Wanneer is het klaar?'

'Over een paar maanden, hoop ik... Als het kan neem ik ontslag.' Afwachtend zweefden zijn woorden boven de tafel met lege borden en bekers en broodresten. Hij staarde gebiologeerd naar de tekening, maar ik had de indruk dat zijn gedachten alweer ergens anders waren. Zo ging het steeds met Khalid. Het ene moment vertelde hij iets belangrijks, maar voordat je goed en wel kon reageren, was het alsof zijn ziel ongemerkt was weggegleden naar een andere dimensie en je alleen nog met een stoffelijk omhulsel te maken had.

'Goed,' zei ik. Ik schraapte mijn keel en begon langzaam de borden te stapelen en de kruimels van tafel te vegen. Ik wilde de keuken in lopen toen Khalid zei: 'Weet je wel dat Detroit de gevaarlijkste stad van Amerika is?'

'O', zei ik.

Het was alsof hij zich plotseling herinnerde wat hij allemaal vergeten was te vertellen. Hij keek strak langs me heen. 'Op Flint na gebeuren hier de meeste moorden, 70 procent van de bevolking leeft onder de armoedegrens. Hier in Highland Park zijn nauwelijks belastingbetalers. Vroeger, toen Chrysler hier zijn hoofdkwartier had, was dit een rijke buurt. Nu is er zelfs geen politie meer. Geen brandweer. Vuilnis wordt hooguit één keer per week opgehaald. *County sherrifs* voeren het bewind over dit gebied.' Zijn woorden deden me aan hagelstenen denken die koud en hard en ongevraagd uit de hemel vallen. 'Hoe dacht je anders dat we dit huis hadden kunnen kopen?' zei hij. 'Nog geen tachtigduizend dollar, voor zo'n mooi pand!'

Hij stopte. Ik had het gevoel dat ik nu iets belangrijks moest zeggen maar in plaats daarvan knikte ik alleen maar. Op een of andere manier paste de toon die Khalid plotseling aansloeg niet bij hem. Het was een mengeling van trots en iets anders, iets wat het midden hield tussen woede, schaamte, gelatenheid en weemoed. Maar het klonk geforceerd, alsof hij te veel zijn best deed om zo grimmig over te komen.

'Jee,' zei ik en ik hoorde hoe ondankbaar en nietszeggend het eruit kwam.

Daarna had ik de vuile borden in de vaatwasser gezet. Toen ik de woonkamer weer in liep om de rest op te ruimen, was Khalid weg.

'Laura,' riep Charles aan de andere kant van de lijn.

'Ja?'

'Ik vroeg of je al naar huis hebt gebeld.'

'Naar huis?'

'Luister je wel? Je moet bellen. Ze zullen je missen.'

'Ja ja. Doe ik. Maak je geen zorgen. Hoe is het daar?'

'Het stinkt,' zei Charles. 'Ik heb alle ramen en deuren hermetisch afgesloten, anders is het niet uit te houden.'

'Vreselijk,' zei ik.

'Hoe is het met Paul?'

'Paul?'

'Robeson. Je bent hem nu al vergeten.'

'Hou op.'

'Ik zei toch dat Detroit het echte Amerika is. Ben je erg geschrokken?'

'Waarvan?'

'Doe maar niet zo stoer. Ik weet hoe je je voelt. Detroit is een stad die op je drukt, of je het nu wilt of niet.'

'Je neef is er dol op.'

'Khalid?'

'Ja.'

'Maar Khalid heeft een missie. En hij is er geboren, dat maakt een hoop uit. Heeft hij je verteld over onze familiegeschiedenis?'

'Nog niet,' zei ik.

'Er moet nog ergens een foto zijn van mijn overgrootmoeder Kozziah en haar ouders. Ik denk dat mijn zuster Janet die heeft. Zij is de familiehistorica. Khalid heeft het van haar. In ieder geval, die Kozziah was zes toen ze met haar ouders vluchtte van een plantage in Virginia in het zuiden. In de winter, de Detroit River was bevroren. Toen bevroor de rivier nog ieder jaar en dan probeerden gevluchte slaven over de ijsschotsen naar Canada te komen. En 's nachts natuurlijk. Stel je voor. Je moet 's met Janet praten.'

Hij praatte sneller en met meer accent dan ik tot nu toe van hem had gehoord.

'Heb je me daarom hierheen gestuurd?' vroeg ik.

'Ben jij altijd zo achterdochtig?'

'Nee.'

Het bleef stil aan de andere kant. Het was een stilte waarin we om elkaar heen leken te draaien. Ik stelde me voor hoe Charles Perry erbij zat in zijn witte kantoor downtown New York. Het bleke licht van het peertje aan het plafond verraadde zijn broosheid. In de asbak lag een sigaret te smeulen. En ongemerkt vermengden de opdringerige stadsgeluiden van buiten zich met de pianotonen die als sneeuwvlokjes uit de boxen dwarrelden.

'Charles?' zei ik.

'Wat?'

'Zie ik je nog?'

'Wat bedoel je?'

'Niks. Zie ik je nog?'

'Is dat verstandig?'

'Waarom niet?'

Hij zweeg.

'Ik bel nog wel,' zei ik.

65

'Ja,' zei Charles. 'Bel me.'

En toen hingen we op.

Ik belde naar huis. Meteen. Maar toen ik verbinding kreeg met thuis en de vertrouwde zoemtoon hoorde, één keer, twee, drie, vier keer, klapte ik mijn mobiele telefoon snel dicht, nog voordat de voicemail aanging en ik me goed en wel voorstelde hoe Stefan waarschijnlijk lag te slapen en het hoge gerinkel van de telefoon als een sissend reptiel zijn slaap binnenglipte en hij zijn ogen opende, een fractie van een seconde niet wetend wat er gebeurde, waar hij was, de telefoon, het dekbed van zich afsloeg, op blote voeten naar de woonkamer liep. Hallo? Wie is daar? Maar de verbinding was al verbroken.

Ik wachtte een paar minuten. Toetste het nummer opnieuw in.

'Waar ben je?'

'Detroit.'

'Detroit?'

'Ja.'

'Godverdomme, Laura. Je moeder belt me iedere avond. Wat moet ik haar zeggen?'

'Ik bel haar zelf wel.'

'Doe dat dan ook.'

'Hoe gaat het met je?' vroeg ik.

'Ik heb de Nederlandse ambassade in New York gebeld. Ze helpen mensen die vastzitten. Wil je het nummer hebben?'

'Ik zit niet vast. Ik ben in Detroit. Bij vrienden.'

'Vrienden.'

'Ja, ik kwam iemand tegen en die zei dat ik naar z'n familie in Detroit kon en...'

Stefan onderbrak mijn woordenstroom. 'Red je je?' Zijn stem klonk ineens zakelijk. Alsof hij tegen een collega sprak.

'Natuurlijk.'

[...]

'Ik mis je,' fluisterde ik. Ik haatte mezelf om die woorden maar ik wist niets beters te verzinnen.

'Wat zei je?'

'Mis je me?'

'Wat denk je nou helemaal? Dit hele gedoe gaat mij ook niet in de koude kleren zitten. Wat verwacht je dat ik zeg? Laten we alsjeblieft morgen bellen. Of overmorgen voor mijn part. Okay? En niet midden in de nacht.'

'Is goed, Stefan. Ga maar slapen.'

'Jij ook.'

'Het is nog vroeg.'

'In Detroit,' zei hij.

'Welterusten.'

Het was te laat om mijn moeder te bellen. Ik ging op bed zitten. De droge stilte nam meteen weer bezit van de blauwe kamer. Alsof het telefoongesprek niet had plaatsgevonden.

Ik overwoog of ik batterijen zou kopen voor mijn discman. Het benzinestation om de hoek zou ze moeten hebben. Maar het was donker en Khalid had me wel een keer of tien nadrukkelijk gezegd dat ik niet alleen in het donker naar buiten moest gaan. Dat er 's avonds soms geschoten werd in de buurt. Dus bleef ik wachten. Ik dacht aan mijn moeder. Ik dacht aan de plaat van Paul Robeson. Ik had hem voor het eerst beluisterd in de nieuwe flat van mijn moeder, tijdens haar verhuizing. Zij lag al op bed. Ik kende de muziek niet, maar bij de eerste tonen van 'Ol' Man River' brandden de tranen in mijn ogen. Ik hoorde trage, melancholieke klanken van strijkers, een heel orkest. Zacht gekraak van een naald op oud vinyl. De stem van Robeson. *There's an old man called the Mississippi/ that's the old man that I'd like to be/ What does he care when the world's in trouble/ what does he care if the land ain't free.*' De slepende melodie en de eenvoudige zinnen raakten me zo diep dat ik verstijfde in mijn stoel. Ik keek om me heen. Er was alleen het flauwe schijnsel van een schemerlampje.

De meeste meubels zaten nog in plastic gepakt. Als schaduwen stonden ze her en der in de donkere woonkamer. Mijn moeder had alles nieuw gekocht, alles, tot aan bestek en pannen en pannenlappen en dekens en lakens toe. Zelfs de lucht in het huis rook nieuw, de stofdeeltjes die er onzichtbaar in rondzweefden. Nog nooit had ik mijn moeder zo gelukkig gezien. Sinds de scheiding van mijn vader, vijftien jaar eerder, was ze een paar keer overnieuw begonnen, met een nieuwe echtgenoot en tweedehandsspullen, maar deze verhuizing, op haar zevenenzestigste en helemaal alleen, leek de verwezenlijking van een lang gekoesterde droom. Nergens in de flat was ook maar iets ouds te vinden. Geen foto's. Geen familieportretten. Geen oude schilderijen. Behalve deze muziek. '*Waterboy... Where are you hidin'...?*' Paul Robeson fluisterde de woorden bijna. A capella. De nieuwe flat stond dicht bij de IJssel, op nog geen twintig meter lopen van het huis waar mijn grootouders hadden gewoond en waar mijn moeder was opgegroeid. Ze was op vertrouwd terrein, en toch verwees niets hier naar welk verleden dan ook. '*There is no hiding place down here/ there is no hiding place down here...*' Het was een opgewekt liedje. Robesons stem had iets geruststellends, die diepte ervan, de zoete pijn die zich schuilhield achter vrolijke pianonoten, de superioriteit van zijn zang. Hij moest een grote man zijn geweest. Bij de eerste tonen van elk nieuw liedje dacht ik dat ik het stuk herkende, maar ik wist zeker dat ik deze muziek nooit eerder had gehoord. Alsof ik in een herinnering werd geslingerd, een herinnering van iemand anders, zonder beelden of woorden. '*I'm gonna tell God all of my troubles when I get home/ I'm gonna tell him all of my troubles when I get home.*' Een bluesy gospel. Ik keek naar buiten. De maan was halfvol en een bleek zilverachtig licht viel precies op de enorme lindeboom die in de gemeenschappelijke tuin voor de flat stond. Overdag bloeide de boom volop maar nu leek hij in slaap. Ik duwde het raam open. Ademde de volle nachtelijke lentegeur in. In de verte zag ik het scherpe silhouet van de oude graansilo bij de haven. De silo werd al jaren niet meer gebruikt. Het was nu een monument. Ik dacht erover mijn moeder te wekken en haar te vragen naar de muziek, haar ouders, jeugd, het maakte niet uit, iets zeggen, gewoon iets zeggen, woorden horen, de leegte die als vochtige nevel tussen de ingepakte grenen en kunststoffen meubels hing verdrijven, het vreemde gevoel dat die meubels met hun opdringerige nieuwheid mijn aanwezigheid op een of andere manier probeerden te ontkennen. Maar mijn moeder had haar rust hard nodig. Ze zou denken dat er iets ergs aan de hand was wanneer ik haar midden in de nacht wakker zou maken. Dus sloot ik het raam, zette de pick-up af en stopte de plaat terug in de hoes. Daarna ging ik naar bed.

* * *

Om een uur of negen kwamen Tania en Khalid thuis. Ik zat in de zijkamer beneden televisie te kijken. Khalid droeg een slapende Monique in zijn armen. Hij liep meteen door naar boven en legde haar met kleren en al in haar bed. Tania maakte thee in de keuken en vertrok naar haar kamer. Boven aan de trap riep ze me. 'Heb je die foto's al bekeken?'

'Foto's?'

'Van Leni Sinclair. Op de site. Kom je zo?'

De slaapkamer van Khalid en Tania was een soort boudoir. Een zware zoete geur van kokosolie en parfum vermengd met wierook vulde de schemerige ruimte. Voor de ramen hingen donkergroene velours gordijnen. Er stond een kaptafel met allerlei flesjes geurolie, borstels, kammen, bodylotion. De spiegel hing aan de zijkanten vol met kettingen en armbanden in alle kleuren en materialen. Aangrenzend aan de slaapkamer was een kleine ruimte waar een breedbeeldtelevisie stond, een computer, een boekenkast en een comfortabele slaapbank. Tania lag op de bank, haar hoofd rustend in dikke kussens, haar voeten sierlijk onder haar billen geschoven. Ze had een doek met Afrikaanse print om haar middel geknoopt en haar haar in een wrong gedaan. Haar huid glom. Ze deed me aan Cleopatra denken. Ze had de afstandsbediening in haar hand en zapte tussen de verschillende kanalen. Ik ging op de kruk bij de computer zitten en keek naar de boeken in de boekenkast. Op de eerste plank stond het hele oeuvre van Toni Morrison. Tania zag me kijken. 'Ooit wil ik ze allemaal gesigneerd hebben,' zei ze. 'Morrison is mijn heldin, maar de meeste boeken van haar heb ik nog niet gelezen. Geen tijd.' Ze strekte zich uit, kreunde loom. 'Het nieuws begint zo,' mompelde ze. 'Ik heb de site al opgezocht. Je hoeft alleen maar te klikken met de muis.'

Dus dit was de ruimte waar ze zich iedere avond om een uur of halftien terugtrok. Khalid was dan meestal de deur uit naar een afspraak.

Ik schoof heen en weer met de muis en klikte een paar keer. Tania had al een voorselectie gemaakt van de foto's die ze wilde zien. Ik zag portretten van Bob Marley, Ella Fitzgerald, Prince, Iggy Pop, Sun Ra, John Lennon, Howlin' Wolf, Charles Mingus.

'Ze was een hippie,' zei Tania.

'O.'

Ik staarde naar de foto's. Er was iets mee, maar ik kon niet precies achterhalen wat. Het waren allemaal intieme portretten, met scherpe zwart-witcontrasten. Nooit geposeerd. Charles Mingus die diep geconcentreerd de bas bespeelt, de manier waarop zijn handen de snaren aanraken, zijn naar binnen gekeerde blik, eigenlijk niet bedoeld om te worden vastgelegd. Alsof Leni hem betrapte.

'Ongelooflijk wie ze allemaal heeft ontmoet,' hoorde ik Tania zeggen.

Ik scrolde verder naar beneden. Herkende het portret van John Coltrane. 'Jezus,' zei ik.

'Wat?'

'Die had Charles in New York op zijn bureau staan.'

Tania hees zichzelf omhoog uit de bank om te kijken. ''Trane,' zei ze alleen maar.

'Charles zei dat de fotograaf waarschijnlijk had geprobeerd de muziek te fotograferen. Meer nog dan de muzikant.'

Tania lachte minzaam. 'Typisch Charles Perry. Romantisch.'

Ik keek naar de foto's. Misschien hoorde ik niet direct muziek bij het zien van de portretten, maar ze riepen wel een heel sterke sfeer op. Alsof ik in het beeld werd gezogen en de geur van sigarettenrook en cognac en zweet rook in de clubs waar Coltrane en Mingus speelden, de zachte warmte van de lucht voelde.

'Ik wil Bob Marley,' zei Tania. 'En Prince. Heb je haar nummer?'

Ik knikte.

'Goed.' Ze stond op en drukte de tv uit. 'Ik ga zo slapen.'

Ik rook een zweem van de kokosolie op Tania's huid.

'Laat mij eens.' Ze duwde me zachtjes aan de kant en ging naast me op de kruk achter de computer zitten. 'Ik heb op Google gezocht. Ze komt uit de DDR.'

'Leni?'

'In '59 is ze gevlucht. In een van die artikelen stond dat ze begon met fotograferen om kiekjes voor haar familie te verzamelen omdat ze bang was dat ze hen nooit meer terug zou zien. Je weet wel. Een soort bewijsmateriaal. Leni op het Vrijheidsbeeld. Leni op het Empire State Building. Leni bij de Niagarawatervallen. Ze kocht een camera van de tweehonderd mark die haar moeder haar had gegeven. Dat was de opbrengst van een varken.'

'Grappig.'

'Herinneringen verzamelen.'

'Net als Khalid,' zei ik.

'Dat is anders.'

'Waarom?'

'Omdat voor Khalid zijn persoonlijk leven altijd ondergeschikt is aan het groter belang. Zijn gezin dus ook. Daarom.' Ze zei het met een neutrale, opgewekte stem die de treurigheid van haar woorden onbedoeld versterkte.

'Deze foto's gaan toch ook niet over haar eigen leven?' zei ik.

'Bij elkaar vormen ze ook een soort verslag van de geschiedenis.'

'Dat is niet waar. Kijk dan goed. Ze gaan net zoveel over de muzikanten als over Leni Sinclair zelf.'

'Wat bedoel je?'

Tania lachte haar ironische, scherpe lach. 'Dat ze in ieder geval dol is op zwarte mannen. Dat denk ik. Of ze hoopte dat ze zelf ook een beetje zwart zou worden door die foto's. Grapje.'

Ik glimlachte. Sinds ik in Detroit was, leek het alsof het rassenvraagstuk zich in ieder gesprek en iedere terloopse conversatie wist te wurmen. Ook wanneer er niets over gezegd werd, zoals Tania en Khalid met geen woord repten over het feit dat ik wit was, en ik ook niet het gevoel had dat het hun werkelijk iets uitmaakte, terwijl ik me nog nooit zo bewust was van de kleur van mijn eigen huid.

'Wat vind je eigenlijk van Charles Perry?' vroeg Tania. De toon waarop ze het vroeg verraste me; suggereerde een bepaalde intimiteit die er tot nu toe niet was tussen ons.

'Hij heeft me gered. Ik kende niemand in New York,' zei ik zo nonchalant mogelijk, maar ondertussen proefde ik ieder afzonderlijk woord, zelfs de stiltes tussen de woorden klonken in mijn oren belangrijk en vol betekenis.

'Echt iets voor Charles.'

'Hoezo?'

'Gewoon. Voor Khalid is hij als een vader. Perry was een belangrijke figuur in de jaren zestig, heeft hij dat niet verteld? Volgens mij was hij een Panther. En een vertrouwenspersoon voor allerlei mensen, muzikanten, artiesten, politici, ik weet het niet precies. Ik weet ook niet wat hij van mij vindt.'

'Wat zou hij van je moeten vinden?' Ik was teleurgesteld dat ik mijn verhaal over 11 september en New York en Charles niet kon vertellen. Tania leek op zoek naar iets anders.

'Zei hij niks?'

'Dat je uit Sheffield komt. En over Monique.'

'Hmm.' Ze staarde weer naar de foto's op het beeldscherm. 'Jij bent toch schrijver?'

'Journalist. Hoe weet je dat?'

'Charles.' Met de muis zocht ze nieuwe pagina's op het net. 'Moet je kijken hoe jong.'

'Is dat Leni?' vroeg ik.

'Toen ze net in Amerika was.'

'Ze is mooi.'

Tania's schouders zakten naar beneden. Ze krulde haar rug, alsof ze zichzelf wilde oprollen. 'Khalid past niet in deze tijd. Daarom heeft hij zijn museum,' zei ze, aarzelend en meer tegen zichzelf dan tegen mij. 'Hij heeft een raar soort heimwee. Soms heb ik het idee dat hij daarom van me houdt.' Ze zweeg. Het grijze zoemen van de computer vulde de geladen stilte in de kamer.

'Dus je hebt in Nigeria gewoond,' probeerde ik.

Ze knikte.

'Met je vader.'

'Yep,' zei ze. 'Alleen wij tweeën. Maar ik heb geen foto's. We hadden niet eens een camera.' Ze boog voorover naar het beeldscherm. Zei: 'Kijk, hier zegt Leni in een interview dat ze honderden brieven schreef aan haar jongere zus in Oost-Duitsland en dat ze altijd het gevoel heeft gehouden dat ze ook voor haar leefde en haar moeder, een dubbelleven en daarom...' Ze maakte haar zin niet af. 'Ik ga naar bed.' Ze stond op. Het was duidelijk dat ons samenzijn was afgelopen. Ik sloot de computer af.

'Wat ga je morgen doen?' vroeg Tania.

Ik realiseerde me dat het morgen maandag was en dat Khalid en Tania allebei zouden werken. Monique zou op school zijn.

'Wat rondlopen in de buurt. Lezen. Misschien naar een museum. Ik zie wel,' zei ik.

'Je kunt met mij mee naar kantoor. Ik werk alleen,' zei Tania. 'Er staan computers, telefoons.'

'Misschien doe ik dat wel.'

Ze draaide zich om en stak haar arm de lucht in. 'Je ziet maar.'

FLAMENCO SKETCHES

De volgende ochtend werd ik om een uur of negen wakker. Khalid en Tania en Monique waren allang vertrokken. Ik had niks gehoord terwijl mijn slaapkamer naast de badkamer lag. Ik stond op, kleedde me aan en nam in de keuken een bak cornflakes en een boterham. Daarna ging ik naar buiten. Ik had geen plan. Misschien was het museum voor Afrikaans-Amerikaanse geschiedenis geopend. Ik wist dat het in het centrum was en dat het centrum aan het einde van Woodward lag, bij de Detroit River. Bij het benzinestation om de hoek kocht ik een flesje water en een reep chocolade. Ik stak de brede straat over. Wilde een stuk met de bus gaan maar zag nergens een bordje met BUSHALTE erop. Op het trottoir tegenover het benzinestation stonden een paar mensen verweesd bij elkaar, maar het was onduidelijk wat ze daar precies deden of waarop ze wachtten. Een meisje van een jaar of zestien in een gele haltertop en lange gebloemde rok. Een gedrongen oudere vrouw in een donkergroene wollen jas. Het was alsof de zware jas haar met moeite overeind hield, zover helde ze voorover op haar dunne benen. Achter haar stond een jonge lange man in een glimmend zwart pak en wit overhemd druk te telefoneren. Niemand keek op of om toen ik aan kwam lopen. Ik was de enige blanke op straat. Ik realiseerde me dat ik vergeten was zonnebrandcrème op te doen en nu al voelde ik de zon prikken in mijn nek en op mijn armen. Het was bij tienen. Ik vroeg de oudere vrouw of de bus hier stopte. Ze knikte vriendelijk.

'Over een paar minuten,' zei ze.

'Dank u.'

Het was druk in de bus. Ik liet de oude dame op de enige lege stoel pal achter de chauffeur zitten en hield me vast aan de rugleuning. Schokkend en pruttelend trok het gevaarte op, een wolk zwarte rook achterlatend. We passeerden het Normandie Hotel. Het was omgebouwd tot een daklozenopvang en er woonden nu vooral alcoholisten en psychiatrische patiënten, had Khalid me verteld. Monique mocht er niet in de buurt komen op haar oranje fietsje. De bibliotheek ernaast was vorige maand gesloten en de ingang en de ramen waren dichtgetimmerd met houten planken. De bus kroop over het asfalt, stopte om de paar honderd meter om wat mensen op te pikken. We passeerden minimarkten en benzinestations. Een bloemenwinkel die er donker en verlaten uitzag. Maar het was maandagochtend. Ik vroeg de buschauffeur me te waarschuwen als we in het centrum waren. Hij haalde zijn schouders op. Voor me zag ik enorme blinkende torens als doofstomme reuzen opdoemen uit het asfalt en ik besloot dat daar het centrum moest zijn. Ik drukte op de stopknop en even later stopte de bus met piepende remmen voor een kruising. Als enige passagier stapte ik uit. Ik begon te lopen. Zodra ik een andere voetganger zag zou ik wel vragen waar het museum was. Maar ik zag niemand op de brede troittoirs, hier niet en aan de overkant ook niet. De zon brandde op mijn blote schouders en mijn nek. Auto's raasden in drie rijen naast elkaar over dit stuk van Woodward. Maar het was alsof er geen mensen in die auto's zaten. Ze waren als speelgoedauto's die door een onzichtbaar iemand met een afstandsbediening werden bestuurd. Ik liep door in de richting van de wolkenkrabbers. Dit moest het centrum zijn. Ik passeerde een theater. *Lux* stond er in sierlijke letters op de gevel. Verderop was het Detroit Opera House, een modern en mooi gebouw, opgetrokken uit rood baksteen en hout. De voorkant, waar ook de ingang was, was helemaal van glas. Ik zag geen winkels of warenhuizen. Alleen anonieme kantoorgebouwen, een nieuw appartementencomplex met een tennisbaan en een zwembad erachter, een parkeergarage, een imposant vaal-geel gebouw dat leegstond, uit de meeste ramen was het glas weggeslagen en uit sommige ramen wapperden flarden van gordijnen. Ik dacht aan oude westerns. Het moment dat de held of de outlaw het stadje binnentrekt op zijn paard, Ennio Morricone-achtige muziek die past bij de kale gele vlaktes, de prairies in de verte, de rotsachtige bergen die scherp en donker afsteken tegen de oranje avondlucht. Er is niemand te zien. De lucht is mistig van het gele en rode stof van de opstuivende, kurkdroge aarde. Het stadje kan net zo goed verlaten zijn, dood verklaard, of misschien schuilen er een paar mensen in hun houten huizen, of in de saloon.

Ik was niet bang. Er was toch niemand anders op straat, of misschien is dat de vertekening die de herinnering ervan maakt. Ik was helemaal alleen. Ik kan me geen ander moment herinneren waarop ik zo alleen was, en dat bedoel ik letterlijk, zo afgesneden van ieder menselijk contact, omringd door asfalt en steen en glas en staal. Ik voelde ook geen paniek, ik voelde helemaal niet zoveel, ik liep alleen maar, de droge hete lucht die ik bij iedere stap inademde en het monotone ritme van mijn voetstappen hypnotiseerden me en bovendien wist ik intuïtief dat ik me op dit moment niet te veel gevoelens kon permitteren. De wind blies fijn zand over de straat. In de goten hoopte het zich in kleine bergjes op. Het was net alsof de stad haar adem inhield, alsof ik me in een raar soort tussentijd bevond waar alles stil leek te staan, ondanks de schrale winden die uit alle richtingen leken te komen en zich hier midden in het centrum vermengden tot een mini-orkaan die het zand en het vuil optilde en de lucht in blies.

Ik dacht aan Khalid en zijn lofzang op de geschiedenis van zijn stad die hij gisteren tijdens de lunch had afgestoken. *De eerste grote speech van Martin Luther King, de triomfen van bokskampioen Joe Louis, in Paradise Valley hadden alle jazzgrootheden opgetreden, Dizzy Gillespie, Billie Holiday, Duke Ellington, Ray Charles, John Coltrane, de rellen van '67, Motown...* Uit Khalids mond had de opsomming swingender geklonken dan ik me nu herinnerde. De rij namen, gebeurtenissen en wapenfeiten was ook veel langer. Niets zag ik ervan terug in dit tochtige centrum. Het was alsof de stad zich als een slang ontdaan had van haar oude huid. Geen wonder dat Khalid zich vastklampte aan alles wat maar op een of andere manier verwees naar een achtergrond, geschiedenis; plaatjes van negertjes met zwart geverfde gezichten en dikke knalrode lippen en kroeskopjes, sleutelhangers met het gezicht van Malcolm X erop, lege cornflakesdozen met foto's van bekende zwarte sporters, zelfs een puntmuts van de KKK was beter dan niets. Het diepe bruin van zijn huid leek eerder een anker dan een kleur voor hem. 'Waarom haat je Detroit zo?' had ik hem Tania horen vragen. 'Is de stad soms te zwart voor je?'

'Dat is gemeen.'

'Nou?'

'Omdat jouw voorouders gevluchte slaven zijn, ben jij niet zwarter dan ik. Kijk om je heen, Khalid. Het is alsof de slavernij hier nooit is afgeschaft. We leven in de woestijn. Niemand investeert in deze stad. Jij richt je hoop op de zwarte bevolking, maar je weet net zo goed als ik dat je jezelf voor de gek houdt. Er is hier geen hoop. Ze vechten hier als krabben in een ton. De mensen zijn jaloers en bang en veel te dik van alle junkfood.'

En toch had Tania besloten hier een huis te kopen. Zich te settelen.

Mijn lippen waren droog en gebarsten. Ik liep in de richting waar ik de rivier vermoedde, ik rook het water al, die typische zoete ijzerachtige geur. Ik had dorst. Mijn flesje water had ik in de bus laten liggen. En nergens zag ik een café of een *diner*. Ik kwam uit op een plein met grijze marmeren tegels die blonken in het zonlicht. Ik was een witte pion op een groot schaakbord. Een onzichtbare hand duwde me voort. Dat verklaarde mijn aanwezigheid in deze lege wereld.

Ik ging op een bankje aan het water zitten. Geen gedachten. Ik luisterde. Ik zag een donkerrood schip op de rivier. Toen ik beter keek zag ik dat het een oud verroest vrachtschip was uit de voormalige Sovjet-Unie, compleet met rode hamer en sikkel op de boeg. Op de voorsteven wapperde een Filippijnse vlag. Dat zo'n bakbeest nog te water bleef. Ik luisterde. Hoorde alleen het zachte ruisen van de stilte, de wind, het suizen van bloed dat door mijn aderen gepompt werd. Waar was ik in godsnaam terechtgekomen?

Ik keek naar de glinsterende rivier. Lange slierten nevel dreven als geesten boven het water. De zon scheen fel in mijn gezicht, maar ik kon mezelf er niet toe brengen op te staan en een schaduwplek te zoeken. Het Russische schip was niet meer dan een vage donkere stip in de verte. De scherpe rafelige noordenwind bezorgde me kippenvel, ondanks de hitte.

Ik probeerde aan Stefan en thuis te denken, maar het was alsof er een gat in mijn herinnering zat. Alsof mijn dagelijks leven in Amsterdam uit mijn geheugen werd gewist. Ik zag Stefan wel, in zijn spijkerbroek en colbert, waarvan de achterkant steevast gekreukeld was, zijn ongeschoren wangen en zijn halflange donkerblonde haar, maar ik kon geen contact met hem maken. Net als Alice in Wonderland was ik door de tijd gevallen. Op een of andere manier was het alsof ik nooit bestaan had voor hem en hij niet voor mij.

De lucht, de hemel, de weerspiegeling van het witte zonlicht op het ijzige blauwe water, de wind die naar niets rook, glas, dun glas, het schip was nu helemaal verdwenen. Op dat moment voelde ik de brandende pijn in mijn wangen en armen en op mijn schouders. Ik moest eruitzien als een kreeft. Toen ik probeerde op te staan, werd het zwart voor mijn ogen. Ik zag niets meer. Alleen geflikker in de verte, kleine sterren die verdwenen zodra ik ze waarnam. Ik liet me weer op de stenen bank vallen. Wreef over mijn gloeiende armen. Het leek alsof het vuur van binnenuit kwam. De pijn trok door mijn hele lichaam. Ik werd er misselijk van. Ik kokhalsde. Klapte voorover en stak mijn vinger in mijn keel maar er kwam niks. Ik moest Charles Perry bellen.

In een flits zag ik mezelf op de grond liggen in zijn koele kantoor. De zachte schone lakens. Ik hoorde de aarzelende tintelende tonen van de piano. Alsof het regende buiten. De stilte tussen de tonen. De zoete geur van wierook en olie die nu als DNA in de vezels van mijn ongewassen T-shirt en jeans lag opgeslagen.

Het verlangen dat de vluchtige herinnering bij me opriep was zo overweldigend en schrijnend dat ik ervan schrok. Een diepe pijnlijke hunkering waar ik totaal geen controle over had. Wat gebeurde er? Ik keek naar de rivier maar het helle zonlicht verblindde me. Ik dacht aan Charles. De herinnering aan zijn aanwezigheid – de lijnen en groeven in zijn gezicht, zijn afwachtende vermoeide blik, het donkere geluid van zijn stem en de zoete warmte die van zijn lichaam afstraalde – was werkelijker en dichterbij dan wie of wat ook. Zijn kantoor en de donkerblauwe Chrysler leken de meest vertrouwde en veilige plekken op aarde. Waarom drong het nu pas tot me door? Hij had me naar Detroit gestuurd, naar zijn familie.

Ik graaide naar mijn tas om de telefoon te pakken. De brandende pijn in mijn lijf voelde als honger, echte honger, alsof het vuur een gat in mijn maag brandde, alsof ik erin zou verdwijnen wanneer ik Charles niet zou spreken. De tentakels van een octopus, van alle kanten werd ik belaagd, vastgepakt, zachte tongen likten mijn verbrande huid, zogen zich aan me vast. Ik drukte op de geheugentoets van mijn telefoon en zocht het nummer in New York.

'Hallo?'

'Ik moet je zien.'

'Laura?'

'Jij weet het toch ook?'

'Waar ben je?'

'Bij de rivier.'

'Alleen?'

'Ja.'

'Neem een taxi naar huis.'

'Er zijn hier geen taxi's.'

'Wat is er gebeurd?'

'Niks.'

'Kan ik je straks terugbellen? Ik zit in een vergadering.'

'Nee.'

'Wacht even.'

Ik hoorde geroezemoes en geschuif van stoelen aan de andere kant, een deur die met een plof in het slot viel.

'Zo,' zuchtte hij.

'Heb je aan me gedacht?' vroeg ik.

'Wat?'

'Je hoort me wel.'

'Ja, Laura. Ik heb aan je gedacht.'

'Verdomme.' Ik begon te huilen.

'Wat is er?'

'Niks. En nu?'

'Hoe bedoel je, en nu?'

'Doe je het altijd zo met je vriendinnen? Hoe heette ze ook alweer? Die zangeres. Peaches. Ik wed dat ze zat te smachten tot je weer tijd voor d'r had, of niet soms?'

'Ik heb hier geen zin in.'

'Hang dan op.'

'Nee.'

We zwegen. De dikke ruisende stilte die tussen ons in hing gaf ons bedenktijd. Ik kon nog terug, realiseerde ik me, maar in plaats van mijn telefoon dicht te klappen zei ik: 'Ik wil bij je zijn.'

[…]

'Ik wil bij je zijn.'

'Ik hoor je,' zei hij. 'En?'

'Waarom nam je me mee?'

'Je was hulpeloos.'

'Je liegt.'

'Goed, dan lieg ik. Jij je zin. Denk je nu werkelijk dat ik verlegen zit om de eerste de beste witte journaliste die zich denkt te herkennen in onze geschiedenis? Hou toch op. Jullie zijn allemaal hetzelfde.'

'Jullie?'

'Ga naar huis, Laura.'

'Ik heb hier geen thuis.'

'Ik ben getrouwd.'

'Dat weerhield je er anders niet van een kind te maken bij een crackhoer, niet dan?'

Hij zei niets terug. Ik wist niet wat me bezielde. Ik huilde nog steeds, maar de wind droogde mijn tranen voor ik ze op mijn gloeiende wangen kon voelen.

'Charles,' zei ik.

'Hmm.'

'Ik meen het.'

'Dat weet ik.'

'Dus?'

'En je leven in Holland? Je man?'

'Ik kan niet terug. Er gaan geen vliegtuigen. Ik heb gebeld.'

'Je kunt niet hiernaartoe komen. Manhattan is één groot mortuarium.'

'Dus ik zit in de val?'

'Als je het zo wilt zien,' lachte Charles.

'Hoe moet ik het anders zien?'

'Je bedenkt wel iets.'

Onze woorden raakten op. Mijn beltegoed trouwens ook. Een elektronische vrouwenstem waarschuwde dat ik nog twee minuten en vijfentwintig seconden gesprekstijd overhad.

'Waarom rijd je niet hierheen?' zei ik. 'Je vindt me toch leuk?'

'Ja,' zei hij. 'Ik vind je leuk.'

'Nou dan?'

'Ik vertrouw je niet.'

'Wat?'

'Je speelt een spelletje met me.'

'Waar heb je het over?'

'Dat weet je best.' Hij zweeg. Ik hoorde de dure denkbeeldige seconden van mijn beltegoedkaart wegtikken. Vijfendertig, vierendertig, drieëndertig, tweeëndertig…

'Charles?'

'Okay, als dat is wat je wilt. Maar zeg niet dat ik je niet heb gewaarschuwd. Ik hou er niet van gebruikt te worden. Ik bel je.'

'Dank je,' mompelde ik.

Maar hij had al opgehangen.

TWEE

DE VLUCHT

Ze slaapt nog. Ze is thuis in de woonkeuken in Vahldorf. Het is
nacht. Winter. Alles om haar heen is bedekt met een flinterdun
laagje ijs, de muren, de tafel, het aanrecht, de ramen, zelfs het
plafond. In het zilverblauwe licht van de maan schittert het ijs als
kristal, blauw, wit, groen, geel, paars. Alsof ze in een enorme
doorzichtige diamant ligt. Het is zo stil hier. Geen spoor van geluid, zelfs geen vaag ruisen, geen gedrup van een kraan, niets, alleen lucht, heldere knisperende lucht.

Leni opent haar ogen. Haar lippen en mond voelen droog en
schraal. In het halfdonker ziet ze de contouren van haar zus Hanne in het bed naast haar. Even denkt ze de punt van een rietsten-
gel te voelen die door het grove jute van haar matras in haar rug
prikt. Ze draait zich een kwartslag om. Dan realiseert ze zich
waar ze is: de hut in de United States. De vrouw op de andere
brits is mevrouw Haneke uit Wenen, met haar smalle, oude rug
ligt ze naar haar toegekeerd. De storm is gaan liggen. Geen lawaai
en gebonk meer, alleen het eentonige ronken van de motoren
van het schip. Hoe laat zou het zijn? Geluidloos glipt ze uit bed
en schiet in haar ochtendjas. Naar buiten. Op handen en voeten,
alsof ze de plotselinge kalmte niet vertrouwt, klautert ze naar het
eerste dek, duwt haar gewicht tegen de stalen deur. De koude novemberlucht snijdt haar adem af. Maar een paar seconden later
voelt ze tintelingen in haar keel, longen, van daaruit in de rest
van haar kleine lichaam, alsof ieder afzonderlijk zuurstofdeeltje
geladen is met elektriciteit.

Nu staat ze op het dek. Het is een uur of zeven. De lucht is on-bestemd grijs en blauw, net als het water van de zee. De horizon een rafelige witte streep in de verte. Daarachter, heel ver daarach-ter, ligt Amerika. Het is 18 november 1959. Nooit eerder is ze zich zo bewust geweest van de tijd. Van data. Ze wil zo veel mogelijk momenten van deze reis onthouden. Ze ziet er leuk uit. In Ham-burg is ze nog naar de kapper geweest, in het chique Atlantic Ho-tel bij de haven. Zonder het te vragen knipte de jonge kapster wel tien centimeter van haar steile blonde haar af zodat ze er nu jon-gensachtig en vrouwelijk tegelijk uitziet. Ouder. Ze is helemaal klaar. Zuigt de scherpe ochtendlucht naar binnen, alsof ze een voorraadje wil aanleggen voor als de stormen en regen weer toe-slaan en ze opnieuw naar de hut wordt verbannen. Lang zal dat niet duren. De lucht is zo ijzig en stil. Ze luistert. Hoort enkel het onschuldige klotsen van het water. In een flits aarzelt ze over wat ze nu moet voelen. Opwinding? Angst? Geluk? Weemoed? Heimwee? Ze kan niet kiezen. Ze heeft geen invloed op haar ge-voelens en gedachten. Op dit moment is ze overgeleverd aan wat het vertrek, de reis en het ongewisse van de aankomst in New York met haar doen. Dus blijft ze gewoon staan.

'Good morning.'

'Good morning,' fluistert ze met een vreemde tong terug.

Weg is de kokshulp in zijn hagelwitte koksjas. Opgelost in de witte ochtendnevel. Een dunne lauwe windvlaag. De pure harde geur van zout en vis en water. Ze ademt diep. Alsof de vochtige lucht haar vanbinnen schoonspoelt. Ze is zo licht als een vlinder. Ze straalt. Alsof er een aura van zwoel nachtclublicht om haar heen hangt. Haar asblonde haar is van zijde.

Die lichtheid heeft Leni altijd al gehad. Daar is ze mee geboren. Vraag haar moeder Olga maar. Of haar zussen. Hannelore, Leni's jongere zus, kan het je nog het beste vertellen. Hoe hun ouders hun laatste restje hoop en verlangen en verwachting in Leni propten, onafhankelijk van elkaar en zonder dat Leni het in de gaten had.

Maar nu, nu Leni tegen de reling op het eerste dek van de United States leunt en haar blik vervliegt in de weidsheid van water en lucht en ze nergens maar dan ook echt nergens aan denkt, nu opeens begint er diep binnen in haar een besef te groeien dat even geheimzinnig als zwaar is. Een vage notie van schuld. Alsof iets of iemand haar betrapt, maar ze kan bij god niet bedenken waarop.

De ochtendschemer is opgelost. Alsof ze een bril heeft opgezet en alles opeens heel scherp en gedetailleerd ziet. De schakeringen blauw en groen van de zee. De scherpe transparantie van de lucht. Er komen steeds meer mensen op het dek. De meesten zijn gewassen en aangekleed en op weg naar de ontbijtzaal. Een enkeling rookt in pyjama en ochtendjas een eerste sigaret. De opluchting over de kalme zee is van hun gezichten te lezen. Leni wendt haar blik af als iemand haar passeert en in haar richting kijkt. Ze heeft geen zin om te groeten, laat staan een gesprek te voeren.

De zon hangt loom en zwaar boven het stille water. Net een zonsondergang na een hete zomerdag. Het licht is oranje. De vochtige novemberlucht dringt langzaam door het dunne katoen van haar ochtendjas en pyjama. Ze rilt. Alsof ze wakker wordt. Ze haast zich terug naar de hut, deur open, trap af, deur dicht, oppassen voor de stalen treden die glad als ijs zijn door het vocht. Mevrouw Haneke wil net naar de eetzaal gaan. Een rood vest hangt over haar schouders. Ze staart Leni wezenloos aan.

'Waar was je nou?' vraagt ze.

'Buiten.'

'Gek kind.' Mevrouw Haneke schudt haar grijze hoofd; alsof ze meer weet over Leni dan Leni zelf. 'Straks mis je het ontbijt. Je moet het ontbijt niet missen. Niet vandaag.' Ze knikt betekenisvol in de richting van het ronde raampje. 'Mooi weer,' mompelt ze.

De oude vrouw werkt haar op de zenuwen met haar rare accent. Al haar dwingende Oostenrijkse zinnen klinken als vragen, de woorden als minidoolhoven waarin je verdwaalt als je niet oppast. Ze is blij dat ze weer alleen is. Even overweegt ze om weer onder de dekens te kruipen en te gaan slapen, maar dan ziet ze het ontbijtbuffet voor zich, het is nog niks vergeleken bij het diner, maar toch, nooit eerder heeft ze zoveel verschillend voedsel bij elkaar gezien, alsof het er neergezet is om geschilderd te worden, in olieverf, met geel licht erop, zodat het lijkt alsof het eten warmte afgeeft, een ziel heeft, zonde om op te eten. Dikke sneden bruin brood met krenten, bruin brood zonder krenten, witbrood met glanzende knapperige korsten, wit brood zonder korsten, beschuit, sinaasappelsap, grapefruitsap, tomatensap, allemaal in grote glazen schenkkannen, wel tien soorten vleeswaren, kaas, eieren, jam, marmelade, schalen vol fruit, bananen, ananas. En het personeel. Als lakeien staan ze stram en strak langs de wanden in hun helwitte jasjes met gouden epauletten. Alsof ze kunnen vliegen, zo snel en onhoorbaar bewegen ze zich door de donkerbruine houten zaal. 'Koffie, thee, sinaasappelsap?' Leni knikt. Glimlacht. Ze is voorzichtig; hoort niet graag haar eigen stem in deze gigantische zaal waar de dikke rode tapijten alle geluiden opzuigen, geen gekletter van messen en vorken, geen gesmak of getik van dameshakken. Alleen beleefd gefluister.

Ze draait de deur van de hut op slot. Begint zich uit te kleden. Terwijl ze zich omdraait om een schoon hemd uit haar kast te pakken, vangt ze een flits op van haar eigen naakte lichaam in de spiegel. Ze is zo bleek en mager.

'Wat wil je later worden?' had Hanne haar op een avond gevraagd. Het was een paar dagen voor haar vertrek. Ze lagen in bed.

'Geoloog,' zei Leni.

'Waarom?'

'Ik wil alles over de aarde weten.'

Hanne had haar aangestaard alsof ze vuur zag branden. Ze zag spierwit met een koortsige blos op haar wangen.

'Wat is er?' vroeg Leni.

'Niks. Ik heb zitten denken. Als jij gaat, moet ik blijven.'

'Hoezo?' Leni had haar best gedaan haar irritatie te verbergen. Hanne zocht overal iets achter. Alsof de dingen niet gewoon op zichzelf konden staan. 'Wat bedoel je?'

'Gewoon, iemand moet bij mama blijven,' zei Hannelore.

'Mama wil juist dat ik wegga. Ze heeft me geld gegeven om een camera te kopen. Ik doe precies wat zij wil.'

'Ja, dat weet ik. Maar het betekent dat ik moet blijven.'

'Jij moet doen wat jij wilt, Hanne. Ik zal je altijd steunen.'

'Hoe?'

'We zullen schrijven.'

'Schrijven?'

'Ja. Ga slapen. Het is laat. Je moet je niet zo druk maken om mama. Ze is sterk. Ze houdt van je. Ze is sterker dan jij en ik bij elkaar.'

'Denk je?'

'Ik weet het.'

'En vader dan?'

'Hou op, Hanne. Ga slapen.' Ze had het lampje boven hun tweepersoonsbed uitgeknipt en zich op haar andere zij gedraaid. Ze was meteen in slaap gevallen.

Ze kleedt zich snel aan. Een witte blouse op een zwarte lange broek. Sokken, schoenen. Ze gooit haar hoofd in haar nek, schudt haar haar naar achteren. Het lijkt wel of het haar dikker is geworden sinds het geknipt is. Ze haast zich de hut uit, de trap op, door de smalle gangen die allemaal op elkaar lijken, de eetzaal is op het derde dek, de gangen zijn leeg, straks komt ze echt te laat, ze versnelt haar pas, de lichtblauwe deuren flitsen langs haar heen, ze rent nu, hoort haar eigen ademhaling, alsof ze op de hielen wordt gezeten door iets of iemand en terwijl ze rent voelt ze zich een dief ondanks de tientallen brieven die ze in het opvangkamp in Hindesheim naar huis schreef, naar Hanne, de gedetailleerde beschrijvingen van wat voor kleren ze droeg, met welke meisjes ze omging, hoe het weer was, het werk op het kantoor van de staalfabriek, de geur van gesmolten ijzer, zonlicht dat door een hoog raam naar binnen viel, in mooie rechte stralen die je bijna kon aanraken en stof in de lucht.

Geen enkel beschreven detail kan op tegen hoe het echt is, denkt Leni, de staalachtige geur van de zee en de stormen en de misselijkheid en de koorts en de dromen en de carrousel in haar hoofd, de tuimelende beelden van thuis, vroeger, het dorp, de keuken, het laagje ijs op de muren in de winter, de stilte, de witte rookwolkjes die ze uitademt, dat allemaal en de hut op de United States en het gevoel dat mevrouw Haneke haar geeft met één blik, één woord en hoe dik haar geknipte blonde haar ineens aanvoelt.

De eetzaal is aan het einde van de gang. Een wolk van dof geroezemoes komt Leni tegemoet, vermengd met de geur van gebakken eieren en spek. Ze stopt met rennen. Een dief, denkt ze. Met haar handen strijkt ze denkbeeldige kreuken in haar blouse weg. Ze heeft honger. De laatste dagen heeft ze alleen nu en dan wat bouillon gedronken en yoghurt gegeten. Ze was te ziek om te eten, te zwak. Ze loopt naar binnen. Waant zich onzichtbaar in de overvolle warme eetzaal. Totdat de jonge, zware stem van een steward haar bereikt. '*Excuse me, miss. You like to have breakfast this morning?*'

* * *

9 februari 1944. De wind heeft de sneeuw vannacht metershoog tegen de muren en deuren van de boerderij geblazen. Met z'n allen tegelijk – Olga, haar moeder Othelia en de vier zusjes – duwen ze hun gewicht tegen de houten buitendeur, waarin geen beweging lijkt te zitten. Millimeter voor millimeter duwen ze de sneeuw weg. Het is in jaren niet zo koud geweest in Tiefensee in Oost-Pruisen. Olga heeft nog niets tegen haar dochters gezegd, maar gisteravond laat is ze begonnen met pakken, de wagen klaarmaken voor de tocht, warme dekens voor de kinderen, een paar truien, sokken en ondergoed, wat geweckte groenten, brood en ingevroren vlees. Kazimir is in de stal bezig met de paarden.

Het is nog donker buiten. Het liefst is ze op weg voordat het licht wordt. Othelia houdt zich wonderwel goed. Op haar platgetrapte leren slippers sloft ze quasiredderend door het huis, haar perkamenten lippen bewegen zonder geluid.

Gisteravond, om een uur of tien, waren ze gekomen. Van een kilometer afstand hoorde Olga hoe hun zware laarzen de sneeuw ritmisch fijnstampten. Plof plof plof plof. Het was een dof en hol geluid dat de bevroren donkere lucht liet trillen en eerlijk is eerlijk, *God neem het me niet kwalijk,* maar het besef dat de Russische soldaten op minder dan een halfuur afstand van het dorp en de boerderij waren genaderd, was een opluchting voor Olga, een bevrijding. Ze wist dat ze nu geen tijd had voor schaamte en begon meteen te organiseren. Wekte haar moeder en Kazimir, de knecht. 'Opstaan,' fluisterde ze. 'En vergeet die dikke oranje deken niet.' Een paar uur later haalde ze de meisjes uit bed.

Dit is het moment waarop ze maanden hebben gewacht. Waar ze met angst en beven naartoe hebben geleefd. De boerderij, de dieren, het land, de inboedel, alles moeten ze achterlaten. Olga kleedt de twee slaapdronken kleintjes warm aan en duwt ze een stuk bruin brood in hun handen. Ze staan te tollen op hun beentjes; gloeien nog na van de slaap. 'Schiet op.' De groten kunnen voor zichzelf zorgen.

'Waar gaan we heen?'

'Op reis,' zegt Olga, alsof het de gewoonste zaak van de wereld is. Ze probeert de lichtheid die er vannacht tijdens het pakken over haar is gekomen en haar herinnert aan heel lang geleden, toen ze jong was, te negeren. Ze weet dat ze die lichtheid nodig heeft voor wat haar te doen staat, maar tegelijkertijd jaagt het gevoel haar angst aan. Ze weet niet precies waarom en ze heeft geen tijd erover na te denken.

Othelia, wier ogen dan verpest mogen zijn door de huilbuien die haar op de meest onverwachte momenten overvallen, ziet hoe de huid van haar enige dochter voor het eerst in maanden en misschien wel jaren glanst in het flauwe schijnsel van de petroleumlamp, hoe ze slanker lijkt en rechter op loopt dan anders. Ze zegt er niets over, maar Olga voelt de blikken van haar moeder branden in haar rug.

'Hoe laat is het?' vraagt ze, om maar wat te zeggen. Ze hoeft maar naar de lucht en de maan te kijken en ze weet precies hoe laat het is.

Ze wacht niet op het antwoord. 'We gaan.' Ze gebaart naar de meisjes dat het tijd is om te vertrekken. 'Roep Kazimir.' Ze lacht. Ze wil weg zijn voor de soldaten een echte maaltijd eisen, een echt bed en wat al niet meer, ze weet niet hoe ze het voor elkaar heeft gekregen maar vannacht heeft ze hen met handen en voeten en een paar vriendelijke doch besliste woorden de stallen in gemanoeuvreerd. Ze kon hun gezichten niet goed zien in het donker, maar ze stonken als varkens. Olga gaf ze brood en worst en water.

Ze gaan naar buiten. Kazimir heeft de paarden ingespannen. Donker en dampend staan de dieren te trappelen in de sneeuw; net schaduwen in al dat wit.

Olga helpt Othelia en de meisjes de kar in. Daarna kruipt ze naast de knecht op de bok en gaan ze op weg, richting Frisches Haff.

Van een afstand lijkt de optocht van paarden en volgepakte karren met vrouwen, meisjes en jongens op de bok niet echt. Alsof de figuren kunstig uit pikzwart papier zijn geknipt en tegen een witte achtergrond worden gehouden. Als je goed kijkt zie je dat de zwarte poppetjes en wagens en dieren bewegen, heel traag weliswaar, maar ze bewegen.

Olga's ogen doen zeer van al het wit om haar heen. Het is onduidelijk waar de besneeuwde aarde ophoudt en de hemel begint. De verten zijn wit en ondoordringbaar, waardoor de wereld het ene moment heel klein en benauwd aandoet en het volgende oneindig groot. De zon houdt zich schuil achter een egaal wit wolkendek. Haar adem is wit. Het meer is wit. Ze dankt God dat het winter is en het water bevroren. Anders zouden ze als ratten in de val zitten. Ze wachten. Een paar oude mannen en opgeschoten jongens helpen de karren een voor een het ijs op. Vanaf dat moment moeten ze zich zelf redden. Kazimir helpt ook. De Poolse knecht is haar steun en toeverlaat, ook al wisselen ze geen woord met elkaar. Olga hoort het doffe kraken van het ijs, het zachte klotsen van het water dat als een dun laagje glas op het ijs ligt. Wekenlang is deze uittocht al aan de gang, fluisteren stemmen om haar heen. Ze bemoeit zich met niemand. Othelia is in slaap gevallen door het geschud van de kar maar de meisjes zijn klaarwakker. Met vuurrode wangen kijken ze opgewonden over de rand. De oranje wollen deken die ze vannacht over de wagen heeft gespannen, heeft ze vervangen door een grijze paardendeken. 'Hoe kun je zo dom zijn, vrouw. Vanuit de lucht ben je een regelrechte schietschijf!'

Nu is het hun beurt. De paarden briesen en treuzelen voordat ze hun hoeven op het bevroren water wagen. Alsof ze angst uit de lucht happen. Olga denkt: blij dat Ernst dit niet meemaakt. Ze heeft gehoord dat hij ergens in Thüringen is, dat hij polio heeft en in een militair ziekenhuis ligt.

'Mama,' roept Hildegard. 'Leni moet plassen.'

'Nu niet, Hillie,' snauwt ze terug. De paarden glijden over het waterige ijs. De wagen glibbert erachteraan. Alsof ze zweven. Een diep dof gekreun komt vanonder het ijs. Alsof dikke schotsen tegen elkaar schuren. Ze kijkt naar Kazimir maar zijn gesloten gezicht verraadt geen enkele emotie.

'Mama.'

'Nee, Hillie.'

'Ik zie gezichten onder het ijs.'

'Slaapt oma?' vraagt ze.

'Ze snurkt.'

'Goed zo. Jij moet op de kleintjes letten.'

'Ja, mam. Zijn dat echte mensen?'

'Ssjt Hillie. Niet kijken.'

De ingevallen kop van een zwart paard steekt boven het ijs uit, de ogen zijn nog open, de rest van het kadaver is vastgevroren. Olga kijkt vooruit, voorbij de zwarte karavaan die langzaam noordwaarts beweegt. Er is geen horizon. Alleen maar wit. Alsof ze in de wolken zijn.

In Pillau, aan de andere kant van het Frisches Haff, staan Duitse soldaten klaar om de vluchtelingen per schip over de Oostzee te evacueren. Van daaruit zullen ze per trein verder gebracht worden naar god-weet-waarheen.

Kazimir gaat niet mee het schip op. 'De paarden zijn voor jou,' heeft Olga gezegd. Met een korte knik neemt ze afscheid en even later is de Poolse knecht samen met de twee paarden opgelost in het dichte wit.

Olga is opgelucht dat er eindelijk hulp is, ook al realiseert ze zich de risico's van een evacuatie over zee, de mijnen die onzichtbaar in het water zweven, het aanzwellende geronk van de Russische bommenwerpers. Ze hoeft maar een blik te werpen op de jonge soldaten die met wezenloze gezichten op provisorische veldbedden in de gangen onder in het schip liggen te creperen, een zweem op te vangen van hun stinkende wonden. Het is een gekkenhuis. En toch heeft het schip iets voornaams weten te bewaren. De ornamenten aan de plafonds. De glanzende houten betimmering op de wanden. In de verte ontwaart Olga een geur die haar aan luxe en rijkdom doet denken, ze ademt het aroma in en in een flits, in minder dan een fractie van een seconde is het alsof er in een donkere uithoek van haar bewustzijn een deur op een kier wordt gezet. En omdat ze niet weet wat er achter die deur is, maakt het haar onrustig, weemoedig bijna.

De meisjes slapen. Othelia houdt haar lippen op elkaar geperst. Haar bleekblauwe handen liggen willoos in haar schoot. Ze praten niet. Het licht valt uit. Iemand steekt een lucifer aan. 'Ben je gek geworden? Doe uit!' De motoren ronken als een snotterende oude vent en het verbaast Olga dat het schip nog vooruitkomt. Alles trilt, de vloer, de deuren, wanden, de lucht. Ze heeft geen idee hoe laat het is. Uiteindelijk moet ze in slaap zijn gevallen want ineens is het ochtend en licht en alles en iedereen om haar heen is in rep en roer. Ze wekt de meisjes en Othelia, die er nog precies zo bij zit als vannacht, alleen zijn haar dunne oogleden nu gesloten.

Olga heeft besloten dat ze naar Berlijn gaan. In Potsdam woont haar oude baas, de hoge militair Friedrich Streicher. Drie jaar diende ze hem en zijn familie in het grote herenhuis aan de Sonnenallee. Meneer Streicher weet vast waar Ernst is, en anders kan hij er wel achter komen.

Wanneer ze na een treinreis van ik-weet-niet-hoe-lang eindelijk aankomen in Berlijn en overstappen op een boemeltrein die, na uren wachten, steunend en piepend richting Potsdam rijdt, voelt Olga voor het eerst sinds het begin van de vlucht een vlaag paniek opkomen. Alsof ze geen stad ziet, maar de schaduwen ervan. Alleen zwart-wittinten neemt ze waar; alle schakeringen grijs die er zijn. Niets klopt er van haar herinnering. Nog afgezien van de verwoestingen, de mooie huizen en chique kantoren die erbij liggen als afgebrokkelde zandkastelen, met hier en daar een gordijn dat verloren uit een kapot venster hangt, de zwarte rook boven de kraters in de straten, herkent ze niets van de tijd dat ze hier als dienstmeisje werkte. Alsof ze zichzelf al die jaren heeft voorgelogen. Alsof ze de geur van boenwas en zilver, de luxe salon, de donkere hal met de brede trap, de straat met de lindebomen die iedere lente zo mooi in bloei stonden, de schalkse blikken van jonge officieren, de jurken van mevrouw, de zondagse wandelingen met vriendinnen over de Kurfürstendamm en het drukke verkeer, alsof ze dat allemaal verzonnen heeft.

De trein sjokt verder. Straks vindt ze de straat van de Streichers niet meer terug. *Niet aan denken.* Ze trekt de twee kleintjes bij zich op schoot en duwt haar neus in de warme hals van Leni. 'We zijn er bijna,' fluistert ze bijna onhoorbaar.

'Wat zeg je?' vraagt Othelia.

'Niets.'

'Je zei wat.' Othelia zet grote ogen op. 'Wat zei je?'

Het is alsof Othelia dwars door haar heen kijkt met haar waterige, roodomrande ogen, haar paniek voelt.

'Ik ging niet weg vanwege papa,' zegt Olga. 'Ik was verliefd.'

'Waar heb je het over?'

'Toen ik hierheen ging in '27. U dacht dat ik bang was voor vader maar hij heeft me nooit met een vinger aangeraakt, mama. Nooit. Hij had het alleen op de jongens voorzien. Die waren als de dood voor hem. Ik hield van die jongen van Kant uit het dorp. En hij van mij. U weet wel, die middelste zoon van Kant. Maar hij wilde de wereld in en op een dag was hij vertrokken.'

'Ben je gek geworden? Je hebt koorts. Denk aan de meisjes,' sist Othelia.

'Het is waar,' zegt Olga. 'Hier in Berlijn had ik het gevoel dat ik hem op een dag tegen zou komen.'

'Je moet ophouden. Het is allemaal voorbij.'

'En als u me niet terug naar de boerderij had geroepen, was ik hier gebleven.'

'Voorbij, zeg ik.'

'Ja,' zegt Olga.

De trein stopt midden in een braakliggend stuk land dat is omzoomd door kale zwarte eikenbomen. Na een poosje komt er een beambte hun compartiment in.

'We kunnen niet verder,' zegt hij.

Olga klemt de twee kleinsten, Leni en Hanne, tegen zich aan. 'We zijn er,' zegt ze.

* * *

Nog één nacht, denkt Leni. Ze ligt op de brits en bladert in een boekje. De wind is weer opgestoken. Zacht deint de United States op de golven. Zo is het aangenaam. Het is laat in de middag. De misselijkheid is als een klein pluizig dier dat zich schuilhoudt onder een hoopje kleren in de koffer onder het bed. Niet op letten.

'Wat een troep is het hier,' zegt mevrouw Haneke in zichzelf, maar hard genoeg voor Leni. Ze staat met haar handen in haar zij midden in de kleine volle ruimte. 'Zo kan ik niet leven.'

'Komt iemand u ophalen in New York?' vraagt Leni. Alleen al het uitspreken van die twee woorden, *New York,* alsof ze haar een bepaalde macht geven, een schild tegen de vijandige somberheid van mevrouw Haneke.

'Ik mag het hopen, kind. Ze hebben het me beloofd.' 'Ze' zijn haar twee zonen, de tweeling Walter en Mattheus, die in Boston een goedlopend schildersbedrijf hebben opgezet en nu geld genoeg hebben verdiend om hun moeder over te laten komen. Leni heeft nu al medelijden met ze.

'Mooi zo,' zegt ze. *New York.* Ze sluit haar ogen. Rustig blijven liggen. Nog één nachtje. Het is alsof alles binnen in haar klotst. *Lullaby of Birdland.* De stem van de zangeres. New York is een jazzclub, wolkenkrabbers, stoom die uit onzichtbare gaten uit het asfalt opstijgt, een blinkend glas bourbon met ijsblokjes erin, het geluid wanneer de ober de ijsblokjes in het glas doet, frisse regen op een mooie lentedag. Berlijn. Grand Central Station, ze moet de trein naar Detroit nemen, schreef neef Fritz, Detroit in Michigan, alsof ze flarden van een gedicht hoort. Detroit in Michigan. Ze schommelt mee met het schip. Het diepe ronken van de motoren verdooft haar. Haar rug voelt nat van het zweet. Haar wangen en voorhoofd gloeien. Vanavond zal ze het diner voor de zoveelste keer overslaan.

'Ik ga alvast,' hoort ze de oude vrouw in de verte zeggen. Ze moet een maag van ijzer hebben. Met een plof valt de deur in het slot. Het doet zeer in haar hoofd.

'Dag,' brengt ze nog uit. Ze trekt de dekens op tot aan haar kin en valt meteen in slaap.

＊ ＊ ＊

Het is de geur in de gigantische bruine hal van de Streichers die haar doet ontspannen. De mengeling van meubelolie, groene zeep, pijptabak, stof en oude boeken. Alles is nog precies hetzelfde. De chaise longue met de blauwe fluwelen bekleding. De Perzische tapijten, de donkerrode loper op de trap, het geschilderde portret van de grootvader van mevrouw. Alleen het dienstmeisje dat de deur voor hen opendeed – 'Sorry, maar we zoeken geen personeel' – is nieuw. Ze heeft blakende roze wangen en een ijsblauwe blik waarmee ze de aanwezigheid van het armetierige bezoek probeert te ontkennen.

'Zeg maar dat Olga er is. Olga Klemm,' zegt Olga.

'Een moment. Wacht hier,' zegt het meisje.

Olga knipoogt naar de meisjes. *Alles komt goed. Hier heb ik gewerkt, gewoond, geleefd.* Maar voor ze behaaglijk wegzinkt in herinneringen hoort ze geroezemoes van stemmen en voetstappen in de hal.

'Maar Olga toch. Meisje, wat is er gebeurd?' roept meneer Streicher terwijl hij met open armen op haar afbeent, de massieve lucht in de hal in beweging brengend met zijn grote gebaren. Zijn platgekamde haar glanst in het warme licht. Razendsnel nemen zijn glimogen het gezelschap op. De vier identiek aangeklede meisjes met hun smoezelige gezichtjes. 'Zijn die van jou?' Hij laat zijn lange armen langs zijn lichaam vallen. In zijn strakke uniform ziet hij er dunner en ouder uit dan Olga zich herinnert.

'Dit is mijn moeder, Othelia Klemm,' zegt Olga.

[…]

'Ik kom voor mijn man, Ernst Arndt. Hij ligt ergens in Thüringen in een militair ziekenhuis. Hij heeft polio. Ik hoopte dat u me kunt helpen.'

'Hij is ziek?'

'Ja, meneer.'

'Heeft hij gevochten?'

'Ik denk het, meneer. Is alles goed met mevrouw en de kinderen?'

Streicher negeert haar vraag. Staart gebiologeerd naar zijn oude dienstmeid, alsof hij verwoed iets zoekt wat hem houvast geeft en gerust kan stellen. 'Waar kom je in hemelsnaam vandaan? Olga, dit is niks voor jou,' zegt hij.

'Het is oorlog, meneer. De Russen kwamen naar onze boerderij in Tiefensee. We zijn al weken onderweg. Het is een kwestie van tijd, meneer, deze oorlog is niet meer te winnen.'

Als in een reflex stapt Streicher naar achteren, zich in één klap distantiërend van zijn eigen verleden. 'Hoe durf je zoiets te zeggen?'

'Het is zo, meneer. We hebben het met eigen ogen gezien. En in Berlijn zagen we het vuur in de verte. Alsof de hemel in brand stond. Ik zeg het u: het is een kwestie van tijd. De oorlog is niet meer te winnen.'

'Waar ben je in godsnaam op uit? Wil je dat ik opdracht geef om je oude moeder en je vier kinderen standrechtelijk te executeren? Je laat me weinig keus.'

Olga hoort alleen de vermoeidheid en aarzeling in Streichers woorden. Ze zou medelijden met hem kunnen krijgen. Ze vermant zich. 'Ik moet Ernst vinden,' zegt ze. 'Ernst Arndt. Hij is ergens in Thüringen. Hij is ziek.'

De vlucht, de doden, de oorlog, zelfs de afwijzing van meneer Streicher in Potsdam, ze zijn als het ijs en de sneeuw en de kou voor Olga, natuurverschijnselen waaraan ze zich dient aan te passen. Hoe langer ze onderweg zijn, hoe losser van haar omgeving ze zich voelt. Ze heeft de hoop opgegeven dat ze Ernst zal vinden. Ze wonen in een wagon van een oude goederentrein. Het is onduidelijk waarnaartoe ze op weg zijn. Alsof ze rondzweven in de ruimte.

Maar ze moet voor haar dochters zorgen en voor haar moeder, die net weer een aanval heeft gehad, de eerste sinds ze de boerderij in Tiefensee verlaten hebben.

'Ik zie niks meer,' jammert Othelia.

'Het is goed, moeder. Van huilen wordt u niet blind. Dat hebben de dokters toch gezegd? Dat het niets met uw ogen te maken heeft.'

'Maar ze branden. Ik zie niks.'

'Ga maar slapen.'

Na weken reizen, stoppen, wachten worden ze op een klein station bij een rivier gesommeerd om uit te stappen. Het is avond maar nog niet donker. Behalve de vluchtelingen met hun gehavende koffers en kleren is er niemand op het perron. VAHLDORF, staat er met witte letters op een rood bakstenen stationsgebouwtje. Verderop zijn wat huizen, boerderijen, een kerk, een molen. Het is stil, op het gekwetter van een enkele vogel na. Ondanks de kou ruikt de lucht hier al naar voorjaar.

'Vahldorf,' roept een soldaat. Vervaarlijk hangt hij uit een van de wagons. Hij lacht. Wijst naar de boerderijen en de kerktoren in de verte. Gebaart dat ze moeten gaan lopen. 'Die kant op,' zegt hij.

Op dit moment nestelt de eerste duidelijke herinnering zich in Leni's bewustzijn. Het beeld van het dorp aan de rivier. Het mooie rode avondlicht. De omtrekken van een toren en huizen die aan elkaar vast lijken te zitten als een fort. De weilanden eromheen. De mistige lucht die zoemt en trilt, waardoor het is alsof het dorp beweegt, ademt, terugkijkt, haar bewegingen gadeslaat, haar gedachten leest.

Voor het eerst in haar leven is ze zich duidelijk bewust van zichzelf. Ze is vier jaar.

Later die avond, wanneer de burgemeester de vluchtelingen een onderkomen in de oude molen heeft toegewezen, vraagt haar moeder of ze met haar mee wil gaan om hooi te vragen bij de boeren in het dorp. Leni vindt het vanzelfsprekend dat Olga haar uitkiest; ze gaat ervan uit dat haar moeder precies weet wat ze daarstraks zag en ervoer. Ze is geen baby meer, zoals Hannelore.

Ze huppelt naast haar moeder over de gladde kinderkopjes en neuriet een liedje.

'Ssjt,' doet Olga. Haar vinger voor haar mond. Ze glimlacht. Bij het eerste boerenhof klopt Olga op de smalle deur in de houten poort. 'Is daar iemand?' roept ze. Na een poosje komt er een grote kalende man met vuurrode wangen naar buiten.

'Wat moet dat?'

'We zijn net aangekomen, meneer. We slapen in de molen maar we hebben geen hooi. Ik dacht, misschien hebt u…'

'Hooi heb ik nodig voor mijn koeien,' snauwt de boer.

Olga's mond gaat open maar er komt geen geluid uit.

'Opdonderen jullie.'

* * *

De volgende ochtend wordt Leni voor het eerst sinds het begin van de bootreis uitgerust wakker. Ze kan zich geen dromen herinneren. Het stormt nog wel maar ze is zo ontspannen dat de misselijkheid wegblijft. En nu ze dicht bij de kust van Amerika zijn lijkt het alsof de golven kleiner zijn en het schip minder schommelt.

Ze stapt uit bed. 'Goedemorgen,' zegt ze tegen mevrouw Haneke, die rechtop zit en de slaap uit haar ogen wrijft.

'Goedemorgen.'

Door de naderende aankomst in de haven van New York hebben ze allebei geen zin om meer woorden te gebruiken dan strikt noodzakelijk is.

Leni wast zich in de kleine toiletcabine en kleedt zich aan. Ze haalt haar kleren uit de kast, vouwt ze een voor een netjes op en stopt ze in haar koffer.

'Zo,' zegt ze in zichzelf, 'ik ben klaar.'

CASABLANCA

Na twee weken was Charles Perry nog altijd niet naar Detroit gekomen om me op te zoeken en eerlijk gezegd kwam me dat wel
goed uit. Langzaam maar zeker begon ik me meer op mijn gemak te voelen in mijn nieuwe omgeving. Ik had Leni Sinclair op-
gebeld en gevraagd of ik haar nog eens kon ontmoeten. Nu haalde ze me om de dag op en dan reden we een stuk, dronken ergens
een kop koffie of lunchten in een goedkope *diner*.

Leni had geen baan. Af en toe verkocht ze een foto uit haar
collectie en daar kreeg ze behoorlijk voor betaald. Voor de rest
leefde ze van een klein pensioen en van Sunny's inkomen. 's Middags paste ze op haar kleindochter.

Wanneer ik maar enigszins suggereerde dat het misschien te
veel moeite voor haar was om mij steeds op te pikken en rond te
rijden, wuifde ze met een breed armgebaar mijn bezwaren weg.
'Bedenk maar dat ik dit als werk zie,' zei ze lachend. 'Mijn camera
ligt op de achterbank. Als je het niet erg vindt leen ik af en toe
jouw blik. Weet je trouwens dat je maar iets ouder bent dan mijn
dochters? Die zijn zo Amerikaans. Ik probeer ze wel 'ns wat te
vertellen over Europa en Duitsland en de DDR maar dan kijken
ze me ongelovig aan. Alsof ik sprookjes vertel. Maar wat wil je? Ik
ben hun moeder.'

Vanzelfsprekend betaalde ik de benzine.

Charles en ik telefoneerden af en toe. De gesprekjes waren kort
en verliepen vrijwel altijd volgens hetzelfde patroon.

'Hoe gaat het?'

'Goed. En jij?'

'Ik moet nog wat regelen hier en dan kom ik zo snel mogelijk naar Detroit, okay? Maak je geen zorgen.'

'Doe rustig aan.'

'Jij ook.'

Meestal viel er dan een stilte, die we allebei zo lang mogelijk probeerden te rekken. Alsof er in de trage lege seconden die verstreken een of andere boodschap te ontdekken viel.

Na een poosje zei een van ons: 'Ik bel nog wel.'

'Doe maar.'

'Dag.'

'Slaap lekker.'

Hoewel we allebei niets bijzonders zeiden, had ieder woord in mijn oren de kracht van een belofte. Het was alsof we in codes spraken, die we langzamerhand leerden te ontcijferen. Ik wist zeker dat het voor Charles ook zo was. Dat hij daarom zijn komst steeds uitstelde. Hoe langer het wachten duurde, hoe onvermijdelijker de ontmoeting werd. Alsof we er zelf geen invloed op hadden.

Een gewone doordeweekse dag begon voor mij om halfacht. Ik lag nog in bed en luisterde naar de inmiddels vertrouwde ochtendgeluiden in huis. Het geruis van water in de leidingen, Monique die haar tanden poetste in de badkamer, in zichzelf praatte of neuriede, deuren die open en weer dicht gingen, Tania die onder aan de trap geërgerd 'Mo, we komen te laat!' riep, het kraken van de treden wanneer iemand naar boven of beneden sloop, zijn best doend mij niet te wekken, het gedempte gekwetter van een tekenfilm op de televisie in Moniques kamer. Ik hield van dit moment. Al die gewone dagelijkse geluiden gaven me het gevoel dat ik hier hoorde, ook al was ik de enige in huis die iedere dag uit kon slapen en niet werkelijk iets te doen had.

Khalid was de rustigste in huis. Eigenlijk wist ik nooit precies wanneer hij er wel of niet was. Alsof hij zichzelf onzichtbaar probeerde te maken, zo leek het soms.

Een paar keer had hij me laten schrikken. Op een ochtend – het huis klonk leeg en verlaten – opende ik in mijn nachthemd de deur van mijn slaapkamer om een douche te nemen. Ik botste bijna tegen hem aan. Daar stond hij, op de overloop, achter een strijkplank, druk bezig een overhemd en een broek te strijken. 's Nachts gebeurde het ook een paar keer, wanneer ik met een slaperige kop naar de wc wilde gaan: ineens was hij er, als een duvel uit een doosje, geluidloos was hij de trap op gelopen of zijn kamer uit gegaan.

Ik weet zeker dat het nooit zijn bedoeling was dat ik me ongemakkelijk zou voelen, daarvoor was hij veel te beleefd, maar toch verontschuldigde ik me op zulke momenten en voelde ik me meer dan ooit een gast in dit huis.

Mijn uitstapjes met Leni waren begonnen na een gesprek dat ik had met Tania, op een middag na haar werk. We zaten in de keuken en dronken thee. Engelse thee, zoals Tania het graag had, heel donker met melk en een beetje suiker.

'Ik kan niet begrijpen waarom iemand vrijwillig in Detroit blijft,' zei ze.

'Dat doe jij toch ook?' zei ik.

'Ik?' Ze begon hard te lachen. 'Wie zegt dat ik hier vrijwillig ben?'

'Nou?' zei ik. Tania was niet zo spraakzaam, maar die middag was ze opmerkelijk ontspannen en opgewekt.

'Soms gebeuren dingen gewoon.'

'Jij lijkt me niet het type dat dingen laat gebeuren,' zei ik.

'Hoe bedoel je?' Ze zette grote ogen op, quasiverbaasd.

'Jij lijkt me iemand met een plan.'

'Een plan?'

'Ja.'

'Okay, dit was mijn plan: ik zou een halfjaar stage lopen in het

African American Museum, voor mijn studie kunstmanagement. Dat was alles.' Ze stopte en keek me afwachtend aan. Alsof ik het verhaal verder zelf kon invullen. Toen ik niet reageerde zei ze: 'Hier is het grootste museum voor Afrikaans-Amerikaanse geschiedenis in de hele Verenigde Staten. Tenminste, dat stond in de boekjes en op de site. Ik vond het eerlijk gezegd nogal tegenvallen. Ben je er al geweest?'

'Nog niet.'

'Het is leuk hoor, met dat nagebouwde slavenschip en alle geluiden die je hoort, het gekerm en gekreun van de slaven die geketend in het vooronder liggen, heel akelig, net echt. Maar het zou zoveel professioneler kunnen, interactiever, spannender…'

'Je ging terug naar Engeland?'

'Waarom wil je dat weten?'

'Gewoon.' Ik haalde mijn schouders op. 'Belangstelling?'

'In Engeland is alles heel anders. Daar had ik een baantje bij Next, een kledingwinkel. Zie je mij als verkoopster? Zelfs al werd ik manager of filiaalhoudster, dan nog zou ik niet genoeg verdienen om een huis te kunnen kopen. Ik kwam altijd te kort. Soms stopte de vader van Gabbi me wat toe, maar het was niet genoeg. En ik nam geld op van mijn creditcards…'

'Wie is Gabbi?'

'Je weet niet wie Gabbi is? Jezus. De vleugel staat vol met foto's van haar en Stephanie. Als het meezit word ik over een halfjaar oma.'

'Je hebt meer kinderen?'

'Gabbi woont bij haar vader. Steph is volwassen. Daar hoef ik me gelukkig geen zorgen meer over te maken.'

'Je ziet er niet uit als een oma,' zei ik.

Ze leek het compliment niet te horen. Ze roerde in haar thee. Ik vroeg me af of ik door moest vragen. Ik was nieuwsgierig maar kon moeilijk peilen of ze het prettig vond te praten of niet. Ze leek voortdurend op haar hoede, alsof ik eropuit was haar een of ander geheim te ontfutselen. Maar tegelijkertijd had haar bitse, vastberaden houding iets uitnodigends. Alsof ze mij uitdaagde.

'Je ontmoette Khalid,' zei ik.

'Hij stond met een kraam met spullen voor zijn museum op een festival dat ik organiseerde. We raakten aan de praat, hadden dezelfde belangstelling. Je weet wel. Zwarte geschiedenis. De diaspora. En het verzamelen. Dat vooral. Dat vond ik leuk. Dat deed ik ook. Al die gekke dingen die hij op de kop had getikt. Stenen vingerhoedjes met negertjes erop. Nep-Afrikaanse poppetjes waar ze zich in Nigeria rot om zouden lachen. Briefafschriften van Martin Luther King. Ik vond Khalid grappig en slim. Hij ziet eruit zoals ik wil dat mijn man eruitziet. Ik denk dat ik een uitdaging was voor hem, begrijp je wel?'

Ik knikte, hoewel ik niet precies begreep waar ze naartoe wilde.

'In ieder geval, na zes maanden moest ik terug. Maar in Sheffield had ik inmiddels zoveel schuld opgebouwd. Al die tijd in Detroit had ik geen cent verdiend. Ik zou de rest van mijn leven aan het afbetalen blijven. Dertigduizend pond. Plus creditcardschuld. Toen leek het idee om naar Amerika te verdwijnen ineens zo gek niet. En Moniques vader is Amerikaan. Officieel waren we nog getrouwd, dus het was gemakkelijk voor mij om in Amerika te blijven. Gabbi kon voorlopig bij d'r vader blijven. Monique nam ik mee. Zo is het gegaan.'

'Dus uiteindelijk kwam je voor de liefde?' vroeg ik.

'Ja, zo zou je het kunnen zien. En nu ben ik gewend aan het leven hier. Maar het einde ervan komt in zicht, zeg ik je.'

'Weet Khalid dat?'

'Ik denk het.'

'Praten jullie niet over dat soort dingen?'

'Wanneer zouden we moeten praten? Wanneer ik thuiskom van mijn werk ligt hij te slapen. En 's avonds is hij altijd weg en ik ga vroeg naar bed.'

'Je hebt ook weekenden.'

'Je hebt gelijk.'

De keukendeur stond open. Het was een rustige, warme septembermiddag, zonder wind. Tania zei: 'Khalid wil dat ik meer met hem praat. Dat zegt hij. Dat ik te gesloten ben. Maar dan moet hij wel vaker thuis zijn. En bovendien, ik geloof helemaal niet zo in verhalen vertellen. Soms, als ik over mezelf praat of over vroeger, mijn vader, moeder, Nigeria, Engeland, mijn mislukte huwelijk, blablabla, dan heb ik het gevoel dat ik het allemaal verzin terwijl ik zit te praten. Alsof ik er iets mee zou willen bewijzen, met die verhalen, bedoel ik. Zelfs wat ik je net allemaal heb verteld klinkt alsof ik het gestolen heb van iemand anders. Begrijp je?'

'Niet helemaal.'

'Er verandert niets wanneer je je levensverhaal op tafel legt. Dat hoop je wel, maar dat is niet zo. Je blijft wie je bent en degene aan wie je je verhaal vertelt ook. Dat is wat ik wil zeggen.'

'Ik weet niet of dat zo is,' zei ik. 'Hoe kun je iemand snappen wanneer je niks van hem weet? Vroeg of laat moet je toch weten waar iemand vandaan komt, wie z'n ouders zijn, zijn broers, zusters...'

'Jij vertelt anders ook niet veel over jezelf. Hoe lang ben je hier nu? Ik weet niet eens of je getrouwd bent of een vriend hebt.'

'Jij vraagt niets.'

'Daar heb jij gelijk in.' Ze glimlachte en stond op. Spoelde haar beker om en stopte hem in de afwasmachine. Daarna leunde ze tegen het aanrecht en staarde naar het plafond. 'Ik denk erover de keuken groen te verven, wat vind je?'

'Groen? Ik dacht dat je wilde verhuizen?'

'Niet nu meteen. Wat denk je? Groen.'

'Olijfgroen vind ik mooi.'

'Te flets. Appelgroen, dat maakt de keuken lichter.'

'Appelgroen,' zei ik.

'Appelgroen,' zei Tania.

Het gesprek met Tania bleef in mijn hoofd hangen. Eerlijk gezegd voelde ik me tamelijk hypocriet over mijn eigen ideeën. Voor het eerst in mijn leven was ik op een nieuwe plek beland waar niemand werkelijk belangstelling leek te hebben voor mijn achtergrond en ik begon er steeds meer van te genieten. Zeker nu ik wist dat Charles naar Detroit zou komen. Alsof ik respijt voor iets had. Ik dacht geen moment aan thuis. Zelfs het onderzoek naar Paul Robeson, dat toch was ingegeven door nieuwsgierigheid naar mijn grootouders, boeide me niet echt meer. Ik vergat het domweg. Alsof ik op een bepaalde manier helemaal leeg was vanbinnen.

De volgende dag besloot ik Leni Sinclair te bellen. Ik vond dat ik iets met mijn dagen moest doen. En Leni was de enige persoon, buiten Tania en Kahlid en Monique, die ik kende in Detroit.

Ze leek totaal niet verrast toen ik haar opbelde om een afspraak te maken. Alsof ze erop had zitten wachten. Wist dat ik op een ochtend zou bellen.

'Je verveelt je. Zonder auto zit je gevangen,' zei ze toen ik mijn naam had genoemd.

Ik mompelde beleefd dat ik het naar mijn zin had bij mijn vrienden en dat het me gewoon leuk leek haar nog eens te zien.

'Morgen, tien uur,' zei ze. 'Ik haal je op.'

'Ik neem wel een taxi.'

'Ben je gek? Weet je wat dat kost? Dat geld spendeer je maar aan mij. Ik haal je op. Ik heb tot een uur of twee de tijd, dan moet ik Beyoncé halen.'

Vanaf dat moment zagen we elkaar bijna iedere dag, maar nooit bij Leni thuis. Het was alsof we een onuitgesproken deal met elkaar hadden gesloten. Zij vertelde en ik luisterde. In ruil daarvoor liet zij me, vanuit haar krakkemikkige rode sedan die vol lag met verfrommelde snoepwikkels en koekkruimels, Detroit zien.

Op een ochtend – we hadden net koffie gedronken in een Albanees restaurant in Hamtramck, een Poolse wijk waar nu vooral Afro-Amerikanen, Pakistanen en Oost-Europese nieuwkomers woonden – zei Leni: 'Het spijt me, maar ik ben niet in de stemming vandaag. Is het goed als ik je terugbreng? We bellen wel weer.'

'Natuurlijk. Wat is er?'

'Niks,' zei ze. Ze startte de auto en reed de parkeerplaats af. Het was vrijdagmorgen. Er was markt in Hamtramck. In deze buurt hadden de straten en huizen Europese afmetingen en liepen mensen gewoon met boodschappentassen over de trottoirs. De afgelopen dagen was het kouder en natter geworden, maar nu scheen de zon ineens onbarmhartig fel. Het werd meteen warm in de auto. Leni graaide haar zonnebril uit het dashboardkastje en zette hem op. We reden een poosje door de buurt zonder iets te zeggen. Het harde licht weerkaatste op het vochtige asfalt; alsof we over een enorme spiegel reden.

'Het is Celia, mijn jongste,' zei Leni, toen we even later weer op de snelweg zaten, op weg naar het huis van Khalid en Tania in Highland Park. 'Ze is weg. Een paar dagen terug stopte ze met haar pillen. Wilde ze terug naar haar appartement in New Orleans. Maar ze is er nog niet klaar voor. De laatste dagen werden we gek van d'r. Ze gedroeg zich alsof ze vijf was, net als Bee. Ze stookte haar op tegen Sunny en ik stond ertussenin. Vanochtend was ze ineens verdwenen. Ik denk dat ze de bus heeft genomen naar het zuiden. Ze heeft nauwelijks geld. Om eerlijk te zijn, Laura, weet ik me geen raad.'

Ze praatte op dezelfde zangerige toon als anders, haar blik stijf op de weg gericht, op het zinderende asfalt dat meter voor meter onder de wielen van de sedan verdween. Ik wist niet meteen wat ik moest zeggen. Het was voor het eerst dat Leni me zo direct aansprak. Tot nu toe had ik me ondergedompeld in haar verhalen over haar familie en Duitsland en de oorlog. Met de ramen van de auto dicht en de stad die in al z'n gedaanten aan ons voorbijtrok. Het was een tamelijk vervreemdende ervaring die me tegelijkertijd rust gaf. Alsof de beelden die ik vanuit de auto waarnam niet helemaal echt waren. Zo waren we die ochtend vroeg langs de beroemde River Rouge-staalfabrieken in het westen van de stad gereden. Het was een uitgestrekt gebied vol ingewikkelde staalconstructies, zwartgeblakerde gebouwen en afvoerpijpen. Ooit moet het er als een futuristische stad hebben uitgezien, maar nu lag de fabriek erbij als roestig oud ijzer. Ik keek ernaar terwijl Leni rustig doorpraatte. De zachte cadans van haar woorden, haar Duitse accent, de stiltes tussen de zinnen waren als muziek bij de voorbijflitsende beelden. Alsof ik naar een film keek. Natuurlijk maakten Leni's verhalen indruk op me, maar ik was vooral bezig met mezelf. Het feit dat ze me in vertrouwen nam, ongevraagd en zonder duidelijke aanleiding, gaf me vóór alles het gevoel dat ik iets nuttigs deed, dat het zin had dat ik in Detroit was.

'En dan te bedenken dat Celia zo slim en scherp was. Ze had haar eigen ontwerpbureau. Ik was zo trots op haar. Ik ben trots. Ach… ik weet het niet. Ik weet niet eens wie ik moet bellen voor hulp.' We waren de snelweg af en Leni stopte voor een kruising.

'Wat is er met haar?' vroeg ik.

'Ze wil niet behandeld worden, dat is het probleem. En ik moet zeggen: die pillen maakten een zombie van haar. Misschien moet ik gewoon naar New Orleans rijden, zorgen dat ze opgenomen wordt. Maar dan loopt ze toch weer na een paar dagen weg. Voor haar is een kliniek hetzelfde als een gevangenis.' Ze lachte flauwtjes, alsof ze zich iets herinnerde, maar ze hield haar mond. Ze sloeg linksaf, stak Woodward over en reed Colorado in. Half op de stoep voor het huis van Khalid en Tania parkeerde ze de auto. Ze deed haar veiligheidsgordel af en leunde naar achteren. Dikke blauwgrijze regenwolken waren voor de zon gekropen. Het scherpe najaarslicht gaf het huis iets onbeholpens, ontnam het zijn aura van chic en luxe. Alle gordijnen zaten weer potdicht. Het was pas een uur of twaalf. Eerlijk gezegd zag ik ertegen op naar binnen te gaan. Ik frummelde halfslachtig aan het portier maar bleef zitten.

'Wil je dat ik met je meega?' zei ik.

'Naar New Orleans?'

'Naar je huis. Als ik iets kan doen...'

Ze schudde van nee. Ze legde haar handen op het stuur maar maakte geen aanstalten om weg te rijden. 'Weet je, Laura, ik heb de laatste dagen zitten denken. Toen ik zwanger was van Celia zat John in de gevangenis.'

'Je ex-man?'

'Ja. Hij was een revolutionair. Je weet wel, we waren allemaal revolutionairen, hippies, maar hij reisde het hele land door en hield lezingen en alles. Hij legde de contacten met de Black Panthers en ik denk dat de CIA hem daarom vooral in de gaten hield. In ieder geval, op een dag kwam er een of andere meid op hem af en vroeg hem om marihuana. John zat toen nog vol vertrouwen en gaf haar een paar joints en voordat hij er erg in had keek hij recht in de gezichten van twee rechercheurs. Dat was dat. Hij zou tien jaar krijgen; uiteindelijk werden het er twee en een half. Maar wat ik wil zeggen, Celia werd geboren toen John weg was. Ze was twee toen hij thuiskwam. En toen was hij iemand anders. Ik herkende hem niet meer. Hij was woedend en gefrustreerd. Hij had geen moment rust. We woonden in een commune hier in Detroit. Sunny was altijd Johns kind geweest en John was de leider van de commune. Dus Sunny was iedereens schatje. Maar nu was Celia er ook, en Celia was van mij.' Ze stopte. Deed haar zonnebril af en verruilde hem voor haar gewone bril. 'Wat wilde ik nou zeggen? O ja, ik bedoel maar, toen John en ik een paar jaar later uit elkaar gingen, moest ik de kinderen in de commune laten en Celia...'

'Je moest de kinderen achterlaten?'

'John was de leider. Ik ging weg. Ik huurde een kamertje in het centrum en in de weekenden kwamen Sunny en Celia bij mij. Ik peins me al dagen gek, probeer me te herinneren... Kijk, dit is wat ik denk: John had geen band met Celia en niemand behalve Sunny keek echt naar haar om. Misschien dat er toen...' Ze maakte haar zin niet af. Het deed bijna zeer om haar zo hardop te horen denken.

'Er is niet altijd een duidelijke reden,' zei ik. 'Mijn vader is ook ziek.' Het was alsof de woorden op hun eigen houtje mijn mond uit rolden. Ik had nog geen moment aan mijn vader gedacht.

'Is dat zo?' Nu keek Leni me voor het eerst echt aan. De scherpe trekken in haar gezicht ontspanden, alsof ze opgelucht was dat ze tenminste even niet aan Celia hoefde te denken.

'Nou ja, ziek…. Ja, ziek. Ik heb hem al jaren niet gezien.'

'Hoe oud is hij? Mijn generatie?'

'Nee, ouder. Begin zeventig.' Ik probeerde me zijn gezicht voor de geest te halen, maar ik zag alleen de omtrekken, een zwarte schaduw.

'Dus je weet hoe het is om met zo iemand te leven?' zei Leni.

'Ik denk het. Maar het was ook gewoon. Ik bedoel, als kind weet je niet beter. Ik was eraan gewend dat hij bevroren in de hoek van de bank zat als ik thuiskwam uit school. Hij was geobsedeerd door de dood, zijn eigen dood. Hij dacht dat donkere krachten hem van binnenuit opvraten. Dus wanneer hij thuis was, was de dood ook in huis. Een soort grauwsluier die alle kleuren deed vervagen. Begrijp je?'

Leni keek me alleen maar aan.

'Op een dag had ik ruzie met hem, ik weet niet eens waarover het ging. Ik was een jaar of zestien. We bekvechtten wat en op een gegeven moment kijkt hij me aan met die doordringende, waterige ogen van hem en zegt: "Jij bent van ijs." Mijn moeder en mijn broer waren niet thuis. Het was niet eens zozeer wat hij zei als de manier waarop. *Je bent van ijs.* Alsof hij een of andere vloek over me uitsprak. Ik bedoel, niemand is alleen maar gek, hij ook niet. Je kon rustig met 'm over politiek praten, of over de oorlog. Het liefst praatte hij over de oorlog, daar wist hij alles van. Hij had een encyclopedie, *Bericht van de Tweede Wereldoorlog*, in tien of elf delen, en daar bladerde hij vaak in. Tenminste, als hij niet in bed lag.'

'Arme ziel,' zei Leni.

'Ja,' zei ik. Ik was verbaasd over mijn eigen openhartigheid. En over hoe de herinneringen een voor een als knoppen aan een boom opensprongen in mijn hoofd. Ik had er geen enkele invloed op.

'Hoe oud ben je?' vroeg Leni.

'Vijfendertig.'

'Hmm.'

'Wat?'

'Niets, ik dacht alleen... Ben je daarom hier?'

'In Amerika? Vanwege mijn vader? Mijn god nee.' Ik schoot in de lach. 'Het is zo lang geleden. Nee...'

'*This is the beginning of a beautiful friendship*,' zei Leni, haar stem een octaaf lager dan normaal.

'Pardon?'

'*Casablanca.*'

'De film?'

'Ja.' Ze stak haar kleine hand naar me uit. 'Het kan me niet schelen waarom je hier bent, maar je komt precies op het goede moment. Dat wilde ik even zeggen.'

Ik nam haar hand in de mijne en knikte onhandig. Ik voelde me verlegen met de situatie maar ik wist dat Leni gelijk had. *Het juiste moment.* Al begreep ik nog niet wat dat inhield. Ik duwde het portier open en wilde uit de auto stappen.

'Wacht,' zei ze. 'Ik wil je wat laten zien. Een uurtje meer of minder maakt nu ook niet meer uit. Celia zit waarschijnlijk rustig in de Greyhoundbus. Ga zitten. We hebben wel iets moois verdiend, vind je ook niet?'

'Als je denkt...'

'Stap in.'

Midden op de weg keerde ze de auto en reed terug naar Woodward.

'Waar gaan we heen?' vroeg ik.

'Wacht maar af.' Ze lachte geheimzinnig. Scheurde over

Woodward alsof er geen ander verkeer was. De oude sedan sput-
terde en steunde. Af en toe kwam de zon even tevoorschijn en
dan lichtte het natte asfalt op als zilver. We reden richting centrum. Vanaf hier zag de skyline van Detroit er imposant en uitnodigend uit. Alsof er een ring van warmte en licht omheen
hing.

We reden een minuut of tien. Toen trapte Leni op de rem.
'Hier is het.' We stonden voor een groot plein en een statig wit
gebouw met klassieke pilaren. 'Gauw. Voordat ik me bedenk.' Ze
stapte uit en ik volgde haar de trappen van het gebouw op. 'Naar
beneden,' siste ze toen we in de chique marmeren hal bij de ingang van het Detroit Institute of the Arts waren. 'Dan is het gra-
tis. Denken ze dat we alleen komen voor de lunch.'

We doken de kelder in. 'Als ik rustig wil worden, ga ik hierheen,' zei Leni. Het was alsof we op een eiland waren beland. Alles was schoon en mooi hier. Het licht was warm en gedempt en
de weinige bezoekers in het museum spraken op fluistertoon
met elkaar. Leni ging me voor. We liepen door een zaal met schilderijen van Warhol en Matisse en Picasso. 'Vlug,' zei Leni. 'Het is
hierachter. Het spiegelbeeld van wat we vanochtend…' Ze maakte haar zin niet af. Was buiten adem van het haasten. Bij een
enorm dieprood schilderij van Rothko bleef ik staan. Het was
alsof het doek me maande te stoppen, naar zich toe zoog. Nooit
eerder had ik zulk rood gezien, zo warm en intens als op dit schilderij. Alsof je een glimp opving van het binnenste van de aarde,
of van de zon, maar op geen enkele manier was het beangstigend.

'Kom je nog?' hoorde ik Leni roepen. Ik maakte me los van het
doek en slenterde Leni achterna. Via een smalle gang kwam ik in
een grote witte hal terecht. 'Hier is het.' Ik zag Leni niet meteen;
ze leek zo klein en smal in de enorme ruimte. Op de stenen vloer
stond een bord waarop een expositie van Afrikaanse kunst werd
aangekondigd. Leni wees naar boven. 'Kijk dan,' zei ze. 'Diego Rivera, de Mexicaanse kunstenaar. De man van Frida Kahlo.' Nu

zag ik het. De bovenste muren van deze hal waren beschilderd met uitbundige taferelen in alle kleuren blauw en grijs en oranje. Leni zag me kijken. 'Het duurt even voor je ziet wat er precies wordt afgebeeld, maar het hele tafereel is gebaseerd op de River Rouge-fabrieken, weet je wel, wat ik je vanochtend liet zien. Rivera schilderde het in 1932 in opdracht van Ford, maar de schilderingen zijn een ode aan de werkers en aan de techniek en de toekomst, zie je die handen daar boven?'

Ik staarde naar de muurschilderingen. Ik kende Diego Rivera wel maar ik had nog nooit een muurschildering van hem in het echt gezien. Het was een ingenieus portret van een fabriekshal, van mannen aan lopende banden en robotachtige machines. In het hart van de schildering was een enorm vuur. De handen waarop Leni doelde, waren boven op het tafereel geschilderd, enorme witte en zwarte mannenhanden die gebald waren of juist wanhopig naar de hemel leken te tasten.

'Rivera geloofde nog dat een kunstenaar het geweten van zijn tijd moest zijn,' zei Leni. 'Moet je je voorstellen toen ik dit voor het eerst zag in '59. Alsof ik thuiskwam, Laura. Ik was de DDR ontvlucht omdat het me te benauwd was, maar deze kunst herkende ik. En Rivera was natuurlijk een heel ander figuur dan die steile Duitsers. Hij was een bohemien, een communist, maar veel te anarchistisch voor welke partij dan ook. Zo wilde ik ook zijn, of misschien meer nog als zijn vrouw Frida. Deze muurschildering maakte dat ik het de eerste jaren volhield in Detroit, kun je je daar iets bij voorstellen?'

'Hmm.' Ik werd duizelig van het omhoogkijken en van alle details op de muren. Het was een prachtige schildering, maar de afbeeldingen hadden ook iets treurigs, de kille verfijnde blauw- en grijstinten, de machines die me aan vleesetende tropische planten deden denken of aan octopussen met enorme tentakels.

'Heb je honger?' vroeg Leni.

Ik knikte. 'En zoals die fabriek er nu bij ligt,' mompelde ik.

'Alsof er een bom op is gevallen.' Leni lachte. 'Net Oost-Duitsland vlak na de oorlog.' Ze duwde haar bril hoger op haar neus. Alle zorgen leken van haar afgegleden. 'Kom op, laten we wat eten.'

'En Celia dan?'

'Ik moet eerst wat eten. Jij mag betalen.'

In de cafetaria van het museum aten we salade met brood en soep. Leni leek uitgehongerd. Ze sprak geen woord tijdens het eten, prikte de stukjes tomaat, komkommer, *coleslaw* en rode biet een voor een aan haar vork, alsof het een ritueel betrof. Ik dacht aan Celia maar durfde niet over haar te beginnen. Leni was zo op haar gemak. En ik ook. Ik wilde de sfeer niet verpesten. Toen we bijna klaar waren met eten haalde ik koffie bij de selfservicebalie. Leni schoof haar bord aan de kant. Ik zette de cappuccino voor haar neer en ging weer zitten. Zo zaten we een poosje zwijgend bij elkaar. Langzaam nipte ik het schuim van mijn cappuccino. Alle indrukken van die ochtend flitsten als foto's door mijn hoofd maar ik dacht niet werkelijk aan iets.

Leni depte haar lippen met een servet. Ze keek op haar horloge. Zei: 'Ben jij met iemand?'

'Ja,' zei ik.

'Maar je wilt er niet over praten.'

'Waarom denk je dat?'

'Omdat je doet alsof je uit de hemel bent gevallen. Ik ben gewoon nieuwsgierig.'

Haar directheid overrompelde me. Alsof ze me betrapte.

'Kijk,' zei Leni, 'mij maakt het allemaal niks uit, ik mag je graag, maar ik heb het gevoel dat je ergens op zit te broeden. Ik bedoel, toen ik je oppikte in het Marriott… je had net die aanslagen meegemaakt. Ik weet niet. Ik ben gewoon nieuwsgierig. Wanneer ga je weer weg bijvoorbeeld? Waar moet ik me op voorbereiden?'

'Weet ik niet.' Ik meende het.

'Jezus, Laura. En ik dacht dat ik maar wat aan rotzooi in mijn leven.'

'Sorry, het is gewoon zo dat… Ik heb afgesproken met iemand. Een man. Ik bedoel, in New York kwam ik iemand tegen en hij heeft me hierheen gestuurd. Omdat het zo'n puinhoop was in Manhattan. Hij had hier familie.'

'Je bent met hem naar bed geweest.'

'Nee.'

'Zo vreemd is dat toch niet?'

'Nee maar…' zuchtte ik. Ik durfde niet goed verder te gaan. Op een bepaalde manier was Charles Perry mijn geheim. En de tijd die ik had totdat hij naar Detroit kwam, was extra tijd, tussentijd, bedenktijd. Ik had het idee dat ik dat beter niet onder woorden kon brengen, alsof ik het daarmee zou verpesten voor mezelf.

'Je bent me niks verschuldigd, Laura,' zei Leni. Ze wilde opstaan. 'Laten we gaan.'

'Wacht,' zei ik. Ik mocht Leni te graag om het gesprek zo in de lucht te laten hangen. Ze ging weer zitten. Zette haar tas voor zich op tafel en keek me met grote ogen vanachter haar dikke brillenglazen aan. In het kort vertelde ik haar over 11 september en Cafe One en Charles en Sylvia's Restaurant in Harlem en het onderzoek naar Paul Robeson waarmee mijn reis begonnen was. Ik vertelde haar over de plaat van mijn grootouders en over mijn moeder. Voor het gemak liet ik Stefan weg uit het verhaal.

'Mijn moeder was ook een fan van Robeson,' riep Leni. 'Hij heeft een poos in de DDR gewoond, wist je dat? Hij was ziek en liet zich in ons land opereren, geloof ik. Omdat hij in Amerika persona non grata was.'

Ik knikte. Probeerde haar opmerking te negeren. Ik realiseerde me wel hoe toevallig het was dat Leni's moeder ook naar Paul Robeson had geluisterd en dat Leni waarschijnlijk was opgegroeid met die muziek, net als mijn moeder, maar nu ik begonnen was te vertellen over mijn ontmoeting met Charles wilde ik het verhaal ook afmaken, voor zover dat mogelijk was.

'In ieder geval,' zei ik, 'ik weet niet wat het is met Charles. Ik ken hem amper, maar hij staat het dichtste bij me op dit moment. Alsof hij op een bepaalde manier voortdurend bij me is, me ziet, wat ik doe, wat ik zeg, zoiets.'

'Waarom ga je niet terug naar New York? Dan kun je je onderzoek beginnen en je ziet hem weer.'

'Nee,' zei ik.

'Waarom niet?'

'Omdat ik het gevoel heb dat ik iets af moet maken nu ik hier ben. Anders is het allemaal zo… ik weet niet… En Charles wil hierheen komen, dat zei hij, dus ik wacht gewoon.'

Leni schudde haar hoofd en glimlachte. 'Ben je verliefd?'

'Nee.'

'Hoe weet je dat zo zeker?'

'Soms heb ik het gevoel dat ik ieder moment kan oplossen, ophouden te bestaan. Ik weet niet hoe ik het anders moet zeggen. Ik neem alles waar, ik praat, ik doe dingen en tegelijkertijd ben ik er niet. Alsof ik op een dun koord door de lucht loop, zoiets. Onzichtbaar ben. Terwijl ik ieder moment beleef alsof ik voor het eerst op de wereld ben. En het heeft allemaal met Charles te maken. De gedachte aan hem is het enige wat me op de grond houdt. Klinkt dat erg idioot?'

'Je bent ontheemd, dat is het.'

'Ik zeg niet dat het erg is.'

'Luister,' zei ze. Ze boog voorover, schoof haar tas aan de kant. 'Ik zal je wat vertellen. Het was nooit mijn bedoeling om fotograaf te worden, weet je dat? Voor mij was mijn camera een excuus. Toen ik hier aankwam kon ik wel janken. Ik had me zo'n andere voorstelling gemaakt van Amerika. Wolkenkrabbers, jazz, beatnicks. Hier in Detroit was geen wolkenkrabber te ontdekken, tenminste niet buiten die paar in het centrum. Het was nauwelijks een stad in mijn ogen. Ik kwam bij familie terecht. Mijn neef Fritz haalde me op van het station. Ik weet nog dat het regende en dat de wolken dik en laag boven het asfalt hingen. Alsof er tranen over de ruiten sijpelden, zo zag Detroit er in mijn ogen uit, tranen en asfalt. Nou ja, ik kwam in een Duitse gemeenschap terecht. Mijn tante Sara sprak geen woord Engels. Ze zat de hele dag thuis en op zondag ging ze naar de Duitse kerk. Ik weet nog dat mijn neef trots vertelde dat er geen *Schwartzen* bij hen in de buurt woonden. Terwijl ik niets liever wilde dan naar zwarte jazzclubs gaan om de zangeressen en de muzikanten die ik kende van de radio te zien en te horen. Om een lang verhaal kort te maken, een paar jaar later ontmoette ik John Sinclair. Ik studeerde geografie aan Wayne State; hij woonde bij me in de buurt op de campus. John schreef voor *Down Beat Magazine*; kende alle jazzclubs en muzikanten. Ik had mijn camera. Dus toen we verkering kregen stelde ik voor dat ik foto's ging maken bij zijn stukken. In werkelijkheid was ik te verlegen om zomaar die clubs binnen te gaan, om contact te zoeken met muzikanten, terwijl ik dat het liefste wilde.'

Ze stopte. Staarde afwezig in haar lege koffiekopje.

'Moet ik wat te drinken halen?' vroeg ik.

'Nee,' zei ze kortaf, op een toon die me duidelijk maakte dat ik haar niet moest onderbreken. 'Als ik door mijn lens keek, was het alsof ik er zelf niet meer was. Ik was vrij om zo dicht mogelijk bij een muzikant te komen. Hoe kan ik het uitleggen? Uiteindelijk ging het me om de muziek, ik wilde weten hoe het was om zulke muziek te maken, hoe het voelde, ik kroop bijna in de muziek, in de tonen en akkoorden. Allemaal vanachter mijn camera. Maar soms had ik het gevoel dat ik iets deed wat verboden was; alsof ik stiekem iets van die muzikanten afpakte, stal...' Haar laatste woorden bleven onhandig boven de kunststoffen cafetariatafel hangen, alsof er nog iets op moest volgen.

'Bedoel je dat zoiets is gebeurd tussen Charles en mij?' vroeg ik. 'Dat ik iets van hem heb afgepakt? Ik snap het niet.'

'Je was alleen in New York, de aanslagen waren net gebeurd, je wilde onderzoek doen naar Robeson en toevallig raak je in gesprek met de enige zwarte man in dat café...'

'Je wilt zeggen dat het geen toeval was.'

'Misschien heb jij onbewust hem wel uitgekozen om jou te redden.'

'Is dat verkeerd?'

'Dat zeg ik niet.'

'Wat dan wel?'

'Misschien wil ik je alleen maar waarschuwen. Je kunt je verantwoordelijkheid niet ontlopen.'

'Doe ik dan dan?'

'Dat weet ik niet, Laura. Vergeet het. Ik weet niet eens meer waarom ik dit verhaal zo nodig moest vertellen. Laten we gaan.' Ze wipte nerveus van haar ene op haar andere been, keek op haar horloge. Maar ik bleef zitten.

'Je kunt ook de bus nemen,' zei ze. 'Het is maar een paar haltes. Kun je nog wat rondkijken hier.'

'Nee,' zei ik. 'Ik ga met je mee.' Ik stond op en rekende bij de kassa af. Daarna verlieten we het museum.

In de auto terug naar huis zwegen we. Ik merkte aan Leni dat haar gedachten weer helemaal bij Celia waren. Ik wist niet wat ik kon zeggen om haar te helpen of op te beuren, dus hield ik mijn mond. Maar de stilte was ongemakkelijk; alsof er iets tussen ons was voorgevallen. Bij Colorado sloeg ze rechtsaf en stopte voor het huis van Khalid en Tania.

'Bellen we?' vroeg ik.

'Natuurlijk,' zei ze. Ik stapte de auto uit. Leni keek in de achteruitkijkspiegel of er geen verkeer aankwam. Ze wilde meteen doorrijden naar huis maar ik had het portier nog vast.

'Zeg me als ik iets voor je kan doen,' zei ik.

'Doe ik.'

'Leni?'

'Wat?'

'Bedankt.'

'Waarvoor?'

'Alles. Het museum. Je verhalen. Ik bel je morgen.'

Ze blies een pluk grijs haar weg uit haar gezicht. Haar handen gleden in haar schoot. 'Weet je?' zei ze. 'Ik heb zitten denken, al die verhalen over vroeger, de oorlog. John was nooit geïnteresseerd in waar ik vandaan kwam. Dat ik geen Amerikaanse was, was voor hem genoeg. Ik was exotisch. En voor de kinderen was ik gewoon hun moeder.' Ze lachte flauwtjes. 'Misschien is het de ouderdom. Misschien ben ik gewoon bang. Maar ik moet mezelf die verhalen ten minste één keer hardop horen vertellen.'

Ik sloeg het portier dicht. 'Rij voorzichtig,' riep ik, opgelucht dat we weer gewoon met elkaar praatten.

Ze stak haar hand op. Haar lippen bewogen maar ik kon niet meer horen wat ze zei. Toen reed ze de straat uit.

BLIKWISSELING

Detroit, d.23.5.62

Meine liebe Hanne,

Dein letzter Brief war Gold wert, Hanne. Dieser Brief hat mir nämlich bestatigt, dass du anders bist als deine altesten Schwestern und dass ich nicht alleine bin in unserer Familie in meinem Suche nach einem besseren

Hannelore Arndt vouwt de brief van haar oudere zus voor de zoveelste keer open en weer dicht. De kleine letters, de dicht op elkaar getikte zinnen en woorden, het vliesdunne doorschijnende papier, ze krijgt er hoofdpijn van. Ze stopt de brief in haar tas en slaat een boek open. Hermann Hesses *Stunden im Garten*, een verhalend gedicht in hexameters, over de liefde van de dichter voor tuinen en bloemen en planten. Ze doet alsof ze leest. Er zijn weinig mensen in de bibliotheek. Het is een uur of vier. Het is juni. Wit licht sijpelt tussen de kieren van de luxaflex naar binnen. In de leeszaal is het koel, ondanks de aanhoudende hittegolf. Al weken staat er geen zuchtje wind. Met de dag voelt de lucht in de stad kleveriger en dikker, alsof er nauwelijks nog zuurstof in zit. Alsof er een vergrootglas tussen Erfurt en de zon is geschoven, zo scherp en brandend is het licht, zo verpletterend hard en echt ziet alles eruit. Onderweg naar hier viel haar het glazige groen en blauw op in de kinderkopjes op het plein. Dunne draden van kleur die als beekjes in de grauwe stenen kronkelden. Ze woont al bijna een jaar in Erfurt maar het was haar nooit eerder opgevallen. Als enorme toverballen glommen ze haar tegemoet. Hoe langer ze keek hoe groter de keien haar toeschenen, alsof ze ieder moment los konden raken van de grond en de lucht in zweven.

Hier schemert het. Het licht is aangenaam en wazig. Hier gaat Hannelore zo veel mogelijk heen. De geur van oude boeken, van vergeeld papier en vocht en stof doet haar aan aarde denken, aan verse, rulle aarde die langs haar vingers glijdt tijdens een practicumles op school. Als in een reflex voelt ze in haar tas of de brief er nog is. Haar vingers glijden langs het dunne luchtpostpapier. Zijde, denkt ze. Haar hoofd doet zeer. Een dof bonken waarvan ze slechter gaat zien. *Freiheit ist auch hier eine Illusion.* De woorden van haar zuster dansen in haar hoofd maar betekenen niets.

'Juffrouw?'

Hannelore schrikt op uit haar gemijmer. 'Ja?'

'Wilt u het boek lenen? Of kijkt u het gewoon in? We gaan zo sluiten namelijk. Over een kwartier.' De bibliothecaresse staat afwachtend voor haar, de handen gevouwen in haar schoot. Ze draagt een gebloemde zomerjurk die om haar buik en billen spant. Hannelore schat dat ze een jaar of veertig is.

'Ik zet het boek zo terug,' zegt Hanne.

De vrouw blijft nog even staan. Er is verder niemand meer in de bibliotheek. Hanne schraapt haar keel, bladert in het dunne boek. Nog even, denkt ze.

'Als u zover bent…' zegt de vrouw.

'Ja,' zegt Hanne.

Wanneer de vrouw verdwenen is klapt Hanne het boek dicht. Ze denkt aan het gladde oppervlak van een meer, ze gooit een steen in het water, ziet hoe de rimpelingen steeds zwakker worden, totdat het water weer strak en glad is als een spiegel. De stilte omsluit haar, is als een tweede huid. Haar gedachten veilig opgesloten. *Um Mitternacht sind ein anderer Junge und ich schwimmen gegangen. Ich in meine Bikini. Das wasser war ganz schon kalt. Lake Huron ist einer der kaltesten Seen, weil er so tief ist.*

Dan gaat er een bel. Halfvijf. Sluitingstijd. Hannelore staat op. Het duizelt in haar hoofd en even denkt ze dat ze omvalt. Ze grijpt zich vast aan de leuning van de stoel. Wacht tot het zwart met de flikkerende zilveren puntjes op haar netvlies oplost. Ze voelt haar hart kloppen in haar slapen. *Hanne, deine situation mit Volker kann ich gut verstehen. Ich weiss aber keine Antwort. Und ich glaube fast, es gibt gar keine. Wenn du einem Schlaf des Vergessens schlafen könntest…* Ze pakt haar tas en loopt naar de uitgang.

'Tot ziens,' mompelt Hanne wanneer ze de bibliothecaresse passeert.

'Ik heb ook last van de warmte,' zegt de vrouw op quasivertrouwelijke toon.

'O.' Trap af. Een kleine donkere hal. De stenen wanden geven koelte af. Heel even drukt Hannelore haar handen en rechterwang tegen het rode baksteen. De poort naar buiten staat open maar door het scherpe contrast ziet ze alleen wit, verblindend wit. Ze denkt aan gisteren, het gesprek met de twee agenten van de Staatssichterheitsdienst. Ze hadden de moeite genomen om naar haar kamer in het centrum van de stad te komen.

Ze zat aan tafel, haar armen gevouwen. Het waren jonge kerels, niet onknap. Nu ze aan hen terugdenkt, kan ze hen met geen mogelijkheid uit elkaar halen. Dezelfde lichtbruine pakken, stropdassen, witte overhemden, donkerblond spriethaar en pluizige jongenswangen.

'We kunnen een afspraak met hem in West-Berlijn organiseren, hoe lijkt u dat?'

Ze dacht aan Volker. Glanzende, hazelnootbruine ogen, donkerbruin haar, volle lippen. Meer niet. Haar herinnering had al afscheid van hem genomen. Alsof er glas in haar hoofd zat.

'Wat denkt u ervan, juffrouw? U hoeft alleen maar verslag uit te brengen. U wilt uw geliefde toch graag terugzien?'

Ze had hun recht in het gezicht gekeken. Haar mond gehouden.

Freiheit ist auch hier eine Illusion.

Hannelore voelt hoe de koelte uit de muren haar lichaam binnenstroomt. Ze ademt diep. Hoopt dat niemand haar zo ziet.

Ze had Volker voor het laatst gezien in een café in West-Berlijn, meer dan een halfjaar geleden, in de winter. Sneeuw lag opgehoopt tegen de gebouwen. De straten waren bruin en modderig. De hele dag bleef het donker. Toch had Alexanderplatz er bekoorlijk uitgezien. De mist en het duister vermengd met het flauwe gele licht dat door de ramen van de restaurants dampte, gaf het plein iets geheimzinnigs en sprookjesachtigs. Met een dagpas was ze de grens overgegaan. Ze hadden wat gedronken. Martini. Volker had om extra ijsblokjes gevraagd bij het meisje achter de bar. De lichte, triomfantelijke toon waarop hij het vroeg, het losse armgebaar waarmee hij zijn glas in de lucht hield, het meisje recht aankeek, haar blik behendig naar zich toe zoog, Hanne registreerde het allemaal maar zei niks. De veranderingen in haar vriend waren te pril en te klein om er al woorden aan te geven. Misschien vergiste ze zich. Ze lachte en nipte van haar glas. Een jazzbandje speelde achter in het café. Er waren niet veel bezoekers maar het was ook dinsdag in de vooravond, wie ging er dan uit?

'Zo kan het altijd zijn,' had Volker na een poosje gezegd. 'Ik hou van je.' Op een of andere manier klonk hij gehaast, zijn blik gleed langs haar naar de muzikanten. Drum bas piano sax. Ze speelden een modern stuk, de tonen schoten alle kanten uit, alsof het draden katoen of wol waren die met elkaar verstrikt raakten. Af en toe haperde de muziek even en dwarrelden losse dunne tonen naar beneden. Regen, dacht Hanne, lauwe regen in de zomer. De geur van nat gras en hout en stoffige warmte. Het was alsof ze de tonen kon vastpakken, alsof het doorzichtige bolletjes waren die rondzweefden in het café. Even overwoog ze iets over de muziek te zeggen tegen Volker maar in plaats daarvan kneep ze haar ogen dicht.

'Ik zei: ik hou van je,' zei Volker.

'Ik hou ook van jou,' zei Hanne.
'Blijf dan gewoon.'
'Vanavond?'
'Ja.'
'Zomaar?'
'Zomaar, ja. Hoe wou je het anders doen?'

Hanne maakt zich los van de muur en stapt de hal van de biblio-theek uit. Meteen valt de hitte op haar als een klamme paarden-deken uit een van de stallen in Vahldorf. Ze rommelt weer in haar tas en voelt aan Leni's brief. Alsof het een paspoort is waar ze zuinig op moet zijn. *Als ich Ete das letzte Mal sah in Berlin in 1959, da dachte ich auch, dass es unmöglich sei, dass ich ihn nicht wieder sehen werde.* Ze loopt het marktplein over. Schichtig kijkt ze om zich heen. Alsof het scherpe licht haar doorzichtig maakt. *…jetzt ist er nur noch Symbol für mich, nicht mehr Person.* Bij ie-dere stap die ze zet hoort ze de echo van haar oudere zusters stem. Ze vraagt zich af wanneer dat begonnen is; in ieder geval niet meteen na Leni's vertrek.

'Nou, juffrouw Arndt. Het is geen slecht aanbod dat we u doen. U kunt gaan en staan waar u wilt. U blijft dezelfde per-soon. U neemt alleen verantwoordelijkheid tegenover uw land.' De woorden hadden grotesk en belachelijk geklonken uit de mond van de jonge agent. Ze had geglimlacht, haar onschuldige schouders opgetrokken.

'Wilt u erover denken, juffrouw?'

'Zeg maar jij,' zei ze en ze hoorde hoe flirterig het klonk. Alsof ze iemand anders was. 'Volgens mij zijn we even oud.'

'Okay, Hannelore, wil je erover denken?'

Zo snel kon je dus intimiteit oproepen. Het viel allemaal te le-ren. Weer dacht ze aan Volker. Misschien was dit haar kans op re-vanche. Gewoon meedoen. Dubbelspel spelen. Het idee was even aantrekkelijk als beangstigend. Maar in ieder geval deed ze iets, kwam ze in beweging tegen de stilte en de roerloosheid die zich steeds dieper in haar ziel nestelden. Ze schaamde zich wanneer ze terugdacht aan wat ze Volker had geantwoord. *Nee ik kan niet blijven ik kan mijn moeder niet alleen laten niet nu mijn drie oudere zussen al in het Westen zijn en mijn vader mijn vader…* In werkelijkheid had Volkers ongeduld en opwinding over zijn nieuwe leven haar angst aangejaagd. Ze wist niet waarom maar ze was ervan overtuigd dat ze hem vroeg of laat, misschien wel pas wanneer ze getrouwd waren en samen kinderen hadden en een huis en een hond en… dat ze hem hoe dan ook op een gegeven moment diep teleur zou stellen.

Freiheit ist auch hier eine Illusion. Het zweet breekt haar uit. Ze is bijna bij haar kamer in de steeg achter de kerk. Haar hospita kijkt vast al op de staande biedermeierklok. *Waar blijft ze? Ze is nooit zo laat.* Tiktaktiktaktiktak. Het is het enige geluid in de bruine woonkamer van de weduwe Holstein. Ze is een vage kennis van haar ouders. *Ich bin am Strand spazieren gegangen, als es noch hell war, ganz alleine, nur Wind, Wasser, Sand.* Hanne ziet het meer weer voor zich. Lake Huron. De kleine golfjes die het strand op spoelen, een beetje schuim, het geluid van water, Leni's blote voeten in het fijne zand. Het meer is zo groot als de zee. De horizon even onbestemd en uitnodigend. Leni was altijd al een prinses uit een sprookje. Met haar magere, doorzichtige lijf en haar lange blonde vlechten die als feestelijke linten achter haar aan wapperden wanneer ze op blote voeten over de velden of over de kinderkopjes in het dorp rende. Alsof ze ieder moment de lucht in kon vliegen. *So gefällt mir Amerika. Und darum bin ich noch immer hier und werde wahrscheinlich auch noch 'ne Weile hier bleiben.*

En daarom had mama haar samenzweerderige klaagzangen voor Hanne bewaard, alsof het een voorrecht was dat ze werd ingewijd in de geheimen van het huwelijk van haar ouders, hun onderlinge stilzwijgen dat als een touw was en langzaamaan haar keel dichtsnoerde. *Hij is raar, Hanne. Gisteravond kwam ik de slaapkamer binnen en daar zat-ie, op het bed, in mijn ondergoed,*

Hanne, mijn onderjurk en jarretelgordel en kousen, waar hij die lippenstift vandaan heeft godmaghetweten, lieve schat, ik gebruik dat spul niet dat weet je en hij was bezig zichzelf te…

'Ja mama.'

'Je begrijpt wel wat ik bedoel. Waar heb ik zoiets aan verdiend, Hanne? Mijn god.'

Ze pakt de sleutel uit haar tas en opent de voordeur. Duwt het beeld van haar vader in vrouwenondergoed, met slordig geverfde rode clownslippen weg. In de steeg is het gelukkig koel. De steeg is pal achter de grote kerk op het marktplein en hooguit een uurtje of twee per dag, alleen 's zomers en dan in de ochtend, schijnt hier de zon. Het gebladerte van de hoge bomen versnippert het helle licht, waardoor het soms lijkt alsof het sneeuwt.

'Hannelore.' Haar naam horen zeggen door een jeugdige agent van de Staatssicherheitsdienst. Het respect wat erin doorklonk, *Hannelore*, ook al was het geveinsd, ook al diende het de staatsveiligheid en niet haar eigenwaarde. Het was precies wat zij nodig had. Een gif tegen de stilte. Een gif tegen de holle blik van haar vader. Alsof ze een geest was voor hem, lucht, alsof ze nooit geboren was.

'Hannelore, we moeten zo gaan. We willen heel graag een antwoord van je.'

Ze was opgestaan van tafel. Had de agenten – de een of de ander, dat maakte niet uit – opnieuw recht in de ogen gekeken. 'Denken jullie dat ik stom ben of zo?' zei ze. 'Zijn jullie helemaal besodemieterd? Zorg eerst maar dat er genoeg te eten is in dit land. Op margarine alleen kan niemand leven. Die dorre troep. En waarom zouden we niet vrij mogen reizen? Nou? Vertel eens, waar zijn jullie in godsnaam bang voor? Stelletje idioten. Angsthazen. Mij krijgen jullie van je levensdagen niet. En denk maar niet dat ik bang ben. Ik wil dat jullie nu mijn kamer verlaten. Nu. Nu. Nu meteen.'

*   *   *

Juni 16, 1966

P.S. A Love Supreme *ist eine der schonsten Platten die je aufge-
nommen wurde. Die möchte ich dir gerne schicken. John Coltrane ist der Prophet unserer Zeit. Nächste Woche kommt er
nach Detroit,*

'Ben je boven, Leni? We moeten opschieten,' hoort ze John vanuit de woonkeuken beneden roepen. Zijn nerveuze voetstappen
op de houten vloer.

'Nog één minuut,' mompelt ze in zichzelf. Schrijft gehaast *den
ersten Mal in 5 Jahren. Da haben wir uns schon monatelang darauf
gefreut* Punt. Klaar is de brief aan Hanne. 'Ik kom.' Ze dendert de
trap af.

Met de handen in de zakken van zijn corduroy broek staat
John in de gang. 'Wat deed je nou?'

'Schrijven.'

'Schrijven?' Hij is meer dan een kop groter dan zij en een stuk
breder. Als ze niet zo gek op hem was, zou ze bang van hem kunnen worden. Nu is ze alleen maar trots op haar liefde voor deze
man, John Sinclair, dichter, schrijver, organisator en agitator.

Zijn ogen glinsteren door het gordijn van donkerblond haar
dat half voor zijn gezicht hangt. Hij heeft een baard van een paar
dagen. 'Schrijven naar wie?'

'Hannelore.'

'Is ze al getrouwd?' buldert hij door de lege stenen hal. Hij
loopt naar de achterdeur.

'Ze denkt erover. Conny heeft haar gevraagd. Ik denk dat ze
het moet doen, ook al is ze niet helemaal verliefd. Hij houdt van
haar en zij van hem. Ze zitten allebei in de bloemen en planten...
Wat denk jij?'

'Ik? Moet ik me daar ook al druk over maken? Hanne weet

toch zelf wel wat goed voor haar is, of niet soms?' Hij voelt in zijn zak of hij de autosleutels heeft. 'Ben je zover? Je weet hoe mijn moeder is.'

Leni vliegt naar de woonkamer om te kijken of haar rode angora vest daar is. Op de versleten beige bank ligt Charles Moore te slapen, in zijn kleren, zonder dekens, zijn lange benen bungelen over de leuning. In de asbak op het tafeltje naast de bank liggen de resten van een paar joints. De lucht in de kamer is zoet en benauwd. Voorzichtig opent ze de tuindeuren en zet ze met een haakje vast zodat ze niet gaan klepperen. Charles heeft zijn slaap hard nodig. Ze blijft even staan en kijkt naar hem, glimlacht vertederd om zoveel rust, zoveel overgave en vertrouwen. Om zijn grote handen die ontspannen en willoos op zijn buik rusten, zijn slanke vingers. Gisteravond nog kreeg hij het publiek in de Rainbow Room moeiteloos aan zijn voeten met zijn trompet. Hij had zijn longen uit zijn lijf gespeeld, zweet gutste langs zijn slapen en over zijn gezicht. Zijn drummer en bassist konden hem amper bijhouden. Vanuit de coulissen had ze foto's van hem genomen. Zilveren licht op zijn zwarte huid, parelend zweet, die naar binnen gekeerde blik, concentratie, alsof hij helemaal alleen in de club was, hij met zijn muziek. Ze kan bijna niet wachten om de kelder in te gaan en de foto's af te drukken.

'Leni!'

'Ik kom.'

'Wat doe je toch de hele tijd?'

Het rode vest ligt over een van de eetkamerstoelen. Ze pakt het en trekt het aan over haar t-shirt. Hoewel het al juni is, is het nog steeds koud in Detroit. Alsof er ijs in de lucht zit. En de verwarming in het oude Volkswagenbusje is kapot. Charles murmelt iets onverstaanbaars in zijn slaap, trekt zijn benen omhoog en draait zich op zijn zij. Haar blik kleeft aan de slapende man, alsof ze iets, ze heeft geen idee wat, kan ontdekken wanneer ze maar lang genoeg naar hem kijkt. Charles is Johns hartsvriend en woont tijdelijk bij hen in, totdat hij een plek voor zichzelf vindt. Ze weet heus wel dat Charles niet weg zal gaan – ze heeft hem nog geen huis-aan-huisblad zien opslaan voor advertenties en bovendien heeft hij geen rooie cent – en heimelijk is ze daar blij om. Heimelijk is ze bang dat wanneer Charles vertrekt, het evenwicht tussen haar en John verstoord zal raken.

Ze hoort niet dat de deur achter haar met een zachte hoge piep opengaat en John de woonkamer binnenkomt.

'Wat sta je daar nou?' Hij slaat een arm om haar heen, zoent haar in haar hals. Ze ruikt een zweem van de muffe, zoete geur van zijn lichaam.

'Ssjt. Hij slaapt.'

'Als een baby,' lacht John.

Ze ziet hoe zijn blik verandert zodra hij naar zijn vriend kijkt. Bijna alsof hij naar een echte baby kijkt, zijn baby. Het is een compleet andere liefde die in die blik schuilgaat dan de liefde die zij van hem krijgt. Ze is niet jaloers. Ze vraagt zich alleen af waarin het verschil zit en of je liefde kunt meten, maar voordat ze een antwoord kan bedenken zegt John: 'Haal 's een deken. Je kunt hem toch niet zo laten liggen?'

'Nee,' zegt ze. Ze vliegt de kamer uit, de trap op naar boven, graait een deken uit de linnenkast op de overloop en gaat weer naar beneden. Ze vouwt de donkergroene wollen deken uit en legt hem over Charles heen. Hij slaapt gewoon door.

'Zullen we nu gaan?' fluistert ze.

'Ik kan me zo kwaad maken om wat die kloterecensent over Charles schreef,' zegt John zonder zijn blik van zijn slapende vriend af te wenden.

'Niet zo hard.'

'Miles Davis goddomme. Ik hou van Miles maar om Charles met hem te vergelijken… Ik bedoel, snappen ze dan helemaal…'

'Laten we gaan,' zegt Leni. 'Het is een dik uur rijden naar Flint en het weer is…' Ze denkt aan het concert van gisteravond. Hoe ze probeerde de grillige melodielijnen te volgen; telkens brak Charles ze af met een dissonant of een vreemd akkoord dat weer uitwaaierde. Ze werd er bijna misselijk van, alsof ze bij iemand in de auto zat die om de paar honderd meter op het rempedaal trapte. Maar dan opeens waren zijn tonen zo dun en ijl dat ze er nauwelijks naar kon luisteren, zo gevoelig en warm klonken ze, alsof het pure liefde was, omgezet in klank. Bijna zoals Coltrane klinkt. Ze kent niemand zoals Charles. Niemand die zo autonoom en muzikaal en onaangepast en egocentrisch is als hij. Alsof hij nergens vandaan komt, geen familie heeft, geen achtergrond.

'Ik hou van je,' fluistert ze naar John.

'Gekke vrouw,' fluistert hij terug.

In de bus, onderweg naar Flint, naar de ouders van John, denkt Leni aan de brief aan haar zuster. *Vielleicht können wir im nächsten Sommer in die* DDR *kommen, euch besuchen. Als Touristen könnten wir zusammen auf Urlaub fahren, Conny & du & John & ich. Das würde ja toll sein. Bitte schicke mir mal einige Bilder von dir & Conny. Weiss überhaupt nicht wie er aussieht.*

'Hoe is het met je moeder?' vraagt ze.

'Weet jij dat niet beter dan ik? Je bent zo dik met Elsie.'

Hoort ze verwijt in zijn stem? Ze duwt de gedachte weg. Drukt op de playknop van de cassetterecorder. De zalvende stem van Curtis Mayfield vult de kleine ruimte in de bus. *People get ready there's a train coming/ picking up passengers coast to coast.* Zoemende neuriënde stemmen op de achtergrond; een ingehouden slepende melodie. ...*don't need no ticket/ just praise the Lord.* Ze kijkt naar John. Verwacht dat hij commentaar geeft op de religieuze tekst maar hij rijdt onverstoorbaar verder, benen wijd, het stuur losjes in zijn handen, de blik op oneindig. Alsof hij een vrachtwagen bestuurt en geen Volkswagenbusje. Met de mouw van haar vest veegt ze het beslagen raampje naast zich schoon. Vlakke weilanden. Bomen. Boerderijen. Plukken wollige mist tussen de bomen. Alsof er geesten huizen. Na al die jaren heeft het landschap in Michigan nog altijd iets mysterieus. Ze sluit haar ogen. *…on the train to Jordan…* Sereen, denkt ze. Dat is het woord. Dat zou ze Hanne moeten schrijven. De helderheid van Mayfields stem. De verborgen boodschappen in de tekst. Zelden heeft ze zoiets moois en hoopvols gehoord. Hanne zou het ook horen. Hanne scherpt haar waarnemingen. Hanne zorgt ervoor dat niets vanzelfsprekend en gewoon wordt in Amerika.

…denn unserer Nachbarn sind uns nicht besonderes freundlich gesinnt. Es sind Weisse aus Georgia & Alabama… Schreien uns NIGGER-LOVERS *auf der Strasse nach & schmeissen mit Steinen nach uns. Am letzten Sonntag haben sie sich all betrunken & haben Ron, der mit uns im gleichen Haus wohnt, gejagt & niedergeschlagen. Er musste mit einer grossen Kopfwunde ins Krankenhaus. Jetzt wollen wir uns bewaffnen.*

'Slaap je?' hoort ze John vragen.

Ze opent haar ogen. Zegt niets. Voelt zich betrapt omdat ze in het Duits denkt, in het Duits schrijft. Op een vreemde manier voelt dat als verraad, niet zozeer aan John maar meer aan hun leven samen, aan wie ze nu is. Leni Sinclair. Spreek uit: Lennie Sinclair.

'John?'

'Ja?'

'Ben jij gelukkig?'

'Wat is dat nu voor vraag? Natuurlijk ben ik gelukkig. Jij niet dan?'

Ze legt haar hand op zijn arm, strijkt door de stugge bruinrode haartjes op zijn sproetige huid. Ze wil niet zeggen: Ja, ik ben ook gelukkig. Dat is de goden verzoeken. In plaats daarvan glimlacht ze.

'Wat schreef je aan je zuster?' vraagt John.

'Dat Coltrane komt over een paar weken en over de buren. Je weet wel.'

'Begrijpt ze dat?'

'Hannelore is niet gek. Hanne begrijpt alles.' Ze hoort het zichzelf zeggen; net iets te veel kracht achter de woorden.

Ze zwijgen een poosje. De N27 is een rechte, saaie weg. Er is weinig verkeer. De bus hobbelt voort. Het monotone ritme van de motor maakt haar slaperig. Leni leunt tegen het portier. Denkt aan de slapende Charles in de woonkamer. De blik van John. Er kleefde iets bezitterigs aan die blik. Alsof hij de onschuld van Charles' slaap opeiste voor zichzelf, zoiets was het, probeerde binnen te dringen in de dromen en het onderbewustzijn van zijn beste vriend.

'Maar Hanne kent de situatie hier toch helemaal niet? Wat voor kranten krijgt ze daar helemaal onder ogen? Was jij het nou die vertelde dat je vroeger gewaarschuwd werd dat je zwarten niet moest aanraken omdat ze zouden afgeven als houtskool of inkt?' Hij lacht.

Ze heeft geen zin te reageren. Ze wil haar gedachten over John en Charles vasthouden. Doet alsof ze slaapt.

'Nou?'

Ogen dicht. Rustig ademen. Naar de muziek luisteren. Als bijen zoemen de bezwerende, neuriënde stemmen in haar hoofd. In een flits ziet ze haar vader helemaal ingepakt in beschermende kleren in het veld bij de bijenkorven staan. Ze ruikt de zoete mengeling van hooi en honing en warmte. Zoals John naar Charles keek daarnet. Ze voelt een steek in haar buik, het is alsof haar maag zich samentrekt tot een harde bal. Ze weet dat John zielsveel van haar houdt; dat weet ze gewoon. Wanneer ze vrijen is het alsof hij krimpt, smelt, niet vanwege de seks, juist niet. Met zijn grote, zware lijf overstelpt hij haar met liefde en warmte. Zuigt zich aan haar vast als een kind. Maar nooit nooit nooit zal hij ook maar een poging wagen om door te dringen in haar slapende onderbewustzijn zoals bij Charles.

Ze gaat verzitten maar houdt haar ogen dicht.

'Leni?'

Niets zeggen. Ik ben er bijna. Ik ben hoe dan ook een vreemde voor John. Dat is het. Met een raadselachtig verhaal en een raadselachtige familie. Daarom voelt hij zich veilig genoeg om van me te houden. *Ik haat Amerika, Leni. Ik haat alles aan dit land. Ik haat zelfs mijn ouders soms en niet alleen omdat ze wit of kleinburgerlijk zijn. Ik weet het niet, Leni. Het zijn goede lieve mensen maar ik pas niet bij ze, niet meer. Hou je van me?*

Dat weet je toch?

Charles is als een broer voor hem. John pocht met hun geboortedata. *Maar vier dagen na elkaar, ik op 2 oktober en Charles op de 6e. We zijn zo goed als een tweeling.* Wanneer hij dat zegt lacht Charles schaapachtig. Soms verdenkt ze John ervan dat hij het liefste Charles Moore zou willen *zijn*. Alsof dat hem zou bevrijden van iets. *Weet je, Leni, toen ik een tiener was heb ik een jaar in het getto gewoond, bij een vriend van me, Leroy. Zijn moeder kookte het lekkerste soulfood die ik ooit heb gehad. Ze heette Agnes. Ze zei: 'Jij bent anders.' Weet je wat dat betekende voor me? Zijn vader speelde trombone in een bigband. Zoals die gast speelde, de pijn… Hij had glamour, Leni, glamour en…*

John draait zijn raampje open. Koude scherpe lucht stroomt naar binnen. Leni schrikt op uit haar gedachten, opent haar ogen. Het begint te regenen. Dikke druppels spatten uiteen op de voorruit. Vormen grillige patronen op het glas. Net spinnen, denkt Leni.

'Dus Hannelore gaat met Corry trouwen,' zegt John. Hij schraapt zijn keel. Ze hoort de aarzeling in zijn stem. Alsof hij eigenlijk iets anders zou willen zeggen. 'Of is het Conny? Welke vent heet nou Conny?'

'Het is een bijnaam.'

'Conny,' zegt hij nog eens, zacht. Hij drukt de cassetterecorder uit.

'Als Hanne kon zou ze ook vluchten,' zegt Leni, en terwijl ze de zin uitspreekt schaamt ze zich al. Hanne zou het vreselijk vinden in bescherming genomen te worden. Het laatste waar haar zuster op zit te wachten is medelijden. Hanne is sterk, intelligent. De enige persoon in de wereld aan wie ze haar diepste twijfels zou willen toevertrouwen. Alleen niet in een brief.

Bitte erzähle Mutti nichts davon. Die macht sich nur viel zu viel Sorgen.

De bus sputtert en ploft. Buiten valt de schemering in. De dotten mist tussen de bomen en boven de velden worden dikker en witter. De lucht kleurt donkerpaars. Het is alsof ze door een smalle kier rijden, alsof de wereld zich achter hen sluit. Leni voelt haar spieren ontspannen. Ze houdt van het donker. Ze legt haar hand op die van John.

'Ik denk niet dat we het redden tot aan Flint,' mompelt hij. Hij buigt voorover. 'De benzine. Shit. Heb jij geld bij je?'

'Nee.'

'Ik ook niet. Godverdomme, Leni.'

'Charles heeft de bus gisteren meegenomen.'

'Jaja, dat weet ik. Ik had het moeten checken. Wat nu?'

'Hoeveel zit er nog in de tank?'

Hij fronst zijn voorhoofd. Wrijft met zijn rechterhand over de stoppels op zijn kin, plukt aan de denkbeeldige baard. 'Als we nu omkeren redden we het tenminste tot aan de grens van de stad,' zegt hij. 'Als we doorrijden zijn we gesjochten. Het is te ver naar Flint.'

'En je ouders? Je moeder heeft vast gekookt.'

'Ze begrijpen het wel. We bellen straks.'

Voor ze iets kan zeggen keert John de bus en rijden ze terug richting Detroit. Alsof ze terug de dag in rijden; in de verte is de hemel nog helemaal licht. Wanneer ze een paar kilometer doorrijden zien ze de ontelbare schitterende en trillende lichtjes van de stad al. Net vuurvliegjes op een hete zomeravond, denkt Leni. En onwillekeurig vraagt ze zich af of er nog genoeg postzegels in het laatje van Johns bureau liggen. Ze moet niet vergeten de roos die ze de afgelopen week heeft gedroogd met plakband op de brief te plakken. *Mein Garten grüht & blüht. Die Radische & der Salat sind erntereif. Hier ist eine Rose für dich.*

NAAR HEIDELBERG (1)

Ik huurde een auto. Een goudkleurige Mitsubishi met nepleren stoelen en achterbank en een super-de-luxe audiosysteem. De wagen was veel te groot voor mij vond ik, maar de rent a car-service in Highland Park verhuurde alleen maar dit soort auto's, en voor een zeer betaalbare prijs. Ik had uitgerekend dat ik, wanneer ik zuinig zou zijn, genoeg geld had om het hier een maand of drie, vier uit te zingen. Ik had Khalid en Tania aangeboden huur te betalen, maar allebei hadden ze me, los van elkaar, tamelijk ontdaan aangekeken, alsof ik hen beledigde met die vraag. Nooit vroegen ze me of ik plannen had te vertrekken.

Een paar keer per week deed ik boodschappen in de supermarkt verderop Woodward en meestal kookte ik dan ook. Leni had ik sinds het bezoek aan het museum niet meer gezien. Ik belde haar soms op en dan vertelde ze me hoe het met Celia ging – slecht, maar de ene keer minder slecht dan anders en dan klonk Leni redelijk ontspannen en beloofde ze me terug te bellen voor een afspraak. Maar dat gebeurde nooit. Leni had te veel zorgen. Dus belde ik haar weer.

Celia was opgenomen geweest in een inrichting in Baton Rouge, zo'n vijftig kilometer van New Orleans, maar na drie dagen weer weggelopen. Bijna een week was ze onvindbaar geweest en juist op het moment dat Leni, gek van ongerustheid en slaaptekort, naar het zuiden wilde afreizen in haar gammele auto, dook Celia op. Als een doodnormale backpacker stond ze 's ochtends heel vroeg met haar bagage op de veranda van Leni's huis op Gable. Of ze een poosje mocht blijven.

Natuurlijk vroeg ik Leni steeds of ik iets voor haar kon betekenen, maar ze wimpelde me altijd af. *Misschien dat je volgende
week... Ik bel je zo snel mogelijk...* Ik overwoog naar haar huis te
rijden, maar dan herinnerde ik me weer hoe afwerend ze had gedaan over afspraken bij haar thuis. Ik wilde me niet opdringen.

Af en toe nam ik Monique 's middags na school mee naar het
Detroit Institute of the Arts. Het museum was me vanaf het eerste moment dat ik er met Leni naar binnen was gelopen, dierbaar
geworden, en niet alleen vanwege Rothko of Rivera. Alles in het
museum straalde op een of andere manier neutraliteit uit, hoe
uitgesproken de schilderijen aan de wanden ook waren. Het instituut had wat mij betreft net zo goed in Madrid of Oslo of Ca-
racas of Hong Kong kunnen staan en juist die onbepaaldheid
had voor mij iets intens geruststellends. Zodra ik het gebouw
binnenwandelde, was het alsof ik met iedere hap lucht die ik inademde tegelijkertijd een licht kalmerend middel kreeg toege-
diend, waardoor ik me na afloop van het museumbezoek steevast evenwichtiger en beschermder voelde dan ervoor. Al snel
bespeurde ik hetzelfde effect bij Monique. Of misschien had
mijn kalmte weer invloed op haar. In ieder geval voedde het museum de fantasie van het kind en nadat ze me eerst honderduit
vroeg over dit of dat schilderij, begon ze te babbelen, meer in
zichzelf dan tegen mij, terwijl we hand in hand door de smettelo-
ze zalen slenterden. *...een meisje dat Frida heet en zes jaar is en ze
heeft een zus die ver weg woont en Frida heeft een geheim boek
waarin ze tekeningen maakt en verhaaltjes schrijft en ze is heel
mooi en haar zus stuurt haar boodschappen via een dwerg in het
bos...*

Detroit werd me steeds vertrouwder. Door de uitstapjes met
Leni had ik het verkeer en de wirwar van snelwegen rondom en
in de stad leren kennen en nu ging ik er in de Mitsubishi zelf op
uit. Meestal reed ik gewoon maar wat en zag ik wel waar ik uit-
kwam. Op een middag, het was begin oktober maar nog altijd

warm, reed ik naar Lake St. Claire ten noorden van de stad. Lake St. Claire was behalve een meer ook een recreatiegebied met een restaurant, een openluchtzwembad en een uitgestrekt, bosachtig park met sportvelden en midgetgolfbanen. Omdat het al zo laat in het seizoen was, waren het zwembad en het restaurant gesloten. Ik was hier een keer eerder geweest, op een vrijdagmiddag met Tania en Monique. We hadden gepicknickt, gezwommen en in de zon gelegen. Ik herinnerde me dat ik me verwonderde over hoe scherp en duidelijk je de contouren van de stad aan de overkant zag, ondanks de uitgestrektheid van het meer. Nu was het vochtgehalte in de lucht zo hoog dat alles er wit en mistig uitzag. Desolaat bijna, de plek deed me aan een woestijn denken. Er waren geen andere mensen. Het was doodstil, alsof de nevel alle geluiden absorbeerde. Ik bleef een minuut of tien op het strand zitten en besloot toen terug te rijden. Het was laat in de middag. Toen ik terugliep naar de parkeerplaats zag ik dat de mist veel hardnekkiger was dan ik had vermoed. Ik begon me zorgen te maken. Ik hield er niet van met mist te rijden. Maar hier blijven was ook geen optie.

Voorzichtig manoeuvreerde ik de wagen het park uit, in de richting waar ik dacht dat de snelweg moest zijn. Ongeveer een kwartier reed ik stapvoets zonder dat ik zag waar ik was. Af en toe brak er een flauw zonlicht door de mist en zag ik rechts van me de schittering op het water van een riviertje, een paar woonboten. Maar meteen daarna trok de lucht weer dicht en was alles weer wit. Na een halfuur kwam ik bij een kruising. Ik sloeg linksaf; richting Detroit dacht ik. Hier was helemaal geen mist, integendeel, de zon brandde op het dak van de Mitsubishi en ik draaide de ramen open voor frisse lucht. Kneep mijn ogen dicht tegen het scherpe licht. Ik herkende niets. Ik zag keurige bungalows, gifgroene grasveldjes met kinderschommels en helblauwe zwembaden. Een nieuwbouwappartementencomplex dat me aan een bejaardentehuis in Nederland deed denken. Ik sloeg rechtsaf en reed een winkelstraat in. Hier waren een paar boetieks, een pizzeria, een visrestaurant, een hippe *coffeeshop*, een makelaarskantoor en een boekhandel. Zo'n straat als deze bestond in Detroit niet. Wanneer Tania me meenam om te shoppen, gingen we naar een *mall* met gigantische hallen van winkels aan de rand van de stad.

Dit moest een van de blanke voorsteden zijn waarover Khalid me had verteld. 8 Mile Road, de drukke vierbaanssnelweg dicht bij Leni's huis, was de denkbeeldige grens die de oude zwarte stad scheidde van deze welvarende voorsteden.

Ik parkeerde de auto en stapte uit. Ik wilde naar de coffeeshop verderop in de straat lopen, toen ik door het raam op de eerste etage van de boekhandel een Starbucks ontdekte. Ik besloot daar thee te drinken en een broodje te eten, en dan kon ik meteen de weg terug vragen. Beneden in de winkel bladerde ik in een paar romans zonder dat ik echt las waarover ze gingen. Philip Roth, Toni Morrison, Ian McEwan. Ik legde de boeken terug op de tafel en nam de roltrap naar boven. De winkel was uitgestorven. Er klonk alleen heel zacht muzak. Ik was bijna boven toen ik verderop aan een tafeltje bij het raam Khalid zag zitten. Hij was alleen. Hij dronk koffie en bladerde in een tijdschrift. Op tafel voor hem lag de laatste xxl, een blad over hiphopmuziek. Ik was blij verrast hem hier te zien zitten en wilde meteen op hem aflopen, toen ik bedacht dat hij misschien helemaal geen behoefte had aan gezelschap. Zo zag hij er tenminste uit. Alsof hij met rust gelaten wilde worden. Nooit eerder had ik hem zo ontspannen gezien, zo volledig verzonken in zichzelf, in wat hij las, hij zat onderuitgezakt met gestrekte benen en af en toe nipte hij een slok van zijn koffie.

Ik ging bij een rek met tijdschriften staan. Hij had me niet gezien en zo moest het blijven. Ik zou zo weer naar beneden gaan, de weg vragen en naar huis rijden. Op een of andere manier had ik het gevoel dat ik inbrak in Khalids privacy, dat ik iets zag wat niet voor mijn ogen bedoeld was.

Ik glipte terug naar de roltrap en liet me naar beneden brengen. Aan de caissière vroeg ik waar ik was en hoe ik het snelste in Detroit kwam, op Woodward Avenue. Het meisje vertelde me dat dit Royal Oak was, Detroit lag nog geen twintig mijl hiervandaan, ik moest de straat uit rijden, links afslaan, de snelweg op en dan gewoon rechtdoor rijden. Als er geen files waren, was ik binnen een halfuur thuis.

In de auto zette ik de radio aan. Stemde af op een lokaal station dat uitsluitend *smooth jazz* draaide, moderne instrumentale nachtclubmuziek die lekker klonk maar anoniem genoeg was om mijn aandacht niet helemaal op te zuigen. Ik volgde de aanwijzingen van de verkoopster. Algauw zat ik op een *highway* die ik herkende. Ik ontspande me. Het lege landschap gleed langs me heen. Weilanden, af en toe een enorme fabriekshal of opslagplaats, een restaurant met een opzichtig uithangbord. Ik moest aan Khalid denken. Ik raakte het beeld van hem aan dat tafeltje bij Starbucks in Royal Oak niet meer kwijt. Thuis leek Khalid altijd licht gespannen en op zijn hoede. Meestal zat hij op de bank met zijn laptop. Hij zei nooit veel. Zijn museum, zijn organisatorische werk voor militante zwarte dichters en rappers eiste al zijn aandacht op. Tenminste, dat zei hij wanneer Tania hem aansprak op zijn afwezige gedrag. Zijn antwoord bevredigde haar nooit en ik kon het me indenken. Er was iets in Khalids houding dat hem ongrijpbaar maakte, onaantastbaar bijna.

En nu zat hij hier, alleen en ontspannen, in een dure coffeeshop in een rijke blanke voorstad. Alsof hij pauze nam van zichzelf. 'Vraag hem eens waarom hij altijd zo fanatiek pro-zwart is,' had Tania gezegd toen ik hier pas was. Ik realiseerde me hoe weinig ik van Khalid wist. Ik mocht hem graag, vanaf het eerste moment, ondanks zijn gereserveerde houding, zijn koelheid die een scherm leek tegen weet-ik-wat. Net als zijn oom Charles vertrouwde ik Khalid meteen. En zijn overdreven bezorgdheid vond ik alleen maar geruststellend.

Ik was bijna thuis. Ik herkende de witte voetgangersbrug boven Woordward. Bij de volgende kruising moest ik links afslaan.

Het was rond zevenen. De zon stond laag en zette de straten en huizen in een diepe donkergele gloed. Ik moest aan een filmset denken. In dit stroperige zachte licht zag de stad er vriendelijk uit en niet helemaal echt, alsof er een aura van nostalgie omheen hing. Het verkeer stond nu bijna geheel vast. Het was spitsuur. Stapvoets bewoog de stoet auto's over het dampende asfalt. Op de radio begon een nieuw stuk, dat ik nauwelijks van het voorgaande kon onderscheiden. Langgerekte zwoele tonen van een saxofoon, een trompet. Op de achtergrond een hammondorgel en een akoestische bas. De muziek klonk veel te gelikt om te kunnen ontroeren, maar toch riep de lome melodie een melancholieke stemming bij me op. Ik vroeg me af waarom het beeld van Khalid bij Starbucks me zo had geschokt, want dat was het, ik was geschokt, van de wijs, maar ik wist niet goed waarom. Ik stond nu helemaal stil. Rechts naast me was een bloemenwinkel. In de etalage stond een pompeus wit bloemstuk dat voor een bruiloft bedoeld leek. Een jonge vrouw met een peuter in een wandelwagentje leunde verveeld tegen de winkelpui alsof ze op de bus wachtte. Ik draaide de muziek weg en probeerde een andere zender te vinden. Maar ik hoorde alleen maar opgewonden gepraat en zette de radio uit. Was ik me aan het verstoppen, vroeg ik me af? Deed ik hetzelfde wat ik dacht dat Khalid in Royal Oak deed? Ik probeerde de gedachte weg te duwen. Zette de radio weer aan op de jazzzender en draaide de volumeknop helemaal naar rechts. Naast me toeterde een automobilist in een zwarte jeep, hij keek woedend mijn kant uit. Zijn mond bewoog maar ik hoorde niet wat hij zei. *Bitch*, dacht ik. *Put the music down*. Ik deed de muziek weer uit. Glimlachte onhandig naar de man, maar zijn aandacht was alweer strak op de rij auto's voor hem gericht.

Een paar dagen terug had ik Stefan gebeld en hem verteld dat ik voorlopig niet terug naar Nederland kwam, dat ik door de ramp op 11 september meer tijd nodig had voor mijn onderzoek naar Paul Robeson. Het was een vreemd gesprek. Mijn redenatie klonk zo plausibel dat ik er zelf in geloofde. Het was bijna alsof ik hem opbelde om te zeggen dat ik wat later thuiskwam voor het eten.

'Als je denkt dat dat nodig is,' zei Stefan.

'Hoe is het met jou?' vroeg ik.

'Druk. Goed.' Hij wachtte even. 'Laura?'

'Ja?'

'Als ik maar weet dat jij veilig bent.'

'Ik neem nooit onverantwoorde risico's, dat weet je toch?'

Het was alsof we, in geheimtaal, iets afspraken. *Alles blijft het-zelfde.* En ik geloofde er ook in. Diep in mijn hart geloofde ik dat het mogelijk was een parallel leven te leiden, alsof ik twee mensen was in plaats van een.

Ik wilde Stefan niet kwijt. Ik had geen reden om van hem af te willen. We waren gelukkig in Amsterdam. Die gedachte bevroor ik. Alsof ik de Nederlandse tijd stilzette. En ondertussen gaf ik me hier over aan wat de voorafschaduwing leek van een nieuw bestaan. In afwachting van de komst van Charles laafde ik me aan de levens van Leni, Tania, Monique en Khalid, aan de stad. Ik deed niets wat verboden was.

Achter me werd geclaxonneerd. Ik had niet gezien dat het verkeer weer in beweging was gekomen. Verderop zag ik de kruising met het stoplicht al, de vertrouwde benzinepomp en de Libanese avondwinkel op de hoek, daar moest ik afslaan. Ik stak mijn arm nonchalant omhoog naar de bestuurder achter me en reed verder. Ik graaide mijn telefoon uit mijn tas en zocht het nummer van Tania's mobiel. Ze nam meteen op.

'Ik kom eraan. Ik ben zo thuis,' zei ik.

Ik hoorde haar lachen aan de andere kant. 'Doe rustig aan. Mo en ik hebben al gegeten. Er staat curry in de koelkast, en rijst. Ik moet met haar naar vioolles.'

'Okay. Tot later.'

'Later,' zei ze en verbrak de verbinding.

Khalid kwam een uur na mij thuis. Ik zat in de woonkamer met een bord eten op mijn schoot. Ik vroeg hem of hij honger had, zei dat de curry nog warm was.

'Ik heb al gegeten,' zei hij. 'Hoe was je dag?' Zonder mijn antwoord af te wachten verdween hij de keuken in.

Ik hoorde de koelkast open- en dichtgaan. Gekletter van water in de stenen gootsteen. Even later kwam hij terug de kamer in, pakte zijn laptop van de eettafel en ging in de fauteuil tegenover me zitten.

Zwijgend at ik verder, zonder veel te proeven. Khalid zei niks. Lachte af en toe in zichzelf om iets wat hij las of zag op zijn beeldscherm. Ik peinsde over wat ik tegen hem kon zeggen. De stilte had iets onheilspellends. Het maakte Khalid duidelijk niet uit of ik wel of niet in de woonkamer zat, maar toch voelde ik me betrapt, een spion die vroeg of laat ontmaskerd wordt.

Uit Khalids computer klonken nu blikkerige beats. Op de maat van de muziek bewoog hij met zijn hoofd. De art-decoschemerlamp naast de bank verspreidde een donkergeel licht en maakte de woonkamer kleiner en bijna gezellig. Ik realiseerde me dat ik Leni miste, onze uitstapjes, haar verhalen, de vanzelfsprekendheid van onze gesprekken. Ik had de hele dag nauwelijks met iemand gepraat. Wat ging ik morgen doen? En overmorgen? Zou ik Charles bellen? Alleen al zijn naam zeggen in gedachten deed mijn maag samentrekken. Ik miste hem ook, meer dan me lief was. Het was een soort missen dat ik niet kende – opdringerig, veeleisend, schrijnend, onaangenaam. Het was alsof het gevoel buiten mezelf lag, het deed me aan een roofdier denken dat me angstvallig in de gaten hield, wachtte tot ik moe was en op mijn zwakst, zoals nu, en me dan besprong.

Het was alsof ik onzichtbaar was voor Khalid. Het liefst was ik op dat moment ter plekke in slaap gevallen, de vergetelheid in getuimeld, maar ik was klaarwakker. Ik moest iets zeggen.

'Waarom ben je tot de islam bekeerd?'

Khalid keek niet op van zijn scherm. Tikte geconcentreerd

woorden in. 'Heeft mijn oom je dat niet verteld?'

'Nee.'

Stilte. We waren als twee figuren in een stripverhaal; onze woorden bleven in wolkjes boven onze hoofden hangen.

Na een poosje zei Khalid: 'Waar praatten jullie eigenlijk over? Charles en jij?'

'Van alles. Werk, muziek, zijn kinderen.' Het klonk zo alledaags dat ik er meteen rustiger van werd.

'Jullie zijn vrienden?'

'Ja,' zei ik. 'Vrienden.'

'Heb je mijn tante ook ontmoet?'

'Nee.'

'Waarom niet?'

Ik probeerde zijn verwijtende toon te negeren. 'Het ging zoals het ging. Ik was maar kort in New York. Charles vond dat ik beter hiernaartoe kon gaan.'

'Okay,' zei hij. Het was duidelijk dat hij genoeg informatie had. Hij ging gewoon door met berichten tikken of wat hij ook maar aan het doen was.

'Mijn oom vertelde me dat je over Paul Robeson wilt schrijven,' zei hij.

Ik knikte. Ik vond het niet prettig aan het onderzoek herinnerd te worden. Alsof ik spijbelde.

'In de televisiekamer hangt een litho met zijn portret erop. Tania heeft hem via eBay gekocht voor een paar dollar. Volgens mij is-ie een hoop geld waard.'

'Ik heb niks gezien,' zei ik en uit beleefdheid stond ik op en liep naar de zijkamer. De litho hing achter de enorme breedbeeldtelevisie. De trotse kop van Robeson in dikke, zwarte inkt, in een ouderwetse houten lijst.

'Mooi,' zei ik, zonder overtuiging. Het idee om een verhaal over Robeson te schrijven leek door iemand anders verzonnen, in een andere tijd. Ik ging weer zitten.

'Hoe werkt dat bij jullie? Je komt toch uit Nederland? Heb je een opdracht? Ben je in dienst van een krant? Heb je een voorschot?' Khalid keek nog altijd niet op van zijn scherm.

'Geen voorschot,' mompelde ik.

'Wat dan? Idealisme?' Hij lachte, maar er klonk geen ironie of cynisme in door. Het was voor het eerst dat hij me iets over mij vroeg. Ik kreeg het ongemakkelijke gevoel dat hij een verklaring van me wilde en goed beschouwd had hij daar ook recht op. Ik logeerde al bijna een maand in zijn huis.

De art-decolamp was als een lichtspot die alle aandacht op één punt concentreerde; zelfs Khalids laptop was geen afleiding. Hij leek versmolten met het apparaat, tikte stukjes tekst of berichten en sprak met mij, en die twee dimensies leken vanzelfsprekend in elkaar over te vloeien. Alsof er iemand getuige was van wat wij zeiden. Alsof ons gesprek werd vastgelegd.

Voor ik iets terug kon zeggen, zei Khalid: 'Het zou interessant zijn een link te maken tussen Robesons geschiedenis en wat er nu gebeurt met deze zogenaamde Oorlog tegen het Terrorisme. Heb je het een beetje gevolgd op televisie?'

'Nee,' bekende ik. 'Eerlijk gezegd heb ik er sinds ik wegging uit New York nauwelijks aan gedacht. Alles was zo nieuw en…'

'Je hoeft je niet te verontschuldigen. Charles heeft me alles verteld.'

Alles? wilde ik zeggen maar ik hield mijn mond. Wat wist Khalid dat ik niet wist?

'Ik bedoel alleen te zeggen,' ging hij verder, 'Robeson werd tot staatsvijand verklaard in de jaren vijftig, op het hoogtepunt van de Koude Oorlog, maar tegelijkertijd werd juist toen de kiem gelegd voor de burgerrechtenbeweging en wat daarna kwam, Malcolm X, de Panthers, de rellen in de jaren zestig. Detroit stond in brand in 1967, weet je dat wel? Toen zijn de blanken en masse vertrokken naar de buitenwijken. Ik kan er wel voor zorgen dat je met mensen praat die het allemaal hebben meegemaakt. Bij de Nation of Islam ken ik een ouder echtpaar… Ik kan ze zo bellen voor je.' Hij werd enthousiast van zijn eigen woorden. Alsof hij het had over iets wat een paar maanden geleden had plaatsgevonden.

Ik zat op een heel ander spoor. De ramp in New York had me juist met alle kracht het heden in geslingerd. Als ik al iets van een missie voor mezelf kon bedenken, dan was het orde scheppen in de kluwen van verhalen en gebeurtenissen die ik sinds die dag had gehoord en meegemaakt. Maar zelfs die gedachte stond me tegen. Alsof ik daarmee mijn eigen mogelijkheden beperkte. *Wachten*, gonsde het in mijn hoofd, *gewoon wachten, geduld oefenen, kijken wat er gebeurt*. Het was alsof Khalid en ik op een eilandje van licht zaten, alsof het donker om ons heen steeds weidser en leger werd en de muren oplosten in het niets. *Wachten*.

'Ik weet nog niet wat ik wil schrijven,' zei ik.

Khalid reageerde niet.

'Misschien schrijf ik wel niks.'

'Praat Tania met jou?' vroeg hij, alsof hij me niet had gehoord.

'Ja,' zei ik. 'Soms.'

Hij zweeg. Schoot in de lach om iets wat op zijn scherm gebeurde. 'Moet je zien.'

Ik stond op en hurkte naast zijn stoel. Het waren chaotische beelden van zwarte jongemannen in oversized hiphopshirts en -broeken, lurkend aan joints, grappen makend, zo te zien backstage bij een optreden of festival. Khalid zette het geluid harder. De beats onder de beelden klonken loom en zwaar en melancholiek.

'Die jongen met die dreads, dat is Proof, Eminems beste vriend. Ik ben zijn manager.'

'O?'

'We werken aan zijn tweede soloalbum. Zie je die dikke jongen op de achtergrond? Dat is zijn bodyguard, Dolo.' Hij gniffelde in zichzelf. 'Ik dacht dat ik wel het een en ander gezien had in Detroit, maar de wereld waar zij in rondhangen... Shit man, alsof ik van een andere planeet kom. Ze vinden me een hippie, met

mijn revolutionaire boeken en mijn museum, maar ik mag ze.'
Zijn opmerkingen bleven als vragen in de lucht hangen. 'Tania
vindt het zonde van mijn tijd. Ze begrijpt het niet.'

'Wat niet?'

'Waarom dit belangrijk is voor me. Of misschien is ze gewoon
jaloers.' Het was alsof Khalid vergat tegen wie hij sprak. Ik had
zijn scepsis over mijn vriendschap met zijn oom wel gevoeld. Ik
wist niet of het kwam omdat ik een vrouw was of omdat ik blank
was. Misschien was het de combinatie. In ieder geval, in de warme schemerdonkere woonkamer deed het er opeens niet meer
toe. En ik was blij dat ik tenminste even verlost was van mijn eigen onbestemde paniekerige gevoelens.

'Het is de echtheid van die gasten,' zei Khalid. 'Af en toe ga ik
met ze mee naar een party of een afterparty in een of andere
smoezelige illegale club op 8 Mile. Ik drink niet vanwege mijn
geloof, dus zie ik precies wat er gebeurt. De vrouwen, de drugs,
de spelletjes die gespeeld worden, het gehossel. Ze gaan door tot
ze erbij neervallen, letterlijk. Avond na avond. Ze tolereren me
omdat ik betrouwbaar ben en hun zaken goed regel. Maar voor
mij betekent het veel meer. Die roekeloosheid, de ultieme vrijheid opeisen. Ze doen me aan de oude bluesmannen denken.
Het is destructief gedrag, dat weet ik ook wel. Maar ik ben er
trots op dat ik Proofs manager ben, dat hij me vertrouwt. Hij
maakt hele mooie muziek. Ik zal een cd voor je branden, okay?'

'Graag,' zei ik.

'Je moet niet zo piekeren,' zei Khalid.

'Wat?' zei ik. Tot nu toe had ik het idee dat mijn gedachten en
gevoelens strikt privé waren.

'Dat je je niet zo'n zorgen moet maken. Charles komt wel. Ik
ken 'm. Hij mag je. Hij wil alleen maar dat je op je gemak bent.
Hij zei me dat je wat tijd nodig hebt.'

'O?' zei ik. 'Maar ik maak me helemaal geen zorgen.'

Khalid lachte alleen maar. 'Dan niet,' zei hij en hij klikte een
paar keer op de muis van zijn laptop. Zijn e-mailprogramma

verscheen op het scherm en hij begon een berichtje te tikken. Ik kwam omhoog uit mijn ongemakkelijke houding. Hoorde de voordeur opengaan, met nogal wat lawaai. Het glas trilde in de sponningen. 'Schoenen uit!' schreeuwde Tania tegen Monique. 'Naar boven jij. Ik heb er schoon genoeg van.'

Zonder iets te zeggen rende het kind naar boven. Tania kwam binnen. Met haar jas aan en een boodschappentas in haar rechterhand stond ze demonstratief midden in de woonkamer.

'Ik doe het niet meer,' zei ze. 'Ze moet oefenen, anders zijn die vioollessen weggegooid geld.' Ze keek naar Khalid, die verstrakte onder haar koude, verongelijkte blik. 'Ik ben het zo zat. Alsof ik niks beters te doen heb goddomme.' Ze beende de kamer uit en hing haar leren jasje op in de gang. Toen ze terug in de kamer was liet ze zich met een zucht op de bank vallen. 'Wat hebben jullie gedaan?'

'Niks,' zei Khalid.

'Jezus, Khalid. Dat bedoel ik nou.' Als een wervelwind stond ze op en vloog naar boven. De deur van haar slaapkamer viel met een zware plof in het slot.

Het was alsof ik de confrontatie vanachter een muur van glas waarnam. Geen seconde had Tania in mijn richting gekeken. Khalid staarde weer naar zijn beeldscherm. Ik pakte mijn bord van de vloer, spoelde het in de keuken af en zette het in de vaatwasser. Ik mompelde goedenacht tegen Khalid en ging naar mijn kamer.

* * *

Ik ben in het huis van mijn grootouders aan de Meester de Boerlaan. Mijn opa en oma zitten op hun vaste plaatsen aan de eettafel in de achterkamer. Opa's gezicht hangt aan één kant naar beneden door de beroerte die hij heeft gehad. Ik kijk naar de enorme foto die achter hem aan de muur hangt. Er staan wel twintig mannen op en allemaal dragen ze dezelfde strakke witte broeken en hemden. Ze staan op elkaars schouders. Net een piramide. De bovenste man heft zijn armen naar de hemel, alsof hij de wolken wil aanraken. Een van de mannen is opa maar ik kan hem niet vinden in de wirwar van armen en benen en lijven. Alle gezichten lijken op elkaar. Ik sta op en ga naar boven. Opa en oma zeggen niks. Ze bewegen niet. Ik zie hen maar zij mij niet. Trap op. Het is alsof het huis uitrekt, alsof de trap steeds langer wordt en het eeuwig duurt voordat ik boven ben, de overloop dijt aan alle kanten uit. Ik voel me misselijk en als ik op de overloop ben hou ik me vast aan de houten leuning van een stoel. Ik ga zitten. Staar naar het boekenplankje boven de deurpost. Tolstoj, Bakoenin, Anton Tsjechov, Marx, Rosa Luxemburg. De geur van oud papier en vocht en groene zeep. De deur van de logeerkamer staat open. Ik kijk naar het strak opgemaakte eenpersoonsbed. Vanuit het dakraam schijnt melkwit licht op het voeteneinde van het bed. Als ik me omdraai zie ik papa. Zijn jonge knappe hoofd boven het trapgat.

'Wat doe je hier? Je weet toch dat je hier niet mag komen?'

Ik open mijn mond maar er komt geen geluid uit.

'Kom onmiddellijk naar beneden.'

Ik knik. Sta op. Mijn vaders gezicht verdwijnt uit het trapgat. Ik hoor stemmen beneden. Op ruzieachtige toon praten mijn grootouders en ouders door elkaar heen.

'Als je met hem trouwt hoef je hier niet meer te komen.'

'Je moet niet naar ze luisteren.'

'Hij deugt niet. Ik weet alles van zijn familie. Asocialen zijn het, zwakkelingen, zielepoten. Ze zijn niet zoals wij. Je gaat je eigen ondergang tegemoet.'

'Ik doe wat ik wil,' hoor ik mijn moeder zeggen.

'Heb je dan niks geleerd? Wat denk je dat je je kinderen straks te bieden hebt? Nou? Je komt met hangende pootjes terug. Ik zweer het je.'

Ik wist dat ik droomde. In mijn halfslaap aarzelde ik of ik wakker zou worden. Ik draaide me op mijn andere zij. Wentelde me in de behaaglijke warmte van het dekbed. De beelden kwamen vanzelf, tuimelden over elkaar heen als op een kermis.

Het veldje achter het huis van mijn andere grootouders. Het meertje met de hoge rietpluimen. Het zonlicht weerspiegelt op het bruine stroperige water, alsof er een olievlek op drijft, ik zie alle kleuren van de regenboog, rood, groen, blauw, geel. Een trein raast voorbij. Dit is de prairie, in de verte zijn de bergen, waar de indianen wonen en de wolven. De bergtoppen verdwijnen in dotten dikke mist. Dan sta ik in de keuken in opa en oma's huis. Op het fornuis staat een aangekoekt melkpannetje. 'Kom dan,' hoor ik oma roepen. Met haar armen strak over haar uitgezakte borsten gevouwen zit ze aan tafel. 'Of wil je me geen gedag zeggen?' De zure geur van ziekte en medicijnen. Opa ligt in bed. 'Wil je opa zien?' Ik schud van nee. Alle ramen zijn gesloten; de gordijnen halfdicht. De hond ligt in de rookstoel bij de gaskachel. 'Kom dan, Dora, kom dan bij het vrouwtje.'

Ik werd wakker van een deur die in het slot viel, maar ik wist niet of het in mijn droom gebeurde of in het echt. Ik knipte het bedlampje aan en bleef stil liggen. Het duurde even voordat ik wist waar ik was. Op de wekkerradio las ik: 4:39. Bijna ochtend. Ik was moe; buiten adem. Ik hees mezelf omhoog, stapelde de kussens tegen de muur en leunde naar achteren. Deed het licht weer uit. Achter het gordijn zag ik een flauw schijnsel van een straatlantaarn. De stilte was zo diep en droog dat ik in een reflex mijn adem inhield. De beelden uit mijn droom kleefden nog aan mijn netvlies. Maar zodra ik mijn ogen sloot vervaagden ze en zag ik alleen nog omtrekken, vormen, zwarte grillige lijnen tegen een flikkerende zilvergrijze achtergrond.

Ik dacht aan mijn vader. Hij had me een keer verteld dat hij zich als kind schaamde voor zijn moeder, voor de armoede en slonzigheid die ze uitstraalde, en dat hij daarom niet wilde dat ze hem kwam ophalen van school.

De gedachte verdween net zo snel als ze bij me was opgekomen. Stilte. Alsof er in dit huis geen ruimte was voor herinneringen van mij. Ze vervlogen domweg.

Ik dacht aan de oude prenten van zwarte helden in de televisiekamer, de stenen vingerhoedjes met negergezichtjes in de keuken, de originele posters van de eerste blaxploitation-films die op de muren in de gang waren geplakt, *The spook who sat by the door*, de stapels oude tijdschriften en brieven op de trap naar de zolder, overal in dit huis sluimerden geschiedenissen, verhalen, herinneringen. Ze zaten opgesloten in de dingen, als fossielen, en niet alleen in de memorabilia van Khalid en de litho's en foto's van Tania, maar ook in het cement tussen de bakstenen in de muren, in de groezelige vezels van het beige tapijt, in de nerven van de houten lambrisering in de hal. Misschien dat Khalid en Tania daarom de deuren en ramen altijd potdicht hielden. En misschien spraken ze daarom zo weinig met elkaar. Alsof ze onbewust wachtten tot die verhalen en herinneringen zich vanzelf aan hen zouden openbaren, alsof daarin een soort verlossing school.

Ik stond op. Ik moest naar de wc. Ik deed het licht aan en sloeg mijn ochtendjas om me heen. Het was koud. Ik opende de deur en toen ik de badkamer in wilde gaan, zag ik dat beneden in de woonkamer licht brandde. Op mijn tenen liep ik de trap af. Khalid zat aan de eettafel, in het warme licht van de kroonluchter zat hij schoolwerk na te kijken. Hij was aangekleed. Ik kon niet zien of hij nog wakker was of net was opgestaan. Op een stapeltje naast hem op tafel lagen vellen papier met werk van zijn leerlingen. Met een rode pen had hij zinnen en woorden doorgestreept en er aantekeningen bij gezet.

Ik wilde hem niet laten schrikken. Het was duidelijk dat hij me niet naar beneden had horen komen. Ik overwoog of ik ongemerkt terug naar mijn kamer zou sluipen maar verwierp de gedachte meteen. Eerlijk gezegd verlangde ik naar gezelschap na die vreemde, treurige dromen. Ik schraapte mijn keel. Verontschuldigde me meteen. 'Sorry, ik werd wakker en…'

Khalid draaide zich om. 'Hoe laat is het?'

'Bijna vijf uur.'

Hij boog zich weer over een proefwerk en maakte geconcentreerd wat aantekeningen.

Ik liep naar de keuken en schonk mezelf wat jus d'orange in. 'Wil je ook wat drinken?' riep ik.

'Hmm.'

Ik schonk nog een glas in en ging terug naar de kamer. Khalid had zijn werk opzijgeschoven en leunde vermoeid naar achteren. 'Ik kon niet slapen,' zei hij.

'Ik ook niet,' zei ik. 'Hoe laat moet je beginnen?'

'Halfnegen. Het heeft geen zin terug naar bed te gaan. Voel ik me straks alleen maar beroerder.' Hij nam een slok sinaasappelsap.

'Het is koud,' zei ik.

'Oktober.'

'Ja.'

We zaten een poosje zwijgend aan tafel, dronken onze jus d'orange. De gordijnen in de achterkamer waren open en het grote raam weerspiegelde onze gestalten, de lamp, de tafel, de glazen. Het was alsof er buiten niets was, alleen een diep en ondoordringbaar zwart.

'Ik droomde,' zei ik.

'Waarover?'

'Mijn grootouders.'

'Wat is er met je grootouders?'

'Niks. Ik was in hun huis. Dat is alles.'

Hij wreef in zijn ogen. Hij zag er afgepeigerd uit.

'Is Tania nog boos?' vroeg ik.

Hij schudde zijn hoofd. 'Zit daar maar niet over in. Tania is overstuur vanwege Gabbi, dat ze niet naar Detroit wil komen. Ze belt haar iedere avond maar het heeft geen zin. Gabriella wil hier niet wonen. Punt. Ik weet hoe pijnlijk het is; mijn dochters wonen ook niet bij mij. Maar Tania moet verder.'

'Of terug naar Engeland,' zei ik. Het was eruit voor ik er erg in had.

'Heeft ze gezegd dat ze dat wil?'

'Nee.'

'Gelukkig.'

Ik hield mijn mond. Vroeg me af of Kahlid mij als een natuur-lijke bondgenoot van Tania zag omdat ik ook uit Europa kwam. Hij was nog nooit overzee geweest, wist ik. Ik wilde me niet met hun problemen bemoeien.

Ik dronk mijn glas leeg. Net toen ik bedacht dat ik toch maar op moest staan en naar mijn kamer gaan zei hij: 'Jij hebt morgen toch vrij?'

Ik schoot in de lach. 'Natuurlijk.'

'Ik wil wakker blijven. Er zijn een paar plekken in Detroit en Charles heeft gezegd…' Hij keek op zijn horloge. 'Nog een paar uur,' mompelde hij.

'Wat?'

'Als je je nu aankleedt.' Hij keek me afwachtend aan terwijl hij een donkerrode hoofddoek om zijn dreads knoopte.

'Je wilt naar buiten gaan? En Tania en Monique dan?'

'Ik leg wel een briefje neer. Schiet maar op.'

Toen ik even later beneden kwam hoorde ik de motor van Kha-lids auto al ronken op de oprit. Ik ging naar buiten. Het portier stond open en ik stapte in. Onmiddellijk gaf Khalid gas en we scheurden de straat uit.

Nooit eerder had ik Woodward op dit tijdstip gezien. Er was nauwelijks verkeer. Een politiewagen, een ambulance, een witte *stretched* limousine met ondoorzichtige zwarte ramen. Ik moest aan 11 september denken, hoe onnatuurlijk stil en verlaten Co-lumbus Avenue erbij had gelegen. Alsof alle mensen waren ver-trokken, of in slaap.

De wind blies een stuk doorzichtig plastic de lucht in, liet het dansen boven het asfalt. Verderop flikkerden neonlichten, rood geel rood geel rood geel, alsof er een kermis was. Toen we dich-terbij kwamen zag ik dat het een uithangbord van een club was.

Twee jonge vrouwen hingen tegen een gigantische bruine stalen deur, praatten met elkaar en rookten een sigaret. Met zijn blik strak op de weg gericht reed Khalid verder, richting centrum. Het waaide nogal en de lampen die boven de weg waren gespannen zwiepten vervaarlijk heen en weer. Er stak een man de weg over; hij droeg een zwart leren jack en een witte pet, eenmaal op het troittoir aan de overkant begon hij te rennen, sloeg de hoek om en verdween in het duister. In het oranjegele kunstlicht had het tafereel iets onwerkelijks, alsof het zich op een levensgroot beeldscherm afspeelde, we reden er dwars doorheen. Het was inmiddels iets voor zes, zag ik op de klok in het dashboard. De hemel was nog altijd inktzwart. Verderop sprong een stoplicht op rood en Khalid minderde vaart. Toen we stilstonden leunde hij naar achteren, liet zijn armen in zijn schoot zakken en zuchtte diep.

'Wat is er?' vroeg ik.

'Niks. Moe. Om zeven uur gaat Irene's open. Daar kunnen we ontbijten,' mompelde hij binnensmonds.

'Wil je niet liever gaan slapen?'

'Nee nee. Sorry. Nee.' Hij lachte en keek me recht aan. Ik glimlachte terug. In de beslotenheid van de auto kreeg onze lach iets samenzweerderigs. Alsof we allebei op hetzelfde moment beseften dat Charles Perry op de achtergrond verantwoordelijk was voor dit uitstapje. Zonder de goedkeuring van zijn oom zou Khalid me nooit op dit vreemde tijdstip in zijn auto hebben meegenomen.

'Waar gaan we heen?' vroeg ik.

'Ssjt.'

We waren in het centrum. We reden door een smalle straat met hoge kantoortorens. De meeste ramen waren niet verlicht. Khalid parkeerde de auto op de stoep voor een ouderwetse wolkenkrabber. MICHIGAN BUILDING, stond er op de gevel.

'Kom mee,' zei Khalid. Hij stapte uit en ik volgde hem. De entree van het gebouw zag er chic uit. Grijsblauwe marmeren vloeren, donkerbruine eiken lambriseringen en deuren, goudkleurige pilaren en deurknoppen. In het midden van de hal stond een bronzen borstbeeld van Henry Ford. Ooit had hij in dit gebouw zijn eerste automobiel ontworpen, las ik vluchtig op het onderschrift. Achter de balie zat een oude man in een donkerblauw uniform te knikkebollen. Toen hij ons gewaarwerd keek hij vanonder de klep van zijn pet schalks omhoog, herkende Khalid en stak zijn hand op. Daarna sufte hij gewoon verder.

We namen de lift naar de vierde verdieping. Tergend langzaam kroop het gevaarte omhoog. Ik had helemaal niet het gevoel dat we bewogen. Ting. De deuren gleden open. Een kale hal met afgetrapte blauwe vloerbedekking, schraal tl-licht. Overal dichte grijze deuren. 'Hierheen,' fluisterde Khalid. Hij duwde tegen een van de deuren. Een vlaag koude nachtlucht kwam me tegemoet. Ik rilde. Khalid ging me voor. Het was stikdonker. Nu stonden we in een kleine stenen gang waar het naar vocht rook en benzine. Khalid opende een andere deur. 'Hier is het,' zei hij plechtig en hij zwaaide sierlijk met zijn arm alsof hij een voorstelling aankondigde. 'The Michigan Palace.'

Het duurde even voor mijn ogen gewend waren aan het schemerdonker. Aan een van de muren brandde een lamp die een flauw licht verspreidde. Het was een enorme lege ruimte waar we waren. Aan twee kanten waren stukken uit de muur weggeslagen en keek je zo naar buiten, naar de ontelbare beverige lichtjes van de stad.

'De Four Tops traden hier op. En The Temptations, Diana Ross,' zei Khalid. 'Nu is het een parkeergarage.'

Er stonden geen auto's geparkeerd. Het imposante koepelplafond was nog grotendeels intact. De bogen waren afgezet met sierlijke ornamenten. Aan de randen brokkelden ze langzaam af. Het houten podium stond er zelfs nog, het was niet moeilijk voor te stellen dat hier ooit dik rood tapijt had gelegen waarop honderden rode klapstoeltjes stonden. Aan de kant waar de ingang was hingen enorme spiegels met protserige lijsten. Het was doodstil, op een onbestemd geruis in de verte na. Dat moest het verkeer op de snelwegen rond de stad zijn dat langzaam op gang kwam. Het zwart van de hemel loste al een beetje op; ik zag waterige donkerblauwe strepen die me aan veren deden denken.

'Ik denk erover hier concerten te organiseren, wat denk je?' vroeg Khalid. 'Hoor je de vogels?'

'Vogels?'

'Ssjt. Luister.' Op zijn tenen liep hij het geasfalteerde paleis in en ging op de rand van het podium zitten.

Ik luisterde. Na een poosje hoorde ik inderdaad een ijl hoog zingen dat van vogels leek te komen. Het geluid klonk helder als glas en melancholiek in de grote lege ruimte. De rillingen liepen over mijn rug. Het deed me hier nog het meest denken aan de overblijfselen van een antieke stad. 'Waar zitten ze?' vroeg ik.

'Bij het dak. Als het licht wordt zie je ze wel.'

Ik liep naar Kahlid en ging naast hem op het podium zitten.

'Als de zon zo opkomt is dit de mooiste plek op aarde,' zei hij. 'En als je goed luistert is het bijna alsof je muziek hoort, flarden van de stemmen van de zangers en zangeressen die hier ooit optraden. Begrijp je? Zodra de vogels straks echt gaan zingen en het licht wordt lijkt alles nieuw en fris. Daarom kom ik hier zo dikwijls. Ik kan hier goed denken.' Hij stopte maar het was duidelijk dat hij niet een reactie verwachtte. 'Tania denkt dat ik een of ander dubbelleven leid omdat ik zoveel weg ben. Ze kan heel achterdochtig zijn.' Weer pauzeerde hij. Ik vermoedde dat hij nu wel wilde dat ik iets zei maar ik had weinig zin om tussen hen in te gaan staan. Ik mocht ze alle twee even graag.

De lucht kleurde paars en blauw. De vogels begonnen luider te kwetteren. Het was alsof we in afwachting van een of andere show waren. Ik begon het koud te krijgen.

'Hoe laat is het?' vroeg ik.

'Kwart over zes,' zei Khalid. 'Nog even, okay?'

'Okay,' zei ik. Het zou nu niet lang meer duren of de eerste auto's zouden hier binnenrijden en dan was de magie verbroken.

'Weet je,' begon Khalid, 'Charles zei dat ik je dit moest laten zien. Hij heeft hier al die optredens nog gezien toen Motown op het hoogtepunt van zijn roem was. Soms ben ik oprecht jaloers op hem, kun je je daar iets bij voorstellen? Ik bedoel maar, zoals hij indertijd midden in de strijd stond en geschiedenis maakte met de Panthers, zijn leven liep echt gevaar. Het had niet veel gescheeld of de CIA had hem net als Hampton in Chicago in koelen bloede afgeslacht. Het stond niet met zoveel woorden in zijn *files*, maar je kon het er wel uit opmaken. Hij moest onschadelijk worden gemaakt. Ken je het verhaal van Hampton?'

Ik knikte. Ik herinnerde me het verhaal over de Black Panthervoorman die in alle vroegte, terwijl hij naast zijn zwangere vrouw lag te slapen, door agenten van de CIA werd doodgeschoten.

'Ik ben bevriend met zijn zoon Fred Hampton Junior. Hij zat in zijn moeders buik toen het gebeurde. Hij heeft precies hetzelfde gevoel als ik. In wezen hebben Charles en zijn generatie ons met lege handen achtergelaten. Als je hier al radicalen ontmoet zijn het irritante intellectuele types die alles beter weten en het alleen maar over Malcolm X hebben, alsof de tijd heeft stilgestaan. En het erge is dat ze nog gelijk hebben ook: er is bijna niks veranderd. Soms lijkt het wel alsof ik onbewust zit te wachten tot het een keertje echt gaat beginnen, mijn leven, begrijp je? Zelfs nu met die aanslagen en de Oorlog tegen het Terrorisme, misschien word ik wel afgeluisterd omdat ik moslim ben, weet ik veel. Ik maak me kwaad en alles, ga naar bijeenkomsten van de Nation, maar ik heb nauwelijks het gevoel dat het iets met mij te maken heeft.'

Het was te veel om in één keer op te reageren. Bovendien had de serene sfeer die in deze vreemde parkeergarage hing effect op me. Alle spanning gleed uit me. Door de weggeslagen muren was het alsof het voormalige theater ergens in de ruimte zweefde. Het flinterdunne hoge zingen dat volgens Khalid van de vogels kwam maar volgens mij net zo goed wind kon zijn, gaf de plek bijna iets gewijds. Het simpele feit dat Khalid me hiernaartoe had genomen, op dit tijdstip, ontroerde me.

Ik had gehoord wat hij over Charles vertelde. Maar het was alsof hij het over een andere Charles had dan de rustige, breekbare man die ik op Manhattan tegen het lijf was gelopen. Ik realiseerde me dat het me moeite kostte me zijn gezicht voor te stellen, het geluid van zijn stem te horen.

'Tania zei dat je oom als een vader is voor jou,' zei ik.

'Wat?'

'Charles. Een vaderfiguur voor jou.'

'Zei ze dat?' Hij lachte. 'Misschien heeft ze wel gelijk. Tania kan heel opmerkzaam zijn, ze is een goede observator. Alleen laat ze het zo verdomd weinig merken.' Hij pakte een steentje dat naast hem op de oude theatervloer lag en zeilde het over het asfalt. Alsof we aan de rand van een meertje zaten. Tik. Water in plaats van grijszwart asfalt. We zeiden niks. Khalid leek diep in gedachten en ik had geen zin over Tania te praten. Langzaam begon het me te dagen dat ik niet de enige van ons tweeën was die om gezelschap verlegen zat.

'Wat deden jouw ouders?' vroeg ik.

'Mijn ouders?' zei Khalid. Hij zette grote ogen op, alsof hij diep moest nadenken. 'Mijn ouders? Dat is een heel ander verhaal.'

'Ik wil het wel horen,' zei ik.

'Waarom? Mijn ouders waren de braafste, meest aangepaste zwarten van heel Detroit als je het mij vraagt. Ik bedoel maar, de eerste blanken die ik als kind leerde kennen waren mijn *nanny* en haar dochtertje. Ik denk dat mijn ouders echt geloofden dat kleur er niet toe deed, zolang je maar hard werkte en geld verdiende en je best deed.'

'En dat klopte niet?'

'Natuurlijk niet. Mijn hele jeugd ben ik doodgegooid met verhalen over mijn overovergrootouders die van de plantages ontsnapten en over de bevroren rivier naar Canada vluchtten en daar een nieuw leven opbouwden, je kent het wel. Mijn opa komt nota bene uit hetzelfde dorp als Jossiah Henderson, de neger die model stond voor Oom Tom. Dresden. Dresden, Ontario. En altijd stopte het verhaal bij ons. Wij hadden geld, een mooi huis, wij waren gelukkig.'

'De negerhut van oom Tom,' zei ik in het Nederlands.

'Wat zeg je?'

'Mijn vader gaf me dat boek toen ik een jaar of tien was. Een heel oude druk. Tranen met tuiten huilde ik toen ik het las. Ik weet nog dat ik in de tuin zat en dat het hoogzomer was en…'

'Ik wilde zeggen,' zei Khalid. Hij keek me niet aan. 'Toen ik opgroeide werd Detroit overspoeld door crack en cocaïne. Op school hoorde ik niks anders dan dat ik in *the hood* leefde. En Detroit was in feite één groot getto aan het worden door het vertrek van de auto-industrie. Je zag het voor je ogen gebeuren. Ik heb zelf een poosje geprobeerd crack te dealen zoals iedereen op school deed, sommigen runden hun business als echte zakenmannen. Maar het was mijn wereld niet, de stank in die panden, er liepen kleine kinderen rond in de drek terwijl hun moeders rookten of seks hadden, ik kon het niet aanzien, baby's om wie niemand zich bekommerde, zulke diepe armoede, dat is onvoorstelbaar.'

'En toen?'

'Niks.' Hij wachtte. De zon kwam op en kleurde de lucht dieporanje en lila. Nu pas zag ik het oude theater in al zijn vervallen glorie. Het glimmende asfalt, de indrukwekkende bogen in het koepelplafond, de afbladderende rode en goudkleurige verf. En de vogels die zich als publiek op de oude balustrade hadden genesteld. Ze kwetterden om het hardst. Het was alsof hun hoge geluid rondzong in de lege ruimte; vanzelf stegen er nieuwe langgerekte tonen uit op. Ze klonken bezwerend, alsof iets of iemand ons probeerde te hypnotiseren. Ik keek op Khalids horloge.

'We gaan zo,' zei hij.

'Dat bedoel ik niet,' zei ik verontschuldigend. 'Ik ben blij dat je me hebt meegenomen.'

We luisterden een poosje naar de vogels. Zagen de lucht van oranje roze worden en daarna donkergeel. Het zou een mooie warme dag worden, wellicht een van de laatste van het seizoen. We zaten daar maar op het podium. Ik dacht nergens aan. Ondanks de sombere verhalen van Khalid voelde ik me licht en vrij, bijna net zoals op de avond van 12 september toen Charles me meenam naar zijn kantoor. Ik vergat mezelf. Ik voelde blijdschap opwellen, dankbaarheid of iets dergelijks, vriendschap. Ik wilde het Khalid laten weten, ik zocht naar woorden en juist toen ik mijn mond open wilde doen zei hij: 'Mijn vader heeft zichzelf overhoop geknald.'

'Wat?'

'Ik was vijftien. Ik zat op mijn kamer en hoorde mijn moeder beneden gillen toen ze het via de telefoon hoorde. Hij woonde al jaren niet meer bij ons.'

Ik wist niet wat ik moest zeggen dus hield ik mijn mond.

'Hij geloofde zo erg in integratie dat hij zich zelfs bekeerde tot het joodse geloof. Hij verliet mijn moeder voor een blanke vrouw toen ik vijf was. Hij kreeg bijna blanke kinderen met haar. Ik ken het verhaal niet precies maar zijn vrouw had geloof ik een affaire met een of andere student, een vriend van de familie die mijn vader ooit als zijn eigen zoon had opgevangen, zoiets was het. En toen hij erachter kwam dat zijn vrouw met die jongen neukte is hij blijkbaar naar het huis van die gast gegaan om hem neer te schieten, maar uiteindelijk heeft hij toen zichzelf doodgeschoten, in de tuin voor het huis van de jongen. Het was in de winter. Het moet een ongelooflijke rotzooi hebben gegeven.'

Het was alsof ik Khalids verhaal in werd gezogen. Een ruime tuin. Het grasveld bedekt met een laag verse sneeuw. Een zwarte man van middelbare leeftijd, onhandig worstelend met een pistool dat hij nooit eerder gebruikte. Zijn lange jas hangt open. Achter hem steken de kale bomen scherp af tegen een diepblauwe hemel. Een schot; hol en alledaags klinkt het.

'Achteraf bleek dat hij al heel lang depressief was.' Khalid lachte. 'Misschien was hij wel gewoon gek.'

'Gek?'

'Eerlijk gezegd heb ik die man nauwelijks gekend. Ik kan alleen maar medelijden met hem voelen. Ik denk dat hij zichzelf niet eens zag als een zwarte man. En hij was heel donker, dat zie je wel aan mij. Mijn moeder is licht, bijna wit. Het is zo treurig.'

'Ja,' zei ik.

Khalid sprong van het podium op het asfalt. Er kwam een auto de garage binnenrijden, een witte Volkswagenstationcar. Toen de auto geparkeerd stond, stapte een blonde vrouw van middelbare leeftijd in een chic rood mantelpak uit. Ze merkte ons niet op en liep door de achterdeur het Michigan Building binnen. Tik tik tik tik tik deden haar hoge hakken op het asfalt. Met een diepe plof viel de deur achter haar in het slot. Het was alsof het doffe geluid me wekte, alsof ik wakker werd en nu pas zag dat de dag al was begonnen.

'Ik denk dat we beter kunnen gaan,' zei Khalid. 'Honger?'

'Een beetje.'

Hij liep in de richting van de deur naar het Michigan Building. Ik keek naar de bleekblauwe hemel. De vogels leken tot rust gekomen, af en toe floot er een een paar lieflijke tonen. In de verte dreunde het verkeer op de snelwegen.

Als onscherpe dia's zweefden de beelden van de afgelopen nacht door mijn hoofd. De rit door Detroit, de flikkerende neonverlichting bij de club, de verveelde hoeren op Woodward, de koele hal van het Michigan Building, de zelfmoord van Khalids vader. Alsof ze allemaal iets met elkaar te maken hadden. De dromen over mijn grootouders, Charles Perry's aanwezigheid op de achtergrond. En alle geschiedenissen vloeiden in elkaar over.

'Kom je nog?' riep Khalid.

Ik liet me van het podium glijden en rende naar de uitgang. 'Ik ben er al,' hijgde ik.

DRIE

LIEFDE

In het aardedonker is het alsof de lichtgevende cijfers in het niets zweven. 5:49. Nog een uur slapen, denkt Tania. Ze doet haar ogen dicht. Trekt haar benen op en nestelt zich in de behaaglijke warmte van het zachte bed. De flarden van beelden die vanzelf op haar netvlies verschijnen zijn warm, licht en vertrouwd. Meer sfeer dan verhaal. Stroperig donkergeel zonlicht boven de moerassen achter het huis in Port Harcourt. De glinstering van piepkleine regendruppels op haar gebruinde huid. De lucht zo heet en vochtig en dik, net zijde, of stof. Ze ademt zwaar. Alles staat stil. Tot een onrustig gevoel haar halfslaap binnendringt. Een insect in een fijnmazig web. Alsof ze iets is vergeten. Ze opent haar ogen. Meteen ziet ze dat de plek naast haar in het bed onbeslapen is. Khalid is er niet. Ze gaat rechtop zitten. Voelt hoe haar hart tekeergaat in haar borst. Dan herinnert ze zich dat ze hem eerder vannacht nog hoorde rommelen beneden, in de keuken, het openen en dichtslaan van de koelkastdeur, voetstappen op de stenen vloer. Misschien is hij op de bank in slaap gevallen. Even overweegt ze op te staan om te gaan kijken, maar haar lijf voelt zo moe en zwaar dat ze de gedachte meteen weer verwerpt. Ze zakt onderuit, trekt de deken tot aan haar kin en sluit haar ogen. Maar de slaap wil niet meer komen. De beelden die ze gewoonlijk oproept en koestert wanneer ze in bed ligt, zijn verdwenen. Ze is klaarwakker.

De laatste tijd wacht ze steeds vaker en langer tot Khalid naar boven komt, zich geluidloos uitkleedt, de dekens optilt en tussen de lakens glijdt. Meestal houdt ze zich slapende. Soms draait ze zich loom naar hem toe, hopend dat hij haar beweging uitlegt als een uitnodiging. *Raak me aan.* Zelf durft ze dat al maanden niet meer tegen hem te zeggen. Het is alsof het gevaarlijk is elkaar aan te raken. Alsof ze zich aan elkaar zullen branden, letterlijk, de toppen van hun vingers weg zullen schroeien zodra ze te dichtbij komen. Ze weet zeker dat Khalid iets dergelijks voelt, want meestal draait hij zich meteen met zijn rug naar haar toe en valt hij in slaap.

In het begin, toen ze pas verkering hadden, was het alsof ze bij iedere stap die ze zette in deze lelijke stad, ieder woord dat ze sprak en iedere beweging die ze maakte, een afdruk van zijn aanraking op haar huid voelde, de warmte ervan. Alsof hij voortdurend bij haar was. Ze waren allebei geen echte praters maar Khalid leek direct te begrijpen dat hij de tot dan toe ontbrekende schakel in haar bestaan was.

'Nigeria, zei je? Afrika. Hoe lang heb je daar gewoond?' vroeg hij.

'Elf jaar. Tot mijn zestiende.'

'En toen?'

'Toen wilde mijn vader dat ik trouwde met een man van zestig die eruitzag als tachtig. Nathan Naftaniel, die naam vergeet ik nooit. Hij had twee zoons en een dode echtgenote. Hij zou me meenemen naar Amerika.'

'Je liegt.'

'Waarom zou ik over zoiets liegen?'

'Je vader was moslim?'

'Honderd procent. Net als jij.' Ze had hem uitdagend aangekeken, net zolang totdat hij in de lach schoot.

'Je bent gek,' zei hij.

'Als jij het zegt.'

Een paar dagen later had hij haar meegenomen naar zijn huis aan Marlowe, een lommerrijke rustige straat dicht bij Dearborn, de Arabische wijk. Het huis was eigendom van zijn moeder, vertelde hij, en hij deelde het met Anthony, een jeugdvriend die pas was gescheiden en bij IBM werkte als systeemanalist. Anthony was er niet. Hij opende de voordeur. In de hal deden ze hun schoenen uit. Tania's voeten zakten weg in het witte wollen tapijt, de geur van vanille kokos wierook muskus benam haar de adem. Aan de muren hingen portretten van Billie Holiday, Malcolm, X en Bob Marley. Originele posters van oude blaxploitation-films waarover ze thuis, in Sheffield, had gelezen. *Coffy, Shaft, Sweet Sweetback's Badasss.* Een ingelijste oude voorkant van *Muhammed Speaks*, het orgaan van de Nation of Islam. De banken waren donkerrood en laag, ze liet zich erin vallen en rolde bijna op de grond.

'Wat wil je drinken?' riep Khalid vanuit de keuken.

'Doe maar wat,' zei ze afwezig terwijl ze zijn muziekverzameling bestudeerde. Dead Prez Common Mos Def The Last Poets Marvin Gaye Mahalia Jackson Isaac Hayes The Supremes Isley Brothers John Coltrane. Het duizelde haar, al die bekende namen, al die muziek die ze zo goed kende, die thuis in Sheffield steeds weer hetzelfde schrijnende verlangen bij haar had opgeroepen. De hese stem van Billie, de fluwelen tonen van Coltrane, de wiegende sexy cadans van Marvin Gaye, op een of andere manier raakten die woorden en klanken, de diepe pijn trots heimwee die erin doorklonk, de essentie van wie ze was. Maar in Sheffield bleef de muziek altijd een belofte. In Sheffield was de hemel bleek en waterig. Waren de huizen en gebouwen opgetrokken uit zandsteen waardoor het leek alsof de stad altijd ziek en ongezond was. In Sheffield was haar moeder, Susan Watkins, die een paar straten verderop woonde maar een volstrekte vreemde voor haar was. Nu ze aan haar dacht, hier, in het knusse huis aan Marlowe, terwijl ze Khalid in de keuken hoorde schuifelen op zijn leren teenslippers en ze keek naar het getekende zwart-witportret van Billie Holiday aan de muur, welde een bijna euforisch gevoel in haar op. Alsof ze vanbinnen explodeerde. Alsof ze ergens aan ontsnapt was. Ze had altijd geweten dat haar bestemming niet in

Europa of in Afrika lag maar in Amerika. Daarom had ze bij het grootste Afrikaans-Amerikaanse Museum van de Verenigde Staten gesolliciteerd. Daarom was ze naar Detroit gekomen. En daarom was ze hier, bij Khalid.

'Je ziet helemaal rood,' zei hij. Hij droeg een koperkleurig dienblad met glaasjes dampende zwarte thee de woonkamer binnen.

'Ik vind het hier leuk,' zei Tania. 'Je hebt het gezellig bedoel ik.'

Toen ze later die avond kusten, alleen kusten, kort voordat Khalid haar in zijn auto terugbracht naar haar logeeradres in Highland Park, was het alsof ze een gerecht uit haar kindertijd proefde. Alles aan Khalid was vertrouwd. De zoete olie op zijn huid, hoe zijn dreads aanvoelden op haar gezicht, dof, warm, hard, het heldere wit van zijn ogen, zijn geur, lach, hoe hij praatte, zacht, aarzelend, zelfverzekerd. Ze dacht aan de zandvliegen boven het stoffige pad achter hun huis, de geeloranje vlakten in de verte en aan de geur van aarde, zoet water en haar vaders harde leerachtige huid.

Zo was het begonnen.

Dat Khalid twee dochters had die hij zelden zag leek ook precies te kloppen. Hij begreep wat ze doormaakte met Gabriella, die ze voorlopig bij haar vader in Sheffield had gelaten omdat ze geen eigen huis had en te weinig verdiende. Khalid propte al zijn opgekropte vaderliefde in Monique, ze zag het gebeuren, hoe hij haar optilde en zoende, de lucht in gooide en haar meenam naar de stad om samen ijs te eten. Hij fluisterde geheimen in haar oor en Mo deed hetzelfde bij hem, zodat zij, de moeder, zich buitengesloten zou voelen. Het werkte meteen. Alsof er een last van Tania's schouders afgleed. Op dinsdag en donderdag en soms ook op vrijdag haalde Khalid Monique van school, hielp haar met sommen die ze niet snapte en met Engelse grammatica, hij keek televisie met haar en vertelde verhaaltjes voor het naar bed gaan. Na een maand noemde Mo hem papa.

Tania draait zich op haar zij. Probeert de doffe pijn in haar borst te negeren. Misschien had ze naar Perry moeten luisteren.

'Ik wil dat je Charles leert kennen, Tans,' had Khalid gezegd. 'Ik weet zeker dat jullie elkaar mogen. Niemand weet zo veel van Afrikaans-Amerikaanse geschiedenis als hij. Charles staat dichter bij me dan mijn eigen moeder.'

Met z'n vieren, Khalid, Monique, Charles en zij, hadden ze op een avond gegeten bij Irene's op 8 Mile Road. Het was de eerste keer dat ze echt Amerikaanse soulfood at, *greens grits black-eyed peas cornbread catfish*, vettige hete lucht walmde uit de keuken, de rode plastic bekleding van de banken was gescheurd en goor, de vloer glom van het vet. In Engeland zou ze meteen rechtsomkeert hebben gemaakt, maar hier genoot ze van het etentje. Alsof ze zichzelf en Mo van een afstand waarnam. Alsof het niet helemaal echt was.

'Ik breng Mo wel naar bed,' zei Khalid toen ze terug waren in het huis aan Marlowe. Hij duwde Monique speels voor zich uit, de trap op, in het voorbijgaan keek hij Tania aan met een veelbetekenende blik. *Kunnen jullie praten.*

Wilde Khalid de goedkeuring van zijn oom voor hun relatie? Ze onderdrukte de gedachte. Staarde naar het portret van Billie terwijl ze luisterde naar het ritmische gedempte geluid van de stemmen van Khalid en Mo, hun gelach en gedonderjaag. Vanuit haar ooghoeken zag ze dat Charles Perry haar observeerde. Het was alsof hij wachtte tot zij iets zou zeggen. Ze klemde haar kaken op elkaar, wachtte. Hoorde een vage echo van haar vaders droge, diepe stem. *Open nooit een gesprek met een vreemde. Vertrouw niemand.*

'Hou je van Billie?' vroeg Charles na een poosje.

'Wie houdt nu niet van Billie Holiday?' antwoordde ze.

Charles gniffelde, alsof ze iets belangrijks had gezegd.

'Ken je het verhaal van Billie en Lester Young, de grote saxofonist?' vroeg hij.

'Hun liefde?'

'Ah... Khalid zei al dat je veel leest. Weet je dat Lester Young voor alles bang was? Voor het donker, voor stilte, voor dood, voor geweld, voor blanken. Hij zag voortekens in de kleinste dingen: een vlinder die op zijn hand landde betekende dat er iemand van hem hield. Hij was een aartsromanticus. Anders dan alle andere mannen in Billies leven.'

'Jij bent Lester Youngkenner?' vroeg ze. Ze deed haar best om niet ironisch te klinken.

'Niet echt. Ik moet er gewoon aan denken.' Hij wachtte even. 'Khalid heeft me veel over jou verteld.'

'O ja?'

'Hij is stapelgek op je.'

'En ik op hem,' flapte ze eruit. Alsof ze iets te bewijzen had. Charles leek haar een aardige vent. Vanaf het eerste moment dat ze elkaar hadden ontmoet voelde ze een bepaalde warmte en vertrouwdheid. Waarom voelde ze zich nu dan zo slecht op haar gemak?

'Wat me altijd een raadsel is gebleven is waarom Billie Lester niet als minnaar nam,' zei Charles. 'Ik bedoel, ze hunkerde naar liefde en hij adoreerde haar. Hij leefde voor haar. Hij hield van Billie zoals hij hield van iedere nieuwe dag die aanbrak. Hij hoefde maar naar haar te kijken en hij speelde met heel zijn ziel, zo prachtig…'

'Daarom juist,' zei Tania.

'Wat bedoel je?'

'Ik denk dat Lester haar benauwde. Dat hij niet mannelijk genoeg was voor haar. Billie lijkt me niet het soort vrouw dat goed tegen liefde kon, echte liefde bedoel ik. Ze liet zich niet voor niks steeds in elkaar beuken door haar mannen.'

Ze zwegen allebei. Charles plukte aan zijn trouwring. Op een of andere manier had ze het gevoel dat ze iets verkeerds had gezegd, alsof ze hem te snel af was geweest.

'Waar blijven ze?' zei ze. Ze stond op en keek omhoog naar de trap.

'Ze komen wel,' zei Charles. 'Ga zitten.'

Ze deed wat hij zei. Iets in zijn toon vertelde haar dat ze hem niet moest tegenspreken. Hij was de oudste; kende Khalid beter dan zij.

'Misschien waren Billie en Lester allebei niet geschikt voor de liefde,' zei Charles en het klonk alsof hij hardop nadacht. 'Misschien hadden ze ieder voor zich te veel problemen, te veel pijn. Als vrienden konden ze elkaar tenminste troost bieden.'

Tania schoof heen en weer op haar stoel. Waar bleef Khalid in godsnaam? Luisterde hij hen soms af? Gewoonlijk zou ze genoten hebben van een gesprek als dit; ze had ik-weet-niet-hoeveel boeken gelezen over Billie Holiday, films over haar gezien.

'Is er iets wat je me wilt vertellen, Charles?' zei ze, zo rustig mogelijk.

'Khalid is een fijne jongen maar onderschat hem niet. Hij heeft zijn portie gehad. Hij is gewond.'

'Hoe bedoel je?'

'Misschien moet je daar zelf achter komen. Jij lijkt me een stevige vrouw. Je kunt wel tegen een stootje, of klopt dat niet?'

'Ik dacht dat Khalid je zoveel over me had verteld?'

'Het vergt moed om naar een stad als Detroit te komen, hier te willen leven.'

Terwijl hij sprak voelde ze alle kracht uit zich wegstromen. Alsof ze in één klap nuchter werd. Wie was deze man en waarom liet ze hem zo dichtbij komen?

'Misschien ben ik gewoon stom,' zei ze, zo stoer mogelijk. Ze toverde een lach op haar gezicht.

Charles keek haar alleen maar aan met een serieus gezicht.

'Ik ga even boven kijken,' zei ze. Ze stond op, liep met een paar grote passen de trap op. De deur van de slaapkamer waar Khalids dochters Brianna en Keisha sliepen wanneer ze bij hun vader logeerden, stond op een kier. Tania duwde hem open. Op het onderste bed lag Khalid met Monique in zijn armen te slapen. Monique snurkte zachtjes. Wanneer Khalid uitademde trilde een plukje kroezig haar bij Mo's linkerwang. Tania leunde tegen de deurpost. Ze haalde opgelucht adem. Ze moest zich niet gek laten maken. Moet je nou kijken. Het beeld van de slapende Khalid met Monique in zijn armen ontroerde haar. Alsof er een bepaalde zekerheid in besloten lag, een zekerheid die buiten haarzelf lag maar waar ze wel op moest vertrouwen. Ze sloot haar ogen, glimlachte in zichzelf. Toen liep ze naar de overloop.

'Charles,' riep ze met een fluisterende stem naar beneden. 'Charles.'

'Wat?'

'Ze slapen allebei. Als je het niet erg vindt ga ik ook naar bed. Ik ben doodop. Nog bedankt voor het eten. Het was heerlijk.'

Voordat hij iets terug kon zeggen liep ze naar de slaapkamer van Khalid. Voorzichtig deed ze de deur achter zich dicht.

6:47. Door een kier in de gordijnen ziet ze dat het licht wordt. Ze hoort Khalids auto op de oprijlaan. Dichtslaan van het portier. Geknars van voetstappen op het grind. De voordeur gaat open, valt met een klap in het slot. Hoort ze gefluister? Ze trekt het dekbed over haar gezicht. Knijpt haar ogen dicht. Niet de moeite om nog te slapen. Nog een klein kwartier voor de wekker afgaat. Het zweet breekt haar uit. Ik hou van je, Khalid. Ik hou van je. Zie je dan niet dat ik kapotga aan dit eindeloze wachten? Ik hou van je. Alsof haar keel is dichtgesnoerd. Ze zou hem nooit kunnen vertellen wat ze voelt en denkt. Sommige dingen kun je niet hardop zeggen. Maar ze heeft het zien gebeuren. Die keer dat Brianna een weekend bij hen logeerde. Brianna was een vlotte, mooie meid van veertien. Dik rossig krulhaar en een karamelkleurige huid. Ze bleef steeds in de buurt van Tania en Monique. Boodschappen doen, films kijken op tv, koken. Khalid ging zijn eigen gang. Maar op een gegeven moment 's avonds zaten ze samen op de bank, vader en dochter, naast elkaar. Alsof ze daar toevallig beland waren. Vanuit de keuken zag Tania ze zitten. Ze spraken geen woord tegen elkaar, zelfs van een afstand voelde ze de pijnlijke, diepe stilte die tussen hen in hing en leek uit te dijen met iedere seconde die verstreek. Hoe lang duurde dat moment wel niet? Zeker een kwartier, een halfuur. Ze zag hoe Khalid na een poosje onhandig zijn arm om zijn dochter sloeg maar er kwam geen enkele reactie van het meisje, ze onderging het stoïcijns en hij liet het erbij zitten. 'Ga maar naar boven met Monique spelen,' zei hij met een vlakke, dunne stem. Brianna gehoorzaamde meteen. Alsof Khalid bang was voor zijn eigen kind.

Langzaam maar zeker was eenzelfde soort stilte hun relatie binnengeslopen. Na ieder telefoongesprek met Gabbi in Sheffield – 'Waarom kom je niet gewoon naar huis, mama?' – voelde ze de afstand tussen haar en Khalid groter worden. Alsof ze er zelf nauwelijks invloed op had. Alsof het lot haar een stap voor was.

Misschien hebben ze domweg geen recht op deze liefde.

Tania is zo in gedachten dat ze niet hoort dat de deur van de slaapkamer opengaat en Khalid op zijn tenen, met zijn schoenen in zijn rechterhand en zijn overhemd in zijn linker, de slaapkamer binnenkomt. Hij kleedt zich uit. Laat zijn jeans en ondergoed op het dikke tapijt vallen en kruipt in bed.

'Wat ben je warm,' fluistert hij in haar oor. 'Nog even liggen.' Hij trekt zijn benen op als een baby en kruipt met zijn koude lijf tegen haar aan. Ze schrikt. Voelt de spieren in haar lichaam verkrampen.

'Waar was je?' vraagt ze, ondanks haar voornemen dit nooit meer te vragen.

'Ik heb Laura het Michigan Palace laten zien.'

'Hmm.'

'Niet boos zijn,' mompelt hij. Meteen wordt zijn ademhaling zwaar en loom.

Ze rekt zich uit. 'Tijd,' zegt ze en ze drukt op de alarmknop van de wekker, een paar seconden voordat het ding trillend en piepend afgaat. Ze duwt het dekbed van zich af en glijdt uit bed.

HERFST

Op een middag, een week of twee nadat Khalid me had meegenomen naar het Michigan Palace, stond er een bericht van Charles Perry op mijn voicemail. 'Als alles gaat zoals ik wil ben ik over
een dag of drie in Detroit. In ieder geval voor het weekend. Bel
even terug.'

Ik had de telefoon niet gehoord. Ik zat beneden met Tania en
Monique in de televisiekamer. Tania kamde Mo's haar, wat een
wekelijks terugkerende kwelling was voor het kind. Vandaar dat
ze tv mocht kijken. Het was een uur of drie in de middag en behalve tekenfilms en *Tel Sell*-programma's was er weinig fatsoen-
lijks op. Monique koos een herhaling van een oude aflevering
van de *Cosby Show*. De verwarming loeide en nog had ik het
koud. Het was bijna november en buiten stormde en regende het
aan één stuk door. We hadden de lampen al aangedaan. Op het
nieuws werd gewaarschuwd voor ijzel en gladheid.

Het borstelen, ontklitten, oliën en vlechten van Mo's haar was
een wekelijks ritueel. Monique zat tussen de benen van haar
moeder en jammerde en klaagde voortdurend, maar het was een
jammeren en klagen waar een diep genot in doorklonk. Tania
fluisterde lieve woordjes in het oor van het kind terwijl ze hard-
handig de bos haar kamde; wanneer het zeuren van Mo haar te
veel werd begon ze met een schelle stem het kind uit te schelden.
'Lastpak. Wat moet ik met jou beginnen? Je zorgt er alleen maar
voor dat ik vroeg oud ben. Wil je dat ik je weggeef?' De woorden
klonken hard, maar Mo wist net zo goed als ik dat haar moeder

een spel met haar speelde. Uit alles, de manier waarop ze het haar van het kind vasthield en borstelde, alsof het haar eigen haar was, hoe ze olijfolie uit een fles liet druppelen en het in het haar masseerde, net zolang tot het diepe zwart oplichtte en glansde als diepblauwe zijde, hoe ze Monique naar zich toe trok, vastpakte en weer van zich af duwde, uit dat alles sprak een intimiteit waar ik als toeschouwer vanzelf deelgenoot van werd omdat Tania terwijl ze zo bezig was, over van alles en nog wat praatte.

'Stephanie belde gisteravond,' zei ze. 'Ze wil naar Detroit komen met haar vriendin. Vakantie.'

'Ze is toch in verwachting?' vroeg ik.

'Daarom juist. Ze wil er nog even tussenuit voordat ze gaat trouwen. Haar aanstaande heeft geen tijd en geen geld, denk ik. Je denkt toch niet dat Steph zelf haar ticket betaalt, wel? Maar ze heeft het beter voor elkaar dan ik toen ik zo oud was. Ze heeft tenminste een man. En hij is een aardige vent voor zover ik kan beoordelen. Ze runnen samen een kroeg in het centrum van Sheffield. Je wilt niet weten wat voor kroeg dat is maar ze werken tenminste. Trouwens, als Steph komt kan ik proberen wat aan haar haar te doen. Ze heeft het helemaal kapot geverfd. Rood geel bruin, alles heeft ze geprobeerd. Het is net stro. Zo kan ze niet trouwen.'

'Au!' gilde Monique.

'Stel je niet aan.'

De geur van olijfolie vermengde zich met de zoete walm van de geurkaars die Tania had aangestoken.

'Je hebt de foto's van Stephanie gezien toch, op de vleugel? Haar vader is blank en in de zon wordt Stephanie zelfs niet een beetje lichtbruin maar alleen maar rood. Moet je je voorstellen toen ik voor het eerst met haar en Gabriella terug naar Nigeria ging. Ik was zwanger van Mo. Wanneer ik met de meiden op straat liep kregen we een hele optocht achter ons aan. Die bleke blonde Steph en dan Gabbi ernaast, pikzwart, blauwzwart. Alsof we een attractie waren.'

'Ik dacht dat je niet geloofde in verhalen vertellen,' plaagde ik.

'Doe ik ook niet. Ik dacht alleen aan Stephanie.'

Monique imiteerde haar moeder zonder geluid. *Doe ik ook niet. Ik dacht alleen aan Stephanie.* Ik schoot in de lach. Het kind was een geboren actrice.

'Ik weet wel wat je doet, Mo. Ophouden. Wil je slaag?'

'Nee,' jammerde ze.

'Waarom wil Gabbi hier eigenlijk niet wonen?' vroeg ik argeloos. Maar terwijl ik de woorden uitsprak realiseerde ik me hoe pijnlijk de vraag was.

'Omdat ze me haat,' zei Tania.

'Hoe kan ze je nu haten?'

'Ben je altijd zo nieuwsgierig?'

'Het spijt me,' zei ik.

'Waarom zou het jou spijten? Ze haat me. Daar kan jij niks aan doen. En ik begrijp Gabbi best. Ze zegt: "Jij bent weggegaan. Jij hebt me achtergelaten." En dat is ook zo. Welke moeder doet zoiets?'

Ik zag het gezichtje van Monique verstrakken. Ze trok haar schouders omhoog, alsof ze zich probeerde te verstoppen. Tania vertrok geen spier. Ik had allang spijt dat ik erover was begonnen. Tania's opmerking 'Welke moeder doet zoiets?' lag als een koude steen op het dikke tapijt. Gelukkig stond de televisie aan. De gemoedelijke geluiden van de *Cosby Show* vulden de grote woonkamer.

'Luister,' zei Tania na een poosje, 'ik denk altijd aan Gabriella. Ik heb het haar honderd keer proberen uit te leggen, dat ik een beter leven wil voor ons, voor haar en Mo, voor Stephanie, maar ze is te jong om dat te begrijpen. Ze blijft maar zeggen dat ik terug moet komen en ik denk er ook wel over maar het heeft geen zin, dan moet ik alles opgeven wat ik hier heb opgebouwd en eindig ik in een treurige huurflat in Sheffield. Ik kan daar niet leven. Ik wacht gewoon tot ze ouder wordt en inziet dat ik gelijk heb. Misschien dat ze dan hiernaartoe wil verhuizen. Als ik geld had vertrok ik vandaag nog met mijn meiden naar Nigeria.'

'Echt?' vroeg Monique. Ze lachte alweer.

'Hou je mond.'

'Ik wilde je niet in verlegenheid brengen,' zei ik. 'Je hoeft me helemaal niets te vertellen.'

'Nee,' zei ze afgemeten, 'maar je vroeg ernaar dus krijg je een antwoord. En ik begrijp precies hoe Gabbi zich voelt omdat ik hetzelfde heb met mijn moeder. Die was helemaal niet blij toen ik op mijn zestiende met mijn koffertje voor haar deur stond in Sheffield. Mijn vader had besloten dat ik moest trouwen en dat zag ik niet zitten, toen ben ik naar Engeland gevlucht. Zestien was ik. Moet je je indenken. Ik dacht dat ik alles begreep wat er in de wereld te begrijpen viel. Mijn moeder heeft totaal geen moederinstinct. Weet je dat ze wilde dat ik naaktmodel werd voor *The Sun*? Ze zei: "Met jouw cupmaat kunnen we rijk worden." Ik was al drie maanden zwanger van Steph. Toen ze daarachter kwam gooide ze me meteen op straat. Ze leefde voor haar huis. Iedere maand kocht ze wel een nieuwe bank of tafel of kast. Of ze verfde de muren opnieuw, maakte nieuwe gordijnen. Het leek wel een poppenhuis. Je kon amper ademen in dat huis. Toen ik in het moeder-en-kindhuis zat heeft ze samen met haar nieuwe man de politie op me afgestuurd omdat ik haar trouwring gestolen zou hebben. Ze was hem kwijt en had een politieverklaring nodig voor de verzekering. Zulke mensen waren het... zijn het.'

'Mijn god,' zei ik.

'Ik ben niet zielig.'

'Zeg ik dat?'

'Ik heb dorst,' zei ze. Ze duwde Monique van zich af, stond op en liep naar de salonkast naast de eettafel. Toen ze terugkwam hield ze triomfantelijk een halfvolle fles Courvoisier en twee glazen in de lucht.

'Mag ik ook?' vroeg Monique.

'Niet tegen papa Khalid zeggen,' fluisterde Tania in haar oor. 'In de koelkast staat nog een blikje cola, pak dat maar.'

Monique rende naar de keuken. Tania schonk de glazen in. 'En nu niet zeiken dat je niet drinkt,' zei ze. 'Proost.'

'Proost,' zei ik. Ik rook de warme, houtachtige geur en nam een slok. Voelde de alcohol branden in mijn keel en slokdarm. Ik realiseerde me hoezeer Tania zichzelf kwelde met schuldgevoelens tegenover haar middelste dochter. Ik had zelf geen kinderen, maar eerlijk gezegd kon ik me nauwelijks voorstellen waarom ze niet gewoon terug naar Engeland ging. Het was bijna alsof Tania en haar dochter een kat-en-muisspel speelden met elkaar. *Ik wil dat je hier komt, mam. Nee, kom in Detroit wonen. Hier staat ons huis.* Alsof er een kracht was sterker dan zijzelf, die hen hoe dan ook uit elkaar dreef.

Monique kwam terug de kamer in, lurkend aan een blikje Pepsi-cola light.

'Kom zitten,' zei Tania. 'Je bent nog niet klaar.' Monique gehoorzaamde meteen. Tania pakte de borstel en begon aan de tweede vlecht. Olie erop, borstelen, vlechten. Ik zag dat het Monique zeer deed, maar ze verbeet zich en probeerde het niet te laten merken.

Af en toe nipte Tania van haar glas en ik deed hetzelfde. We spraken niet. Ik luisterde naar de lachende stemmen op televisie en de wind die de ramen deed trillen in de sponningen. Omdat ik weinig gegeten had die dag, voelde ik de drank meteen. Alsof ik alles scherper waarnam. De geluiden, de geuren. De kleuren op de tv leken harder en helderder dan normaal. Ik proefde de vanilleachtige geur van de kaars op mijn lippen. Ik voelde de warmte gloeien in mijn wangen. En Tania tegenover me in de luie stoel, de blauwzwarte gloed op haar lange dikke haar, de warmte van haar lichaam, haar ademhaling, hoe de wol van haar vest kriebelde op haar huid. Het was alsof haar aanwezigheid ineens in volle hevigheid tot me doordrong. Haar pijn bijna tastbaar en dichtbij.

'Wat is er met je vader gebeurd?' vroeg ik na een poosje.

'Niks. Een paar jaar hebben we niet met elkaar gepraat, dat

178

begrijp je. Hij begreep niet waarom ik stiekem naar Engeland ging, naar mijn moeder. Hij had me niet voor niks op mijn vijfde meegenomen naar Nigeria. En dat uithuwelijken deed hij alleen om me te beschermen. Nu is alles goed. Hij wordt alleen oud. Ik heb hem laatst een mobiele telefoon gestuurd zodat we kunnen bellen, maar volgens mij weet hij niet hoe dat ding werkt. Ik krijg in ieder geval steeds de geen-verbindingtoon. En ik stuur 'm iedere maand geld. Daar is Khalid ook al kwaad over. Vanwege de hypotheek. En het gaat maar om honderd dollar. Terwijl ik voor z'n moeder een kalfsleren tas van vijfhonderd dollar heb gekocht die ze niet eens mooi vindt. Dat vindt hij heel gewoon. Mijn vader woont verdomme in een derdewereldland!' Ze schudde haar hoofd. 'De meeste zwarten hier zijn gewoon verwend.'

'Ik ook?' vroeg Monique.

'Jij bent gek,' lachte Tania.

Ik ging naar boven naar mijn kamer om een trui te pakken toen ik op de display van mijn telefoon zag dat er iemand had gebeld. 'Als alles gaat zoals ik wil ben ik over een dag of drie in Detroit. In ieder geval voor het weekend. Bel even terug.' Ik luisterde het bericht drie keer achter elkaar af. Charles' stem klonk gedecideerd, zakelijk bijna, afstandelijk. Het bevestigde alleen maar mijn gevoel dat het de gewoonste zaak van de wereld was dat hij vanuit New York naar Detroit kwam rijden om mij te zien.

Ik belde niet meteen terug. Ik ging op mijn bed zitten en dacht aan Tania's schokkende verhaal over haar moeder. En hoe wanhopig ze haar best deed zelf een goede moeder te zijn. 'Gelukkig heb ik nu geld genoeg om alles voor Gabbi te kopen wat ze wil hebben. Is tenminste iets.' Ik had geen recht over haar te oordelen. In een flits zag ik mezelf zitten in de Greyhoundbus van New York naar Detroit, de rokende puinhoop die ik achter me liet. De troost die de nacht bood. De wereld zo klein en zwart en ik zo gelukkig, alsof iedere vezel, iedere molecuul in mijn lichaam tintelde en straalde. 'Als alles gaat zoals ik wil ben ik over een dag of drie in Detroit. In ieder geval voor het weekend. Bel even terug.'

Ik pakte een zwarte wollen trui uit de kast, trok hem over mijn T-shirt en sweater aan en vloog mijn kamer uit, de trap af.

Tania was bijna klaar met Moniques haar. Twee glimmende lange vlechten omkransten het kindergezicht. De derde en laatste vlecht kwam boven op haar hoofd en zorgde ervoor dat Monique er precies zo parmantig en bijdehand uitzag als ze was.

'Ben ik mooi?' vroeg ze terwijl ze haar handen in haar zij deed en een fotomodelpose aannam.

'Een schoonheid,' zei ik.

Tania duwde Monique van zich af. 'Oefenen jij.' Ze gaf haar een pets op haar billen en leunde uitgeput achterover in de fauteuil. Haar benen op de bijpassende poef. De *Cosby Show* was bijna afgelopen.

Het liefst had ik meteen geroepen: 'Charles komt dit weekend.' Maar ik stelde het nog even uit. Alsof ik een zoet geheim koesterde. Ik genoot van dit moment. De warmte in de woonkamer, de verzengende geur van de olijfolie, de onbekommerde stemmen op televisie, de milde roes van de cognac. Tania sloot haar ogen. Monique stootte me aan, wees naar haar moeder, legde haar wijsvinger bezwerend over haar mond en knipoogde. Daarna vertrok ze geluidloos naar boven.

Ik ging overdwars op de grote fauteuil liggen en rekte me uit. Eerlijk gezegd voelde ik me vooral opgelucht dat Charles onderweg was. Het waren een paar rare weken geweest. Hoewel ik zowel met Tania als Khalid vertrouwelijker en vanzelfsprekender omging, werd de sfeer in huis, wanneer iedereen er was, alleen maar gespannener en ongemakkelijker. Met beiden besprak ik nooit de problemen in hun relatie, maar het simpele feit dat ze mij los van elkaar in vertrouwen namen, maakte dat ik hoe dan ook een soort derde partij werd, of ik nu wilde of niet.

Ik realiseerde me wel dat ik die ongemakkelijke rol aan mezelf te danken had. Ik was tenslotte zomaar hun leven binnengevallen. Ze waren me niets verplicht, zelfs geen vriendschap.

Een paar avonden terug zaten we met z'n drieën in de woonkamer. Monique lag al in bed. Het was een uur of tien. We deden alle drie iets voor onszelf. Khalid surfte op het internet. Tania nam verslagen van haar werk door en ik bladerde in oude glossy's die al weken onaangeroerd op het tapijt naast de bank lagen. Niemand zei iets, maar er hing een prettige stemming in de kamer. Een onuitgesproken gevoel van saamhorigheid. Het was muisstil in huis, op het ruisen van het water in de verwarmingsbuizen na, het zachte klikklikklikklik wanneer Khalids vingers een bericht tikten. Khalid en Tania zaten naast elkaar op de tweepersoonsbank. Ik keek op en zag dat Khalid liefkozend met zijn hand over Tania's nek streek terwijl hij gewoon doorsurfte op het net. Op hetzelfde moment ging Tania verzitten, alsof ze zich onder Khalids aanraking uit probeerde te wurmen.

'Tania kan geen liefde ontvangen,' zei Khalid, mij aankijkend.

Ik zweeg.

Hij probeerde het opnieuw. Streek nu langs haar hals en wang.

'Hou 's op,' zei Tania terwijl ze een wegwerpend gebaar maakte met haar hand. Ze lachte, alsof het voorval helemaal niets te betekenen had. Bij elkaar duurde het tafereel niet meer dan hooguit een minuut, maar van het ene op het andere moment was de stemming in de woonkamer honderdtachtig graden omgeslagen.

'Ik hou van je,' zei Khalid.

Ik begon me steeds vervelender te voelen. Ik besefte dondersgoed dat Khalid juist dit moment uitkoos om zijn affectie te laten zien. Dat mijn aanwezigheid op een of andere manier cruciaal was.

'Ik ga naar bed,' zei Tania.

'Loop maar weg,' zei Khalid.

'En jij beweert dat ik wegloop?' Tania zette grote ogen op. Keek mijn kant op. 'Zeg hem eens dat hij op moet houden.'

Ik haalde mijn schouders op. 'Hij doet gewoon lief,' zei ik.

'Zie je nou wel?' zei Khalid.

Tania stond op. 'Laat ook maar,' zei ze toonloos. Ze keek van Khalid naar mij en van mij naar Khalid. Haar blik had iets aarzelends en hulpeloos. Ik kende haar zo niet. Alsof haar zojuist iets was afgepakt.

'Welterusten,' zei ze.

'Welterusten,' zei ik terug. Ik lachte naar haar maar ze lachte niet terug.

Khalid boog zich over zijn laptop. 'Ik kom zo naar boven,' mompelde hij.

* * *

'Ik denk dat ik mijn moeder een brief ga schrijven,' zei ik.

'Hmm,' deed Tania. Ze had haar ogen nog steeds dicht. De warmte in de woonkamer maakte ons allebei loom en lui. Er kwam muziek van boven, Destiny's Child, Monique had de cd van Khalid cadeau gekregen voor haar verjaardag.

'Zachter!' gilde Tania.

'Je hoeft niet te schreeuwen,' riep Monique vanuit het trapgat. 'Ik hoor je wel.'

'Niet zo brutaal, dame, of ik haal die installatie weg uit je kamer.'

Ik dacht aan mijn moeder. Al meer dan een maand had ik haar niet gesproken. Eerlijk gezegd was ze al die tijd helemaal uit mijn gedachten geweest. Tot nu. Ik voelde me schuldig, want ik wist dat ze zich zorgen zou maken. Natuurlijk praatte ze af en toe met Stefan en hij zou proberen haar gerust te stellen, maar dat veranderde niets aan het feit dat ik niet belde en zij zich waarschijnlijk geen voorstelling kon maken van mijn leven op dit moment. Ik zag haar zitten, in de blauwe leunstoel voor het raam in haar nieuwe flat. Uren achtereen zat ze daar naar buiten te kijken naar de voorbijrazende auto's, de bomen, de oude fabrieksgebouwen aan de overkant en het water erachter, de lucht en wolken.

'Ja,' zei ik, 'ik ga haar gewoon schrijven.'

'En wat ga je haar gewoon schrijven?' zei Tania. Ik hoorde de cynische ondertoon in haar stem. 'Ga je haar vertellen over mijn treurige leventje? Je zou er een boek over moeten schrijven en rijk worden.' Ze zette grote ogen op, keek me uitdagend aan. 'Grapje. Ga jij je moeder maar schrijven.' Ze stond op en rekte zich uit.

De *Cosby Show* was afgelopen. Tania staarde naar de aftiteling. 'Waarom kan ik niet gewoon gelukkig zijn zoals zij?' riep ze met een dramatische stem. Ze drukte de televisie uit.

Ik lachte. 'Charles komt. Dit weekend,' zei ik.

'O?'

'Hij heeft gebeld.'

'Wanneer? Op de huistelefoon?'

'Nee. Mijn mobiel.'

'Weet Khalid het?'

'Geen idee.'

'Nou,' zei ze. 'Daar zijn we dan mooi klaar mee.'

'Wat bedoel je?'

'Niks.' Ze liep de keuken in. Ik hoorde haar rommelen met kopjes en borden en bestek. Ik wachtte tot ze terugkwam, maar het werd stil. Vanuit de keuken kon je ook met een trap naar boven. Blijkbaar was ze zonder iets te zeggen naar haar slaapkamer vertrokken.

Ik vroeg me af wat ik moest doen. Had ik iets verkeerds gezegd? Ik begreep Tania's plotselinge koele reactie niet. Had ze een hekel aan Charles Perry?

Ik ging naar boven en klopte op de deur van Tania's slaapkamer. Geen reactie. Ik klopte nog eens, harder.

'Wat?'

'Tania?'

'Ja?'

'Kan ik binnenkomen?'

Monique stond achter me, op de overloop. 'Mama slaapt,' fluisterde ze.

'Nee,' zei ik, 'ze is nog wakker. Tania?' Ik opende de slaapkamerdeur. Tania lag met haar rug naar me toe gekeerd op het grote tweepersoonsbed. Een aangename zware walm van kokosnootolie vermengd met talkpoeder en parfum kwam me tegemoet. 'Kan ik binnenkomen?'

'Natuurlijk. Je bent toch al binnen?'

Ik liet de deur open. Vanuit mijn ooghoeken zag ik dat Monique ons scherp in de gaten hield.

'Alles goed?' vroeg ik. Ik ging op de rand van het bed zitten.

'Kwam je daarvoor?' zei Tania. Ze draaide zich op haar rug en schoof een extra kussen onder haar hoofd. Ze wreef in haar ogen. 'Nou?'

'Ik dacht alleen... Vind je het niet leuk dat Charles komt? Zit je iets dwars?'

Ze hees zichzelf omhoog. Keek me recht aan. 'Je moet eens even goed luisteren, Laura. Charles belt jou op in plaats van ons. Hoe denk je dat dat overkomt? Nou?'

Als in een reflex deinsde ik achteruit.

'Jij denkt dat je heel wat bent hier, of niet soms? Dat je langzamerhand deel van de familie bent omdat Charles en Khalid je zo leuk vinden, heb ik het goed? Maar laat me je één ding vertellen, schat: omdat ik jou toevallig een paar van die kloteverhalen van mij heb verteld, ben ik nog niet je vriendin. Jij kunt ieder moment vertrekken naar dat slome land van je. Shit. Waarom denk je dat ik je nooit iets vraag over je leven? Nou?' Ze huilde maar dat veranderde niets aan de ijskoude uitdrukking op haar gezicht. 'Ik heb er zo genoeg van.'

'Maar Tania...' stamelde ik. Monique was ongemerkt de slaapkamer in geslopen. Ze stond aan de andere kant van het bed, achter haar moeder. Ze glimlachte naar me, alsof ze me gerust wilde stellen. Ik knipoogde terug.

'Wat nou?' zei Tania.

Ik schudde mijn hoofd. 'Niks. Ik vraag me alleen af... Dit is nooit mijn bedoeling geweest. Dat weet jij toch wel? Ik ben jullie juist dankbaar, ik bedoel… wat kan ik doen om…'

'Niets Laura. Weet je, in het begin dacht ik dat het Khalid en mij goed zou doen, jouw komst bedoel ik. Omdat Khalid alles doet wat Charles zegt en ik dacht dat als Khalid met jou praat hij zou inzien dat… ach… laat ook maar. Khalid en ik praten nu helemaal niet meer met elkaar. En toen ik net zag hoe jouw blik veranderde toen je vertelde dat Charles dit weekend komt… Voor jou is het allemaal één groot avontuur, of niet soms?'

'Nee nee,' zei ik. 'Ik bedoel…'

'Trouwens,' zei Tania, 'Leni heeft gebeld.'

'Wanneer?'

'Een paar dagen terug.'

'Waarom zei je dat niet?'

'Vergeten.'

'Wat zei ze?'

'Niks. Ze vroeg alleen of jij thuis was.' Tania boog zich voorover en veegde de tranen van haar wangen. Achter haar rug trok Monique een gezicht als een donderwolk.

'Hou op, Mo. Ga naar je kamer. Ik wil je voorlopig niet meer zien.'

Op haar tenen sloop het kind de slaapkamer uit.

'Ik ga Leni bellen,' zei ik. Ik stond op en wilde de kamer uit lopen.

'Doe dat,' sneerde Tania.

'Als je wilt dat ik meteen mijn koffers pak, zeg het dan, okay?' Haar verongelijkte toon begon me te irriteren. Misschien had ze op een bepaalde manier gelijk. Ik kon ieder moment vertrekken. En misschien had ik mijn langste tijd hier wel gehad. Maar ik voelde me niet schuldig, ook al was het alsof Tania recht door me heen keek daarnet toen ze over Charles begon en over hoe mijn blik veranderde. Ik wilde nadenken over wat ze had gezegd.

Tania snoof het slijm in haar neus omhoog.

'Ik mag je heel graag,' zei ik.

Ze haalde haar schouders op.

'Misschien moeten jij en Khalid eens een paar dagen samen weg. Gewoon, vakantie. Pas ik op Monique.'

Ze schudde haar hoofd. 'Ga weg,' zei ze.

PASSING WET CHICORY LIES

'Laura,' zei Leni toen ze mijn stem hoorde. 'Ik begon me al zorgen te maken.'

'Hoe is het met Celia?'

'Ach…' Ze zuchtte. 'Wat zal ik zeggen? Ze is terug, maar daar is alles mee gezegd. Ik probeer een kamer voor haar te vinden want we worden allemaal stapelgek van haar. Je weet hoe klein het hier is. Ze wil nog altijd geen pillen slikken. Kunnen we het alsjeblieft over iets anders hebben?'

'Wat?' Mijn gedachten waren nog bij de ruzie met Tania, maar ik wilde Leni er niet mee lastigvallen.

'Heb je tijd?' vroeg Leni.

'Nu?'

'Waarom niet?'

Ik keek naar buiten. Het schemerde en de straatlantaarns waren al aan. Ik bedacht dat ik Charles nog moest bellen, mijn moeder schrijven. Ik voelde me gejaagd en vermoeid tegelijk. Misschien moest ik gewoon gaan slapen.

'Is er iets met je, Laura?'

'Nee nee, alleen moe. Zullen we morgen afspreken? In de ochtend. We kunnen in het museum lunchen als je wilt.'

'Trakteer jij?'

'Natuurlijk.'

'Tien uur, is dat goed?'

'Tien uur. Ik zie je morgen.'

Ik belde Charles maar kreeg zijn voicemail. Ik had geen zin iets in te spreken. Op zijn display zou hij wel zien dat ik had gebeld. Ik had het eindelijk warm. Met mijn kleren nog aan zat ik rechtop in bed. Papier en pen lagen op mijn schoot. Het licht van de straatlamp scheen door het blauwe gordijn. Af en toe ging de regen over in hagel en dan was het alsof kinderen buiten kiezelstenen tegen de ramen aan ketsten, zo'n lawaai maakte het.

Monique zat in haar kamer spelletjes te doen op de computer. De muziek liet ze uit. Blijkbaar voelde ze haarfijn aan dat ze Tania met rust moest laten.

Ik probeerde me te concentreren op de brief aan mijn moeder maar telkens dwaalden mijn gedachten af. *Lieve Ma*. Verder kwam ik niet. Tania's verwijten dreunden en zeurden op de achtergrond. *Voor jou is het allemaal één groot avontuur, of niet soms? Nou? Waarom denk je dat ik je nooit iets vraag over je leven?*

Een week geleden waren we op zaterdagmiddag samen naar Eastern Market gereden om groente en fruit voor de hele week in te slaan. Eastern Market was een overdekte markt midden in de stad. Het was een van de weinige gezellige plekken in het centrum van Detroit. In de straten rondom de markt waren een paar kleine restaurants, kunstgaleries en coffeeshops. Tania had me meegenomen naar de winkel van Hemben, een Nigeriaanse kennis van haar. Hemben was manager bij een groot IT-bedrijf even buiten Detroit, maar in zijn vrije tijd verkocht hij cd's en cassettes met Afrikaanse muziek, dashiki's, sieraden, frisdranken, stenen poppetjes in traditionele kledij, vaasjes, houten panters en luipaarden en andere prullaria.

'Eindelijk,' riep Hemben toen we de winkel binnenkwamen. Hij hief zijn armen de lucht in en prevelde een paar onverstaanbare woorden in zichzelf. 'Daar is mijn prinses. Wat heb je al die tijd uitgespookt?'

Gelaten liet Tania zich omhelzen. Hemben was een kop kleiner dan zij was. Een jaar of veertig schatte ik hem.

'Dit is mijn vriendin uit Europa.' Ze wees naar mij, maar

Hemben had uitsluitend oog voor Tania.

'Hoe gaat het?' vroeg hij.

'Goed,' zei Tania terwijl ze een flesje geurolie van de verkoop-balie pakte, opendraaide en eraan rook. 'Hmm.' Ze trok een lelijk gezicht. 'Je verkoopt nog steeds dezelfde goedkope rotzooi, zie ik.'

Hemben lachte. 'Coke?' Tania knikte. Daarna keek hij in mijn richting.

'Graag,' zei ik. Het was bloedheet in de smalle, rommelige ruimte. Achterin stond een kacheltje roodgloeiend te branden. Hemben haalde twee flesjes Pepsi-cola uit een koelbox.

'Zo,' zei hij. 'Wanneer ga je trouwen?'

'Trouwen? Ik?' Tania schoot in de lach. 'Ben je gek geworden?' Ze keek mij aan. 'Zullen we gaan?'

'Okay,' zei ik.

Hemben staarde naar onze plastic tassen vol appels, sinaasap-pels, uien, prei, paprika's, bonen, courgettes, aubergines en aard-appels. 'Laat die toch hier staan. Ik let wel op. Ik doe alles voor mijn mooie Afrikaanse prinses.'

'Je hebt ze niet allemaal op een rij, Hemben,' zei Tania. Met verbazing zag ik hoe ze met hem omging: superieur, arrogant, vertrouwd, warm. Alsof hij een broer was of een neef. Ze knikte naar mij. 'Kom op.'

Buiten klonk harde muziek. Onder het afdak van een barbe-cuerestaurant stond een podium met een karaokekit. Een man van middelbare leeftijd in een glimmend rood pak zong de tekst van een oud soulnummer met de muziek mee. *When the night/ has come/ and the land is dark/ and the moon/ is the only/ light we see.* Hij klonk bijna als het origineel van Ben E. King. *No I won't be afraid/ No I won't be afraid/ just as long/ as you stand/ stand by me/ so darling darling…*

Tania's lippen bewogen mee met het liedje, zonder dat er ge-luid uit haar mond kwam. Uit de kieren bij de ramen en deuren van het restaurant sijpelde een witte damp die naar gebrand vlees rook. Aan de tafeltjes rond het podium zaten mensen in dikke winterjassen koffie en cognac te drinken. Kinderen holden over het podium terwijl de man in het rode pak gewoon doorzong alsof zijn leven ervan afhing.

Tania trok aan mijn arm en gebaarde in de richting van een oud bakstenen fabrieksgebouw verderop.

'Wat een stem,' zei ik.

'Detroit,' zei Tania. Het was voor het eerst dat ik haar de naam van de stad hoorde uitspreken met een zweem van trots in haar stem.

We wurmden ons door het publiek. In de oude fabriekshal waren nu een provisorische galerie, een reformwinkel en een koffiebar gevestigd. Aan de bar bestelde Tania cafe latte voor ons. We gingen aan een tafeltje bij het raam zitten.

'Wat vind jij eigenlijk van Khalids museum?' Ze keek langs me door het raam naar buiten.

'Ik moet nog steeds een keer op zolder kijken. Daar ligt zijn verzameling toch?'

'Hmm.'

Zwijgend dronken we onze koffie op. Buiten had een nieuwe zanger het podium beklommen. Vanaf hier konden we hem niet zien maar wel horen. Met een veel te hoge, schelle stem zong hij een oud Stevie Wonderliedje.

Tania leunde met haar kin op haar handen. 'Ik denk dat het museum er helemaal niet komt. Jij?'

'Waarom niet?'

'Khalid houdt van het idee: een museumbus, kinderen hun geschiedenis leren. Het is een missie voor hem, een visioen, maar volgens mij heeft hij er helemaal geen behoefte aan zijn droom werkelijkheid te maken, denk jij wel?'

Ze wachtte mijn reactie niet af. 'Toen we elkaar net kenden deed ik niets liever dan rommelen in die stapels oude brieven en tijdschriften en prullen van hem. De geur die eruit opsteeg: stof, vocht, aarde, oud. Alsof die spullen er verantwoordelijk voor waren dat Khalid en ik samen waren, zoiets was het. Op een bepaalde manier rechtvaardigde Khalids museum mijn verblijf hier. Ik heb ik-weet-niet-hoeveel oude ansichtkaarten en prenten voor hem op eBay besteld. Iedere week wel een of twee pakketjes. Een hele serie ansichten van plantages in het Zuiden, honderdvijftig jaar oud, met handgeschreven teksten en postzegels er nog op. Weet je trouwens dat we het eerste jaar maar een of twee keer seks hebben gehad?'

'Wat?'

'Khalid vond dat we eerst moesten trouwen. Dat het zondig was om ongetrouwd samen te leven als man en vrouw. Hij was zo vroom als wat in het begin, maar dat vond ik juist wel leuk.' Ze glimlachte maar meteen daarna verstrakte haar blik. De spieren in haar kaken spanden zich. Alsof er een donkere schaduw over haar gezicht trok.

'Met die vroomheid sjoemelt hij net zo hard als met zijn idealen. Wat is er toch met ons gebeurd? Ik begrijp er niks van.'

'Misschien heb jij zijn museum en zijn verzameling niet meer nodig,' zei ik.

'En dat betekent?'

'Dat dit je thuis is geworden.'

'Detroit? Ben je gek? Deze stad is voor niemand een thuis, voor niemand. Jij bent een rare.'

'Hoezo?'

'Gewoon, hoe je reageert.' Ze lachte. Griste de kartonnen koffiebekers van tafel en gooide ze in een afvalbak. 'Ik zit maar mooi met je opgescheept.'

'Stel je niet aan.'

'Ik stel me niet aan. Ik ben bloedserieus.'

De herinnering aan die zaterdagmiddag en aan Eastern Market maakte me treurig. Maar tegelijkertijd begon het tot me door te dringen dat ik misschien eindelijk geland was in deze nieuwe stad. Ik was niet meer alleen een observator, een gast, een toeschouwer. Tania verweet me juist die rol. *Jij kunt altijd terug naar dat slome land van je.* Ze had gelijk, maar wat moest ik doen? Ik had geen zin om de komende dagen in een ijzige sfeer door te brengen. Mijn spullen pakken en naar een hotel verhuizen zou haar wantrouwen alleen maar bevestigen. Ik mocht haar echt graag. Ik ervoer onze vriendschap, hoe onbeholpen die misschien ook was, als een overwinning. Ik wist niet precies waarom. Op een of andere manier ontlokte ze een diepe behoefte in me iets voor haar te betekenen. Ik wist dat dat niet exclusief voor mij gold. Khalid had in andere bewoordingen hetzelfde gezegd, die ochtend dat we van het Michigan Palace terugreden naar huis. 'Ik zou er alles voor geven om haar te redden,' zei hij. 'Maar wie zegt dat ze gered wil worden? En waarvan? Misschien is het gewoon mijn fantasie. Ik hou van haar.'

Lieve Ma.

In ieder geval besloot ik geen medelijden met mezelf te hebben. De regen kletterde tegen het raam. Door het gordijn heen zag ik de kale takken van de eik voor het huis vervaarlijk heen en weer zwiepen. De wind joeg de voordeur beneden met een harde dreun in het slot. 'Iemand thuis?' Het was Khalid. Ik hoorde Monique de trap af rennen. Alsof ze vloog op haar kousenvoeten. Ik stelde me voor hoe haar glanzende nieuwe vlechten feestelijk achter haar aan zweefden. Hoe ze Khalid meteen aan het lachen maakte met een of andere opmerking of een gekke bek.

Lieve Ma,
Waar ik nu tijdelijk woon is een meisje van zes. Ze is ongelooflijk slim en grappig. Monique heet ze. Ik had je al veel eerder moeten schrijven. Hoe gaat het met je? Ik ben in Detroit, ver weg van alle ellende in New York. Het gaat goed, al heeft mijn onderzoek naar Paul Robeson ernstige vertraging opgelopen door de aanslagen. Ik weet dus niet precies wanneer ik terugkom naar Nederland.

Ik leunde achterover in de kussens. Ik had mijn adem ingehouden terwijl ik schreef. Ontspannen! Beneden stond de televisie aan. Gelach en geklap van publiek. Af en toe hoorde ik de stemmen van Monique of Khalid dof en onverstaanbaar door de muren en het plafond heen.

Ik droomde laatst over opa en oma. Herinner jij je dat gele foto-album dat vroeger bij ons thuis in een schoenendoos in de overloopkast lag? Er zaten een paar foto's in van jou van vroeger, hele mooie glamourachtige portretten. Plus een paar foto's van jouw ouders van lang geleden. Oma in een donkere, lange jurk, zittend op een stoel. Ze heeft pikzwart haar. Ze speelt mandoline. Op een andere foto staat opa in een lichte, wijde broek en een wit overhemd aan de kant van een sportveld. Zo te zien geeft hij aanwijzingen aan een paar jongens op het veld. Het is niet te zien wat voor sport ze precies beoefenen. Opa's wang en mond aan de linkerkant van zijn gezicht hangen al naar beneden, maar hij ziet er toch jong en sterk uit. Je weet wel welke foto's ik bedoel. Jij vertelde altijd dezelfde dingen wanneer we dat album doorbladerden. Dat opa acrobaat was en worstelaar. En dat hij communist was en in de oorlog voedseldepots overviel. Hij had toch een café in de Walstraat? Oma trouwde zo het café in terwijl haar ouders juist geheelonthouders waren en anarchisten. En je vertelde ook dat je moeder in de oorlog stiekem viool speelde achter de huizen om geld op te halen voor dienstweigeraars.

Ik stopte even. Mijn voeten gloeiden onder het dikke dekbed. In de badkamer werd de wc doorgetrokken. Ik hoorde de scharnieren van Tania's slaapkamerdeur piepen.

Ik heb mezelf altijd voorgehouden dat ik de genen heb van jouw familie en niet die van papa's kant. Eerlijk gezegd ben ik altijd als de dood geweest dat ik ook maar enigszins op hem leek. In mijn ogen waren jouw ouders een soort helden, verzetsstrijders.

*Ik denk dat dat komt doordat ik in werkelijkheid bijna niets van
ze wist en weet, waardoor die paar opmerkingen van jou over
hen zo ongeveer mythische proporties aannamen in mijn hoofd.
Nu pas realiseer ik me dat papa voor mij al jaren dood is. Ik denk
nooit aan hem. Ik droom nooit over hem. Is dat normaal?*

Als vanzelf belandden de woorden op het blanco papier. Ik wist
dat ik deze brief nooit zou versturen maar dat maakte niet uit.

*Ik geloof niet dat die genenkwestie zo belangrijk is. Ik moet aan
opa denken, toen hij al oud was. Oma zat in een verzorgingstehuis omdat ze dement was en papa was allang ziek. Op zaterdagmiddag gingen jij en ik bij hem op bezoek. Hij zat aan tafel
in een coltrui met een veel te druk streepmotief. Dat herinner ik
me. We praatten niet echt. Ik was dertien of veertien. Ik kende de
man nauwelijks en hij kende mij niet. Maar ik hield van de
warmte in de kleine woning. Van de glanzende ouderwetse meubels die er stonden en de geur van jenever.*

Het duurde even voordat het tot me doordrong dat mijn telefoon al een poosje overging. Ik had de trilfunctie aangezet zodat
hij geen lawaai zou maken.
    'Hallo.'
    'Laura?'
    'Waar ben je?'
    'New York. Morgenavond ga ik rijden. Ben ik de volgende
ochtend rond tien uur bij jullie. Wat ben je aan het doen?' Hij
klonk alsof hij een paar straten verderop was, alsof ik hem vanochtend nog had gezien. Geen afstand, geen voorbehoud.
    'Schrijven,' zei ik.
    'Goed zo. Trouwens, ik heb dat boekje gekocht dat jij aan het
lezen was. Je weet wel, *Coming Through Slaughter* van Michael
Ondaatje. Jezus Laura, wat een boek, ik kende het helemaal niet
maar dit is de manier om over een kunstenaar als Buddy Bolden

te schrijven, misschien wel de manier om over welke kunstenaar dan ook te schrijven, zo gevoelig, zo… hoe zal ik het zeggen… vrij, luister, Laura.. *We thought he was formless, but I think now he was tormented by order, what was outside it. He tore apart the plot – see his music was immediately on top of his own life. Echoing. As if, when he was playing he was lost and hunting for the right accidental notes…*'

Het was alsof ik wegzakte in het dikke matras. Alsof alles om me heen heel groot werd. Ik was duizelig en mijn keel voelde branderig en dik. Charles praatte gewoon door.

'Dat stuk waarin Bolden de boot neemt – terwijl hij zo bang is voor water en voor boten – maar hij gaat gewoon, alles en iedereen laat hij achter, zijn vrouw, kinderen, zijn band. Goddomme Laura… en die driehoeksverhouding die hij aangaat met Robin en Jealin Brewitt, shit… te mooi om te lezen… *the music so uncertain it was heartbreaking and beautiful…*'

Hij wachtte op een reactie maar ik kreeg geen woord uit mijn mond. Ik had geen vat op zijn vertrouwelijke toon, op de intimiteit die eruit sprak. Als lauwe regendruppels gleden zijn woorden langs me heen. Alsof ik iets dierbaars verloor. Verlangen als een mengeling van pijn en verlies. Wrede liefde.

'Je weet toch welke passage ik bedoel? Als je op zo'n manier over Robesons leven en werk zou kunnen schrijven…'

[…]

'Wat is er?' vroeg hij.

'Niets.'

'Dank je, Laura.'

'Waarvoor?'

'Het boek. Ik kan niet wachten om je te zien. Ik moet nu ophangen. Er belt iemand op de andere lijn. Ik bel je morgen. Ik hou van je.'

Toen hing hij op.

Waterboy

Where are you hidin'?

NAAR HEIDELBERG (2)

'Banks Street in de Village, nu weet ik het weer. Daar woonden ze. Heb ik je dit verhaal al verteld?'

'Nee.'

'John Lennon had opgetreden tijdens een benefietconcert voor John, mijn John, John Sinclair, om hem uit de gevangenis te krijgen. December 1971. Op vrijdagavond was het concert; 's maandags kwam hij vrij. Een week later reden we naar Manhattan om John en Yoko op te zoeken en ze te bedanken. Het was zo vreemd. Ze zaten op een groot bed, als de koning en de koningin die audiëntie hielden. Wij gingen bij ze zitten. Telkens wanneer Yoko iets wilde, een kopje thee of iets anders, ik weet niet eens meer wat, rinkelde ze met een belletje. Tinker Bell uit Peter Pan, daar deed ze me aan denken. Ze zei geen woord. John Lennon was erg aardig.'

'En toen?'

We waren in een oud Grieks restaurant in het centrum van de stad. Het was een uur of elf in de ochtend. We waren de enige gasten. Leni had nog niet ontbeten en bestelde groentesoep met brood en salade. Ik nam een koffie.

'En toen?' vroeg ik nog eens terwijl de ober naar achteren verdween.

'Leuk restaurant, vind je niet?' Op verschoten rode kunststoffen banken zaten we tegenover elkaar. Op de muren waren taferelen uit de Griekse mythologie geschilderd. Een enorm verlicht aquarium met tropische vissen diende als afscheiding tussen de twee rijen tafels en banken. Leni's bril was naar het puntje van

197

haar neus gegleden. Ze duwde haar kin tegen haar borst, trok haar wenkbrauwen omhoog en keek over de brillenglazen naar mij. 'En?'

'Ja, leuk hier,' zei ik. De ober had traditionele Griekse muziek opgezet. De lome saxofoonklanken van de muzikant aan de overkant van de straat waren nu niet meer te horen.

'Dat bedoel ik niet,' zei Leni. 'Hoe gaat het met je?'

'Goed.'

'Wil je dat ik verder vertel?'

'Graag.'

'Ik vond van de week een kopie van een brief die ik in '74 naar mijn familie in Duitsland schreef. Ik wilde mijn kast opruimen en toen vond ik een oude bruine doos. *Dresdner Christstollen* stond erop en een tekening van de Frauenkirche. Hannelore moet ons ooit een kerststol hebben gestuurd. In ieder geval, die brief zat in de doos. Ik was… hoe oud? Drieëndertig? Vierendertig? Celia had oorontsteking en ze sliep samen met Sunny in ons grote bed. Het was nacht, dat beschreef ik allemaal. John was op een lezingentournee door Californië. We waren nog getrouwd. Voor de zoveelste keer had ik *Sketches of Spain* van Miles op de draaitafel gelegd. Ik schreef dat die muziek me sentimenteel maakte. Ik had al heel lang niet naar huis geschreven. Ik wist niets over mijn familie, had me van hen geïsoleerd. Alsof ik tussen twee tijden in was gevallen. Vergeet niet dat ik 's nachts schreef. De nacht maakt alles zwaarder.'

De ober kwam onze bestelling brengen. 'Toeristen?' vroeg hij met een zwaar Oost-Europees accent.

Leni schudde van nee op een manier die duidelijk maakte dat ze geen zin in smalltalk had. Een voor een prikte ze met een vork de olijven van haar salade en at ze op.

'Wat heeft die brief met John Lennon te maken?' vroeg ik.

'Niets,' zei Leni. Ze kneep haar ogen tot spleetjes, schudde dunne sprieten grijsblond haar uit haar gezicht. 'Ken je *Sketches of Spain* van Miles Davis?'

'Ja.'

'Nu nog steeds, op het hoogtepunt van het stuk, je weet wel, wanneer de muziek als vuurwerk uit elkaar spat en Miles een fractie later van die tere, dunne tonen speelt, heb ik het gevoel dat mijn maag omhoogkomt en ik moet overgeven.'

'Het is mooi,' zei ik.

'Kijk.' Leni schoof het soepbord van zich af. 'Ik herinner me precies wanneer ik die brief schreef, dat moment, 's nachts aan Johns werktafel, de meisjes die sliepen, de muziek. Alle woorden en zinnen die ik opschreef kwamen me voor als onzin, overbodig, leeg. Het kwam niet in me op om iets te zeggen over mijn problemen met John, zijn buien, zijn woede. Hannelore was met Conny getrouwd, ze had twee zoons die ik niet kende, ze woonde in Dresden. Af en toe schreef ze me nog wel eens maar ons contact van vroeger was voorbij. Die nacht drong dat pas echt goed tot me door. Ik was een stofje in het heelal. Begrijp je mijn punt?'

Ik knikte.

'De revolutie had al mijn energie uit me gezogen,' zei ze lachend en met een plechtige stem. 'Zo dun als ik was, terwijl ik goed at. Op foto's uit die tijd lijk ik wel een spook.'

'Je bent nu ook niet dik.'

'Maar nu heb ik andere zorgen.'

Ze proefde van haar soep. 'Hmm. Is het een idee om samen iets te doen? Ik bedoel werk. Jij schrijven en ik fotograferen?'

'O?'

'Waarom niet? Jij kunt toch ook wel wat dollars gebruiken. Heb je geen contacten in Nederland, kranten of tijdschriften?'

'Jawel, maar...'

'Heidelberg. Ken je het Heidelberg Project?'

'Nee.'

'Eerst eten.'

Onder de ruitenwisser van Leni's sedan zat een roze parkeerbon.

'Shit, dat is wel het laatste wat ik kan gebruiken. Shit.'

'Hoeveel is het? Ik betaal wel,' zei ik.

'Zeventig dollar, schatje, dat kan ik je niet aandoen.'

'Delen?'

'Stap in,' zei ze. 'We zien wel.' Ze propte de bon in haar broek-zak. Zwaaide naar de oude muzikant op de stoep. Hij knikte te-rug terwijl hij gewoon doorspeelde. 'Dat hij juist dit stuk speelt… vreemd,' mompelde Leni. Ze deed de sleutel in het por-tier. Leunde tegen de auto. 'Luister.'

Er was nauwelijks een melodie te horen. De oude man perste flarden dun, hoog geluid uit zijn sopraansaxofoon; aan nevel de-den ze me denken, lauwwarme dwarrelende motregen op een hete zomerdag. Daarna leek het alsof er iets viel; de man speelde steeds lagere tonen, alsof hij van een trap een kelder in liep.

'Coltrane,' zei Leni.

'Prachtig,' zei ik. De tonen klonken licht en spannend, alsof ze iets aankondigden. En tegelijkertijd zat er een zachte en introver-te pijn in de muziek.

'"Alabama." Ik weet niet eens op welk album dat staat.' Ze frummelde in haar handtas, haalde wat muntgeld tevoorschijn en liep naar de overkant om het geld aan de oude muzikant te ge-ven. Ze rende terug naar de auto. 'Vooruit. Snel.' Op een of ande-re manier had Leni altijd haast. Uit al haar bewegingen sprak on-rust, gejaagdheid. Behalve wanneer ze over vroeger vertelde, dan leek ze zichzelf en haar omgeving compleet te vergeten, de tijd. Ze sprak aarzelend, koos zorgvuldig de beelden en woorden, als-of ze iets zocht in haar eigen verhalen.

We stapten in. Leni keek over haar schouder en manoeuvreer-de de auto behendig de straat uit. Dit was Greektown, de buurt waar Griekse immigranten aan het begin van de vorige eeuw massaal naartoe waren gekomen. Nu was het een van de weinige toeristische attracties in Detroit. Een lange straat vol met Griekse vlaggen, restaurants en cafés.

'Charles komt morgen,' zei ik.

'Wie is Charles?'

'De man over wie ik je vertelde. Uit New York, je weet wel,' zei ik, teleurgesteld dat ze niet meteen wist wie ik bedoelde.

We passeerden een kruising met stoplichten, sloegen linksaf. GRATIOT, stond er op een groot bord boven de weg. 'Dit was vroeger Paradise Valley,' zei Leni. 'De zwarte uitgaansbuurt. Dat hele gebied tussen Gratiot, Adams en Hastings Street.' Khalid had het over Paradise Valley gehad. En over de grootheden uit de jazz die er ooit hadden opgetreden.

Gratiot was zo breed als een snelweg. Verkeer raasde voorbij. Aan beide kanten van de straat stonden fletse bakstenen gebouwen die op pakhuizen leken; van de buitenkant zag je niet of ze gebruikt werden of niet.

'En?' vroeg Leni. 'Ben je er klaar voor?'

'Voor Heidelberg?'

'Wat denk je nou? Charles.'

'O... nou... Ik heb in maanden geen seks gehad dus wat dat betreft,' zei ik. 'Soms heb ik het gevoel dat ik de hele dag slaapwandel.'

'Zei jij nou dat hij getrouwd is?'

'Nee.'

'Maar dat is hij wel?'

'Ja, maar dat kan me nu even helemaal niks schelen.' Ik hield mijn blik strak op de weg, op het glinsterende asfalt dat meter voor meter onder de wielen van de sedan verdween. Dikke regendruppels sloegen kapot tegen de voorruit.

'Misschien moeten we een andere keer gaan,' peinsde Leni.

'Waarom? We zijn er toch bijna?'

'Wat is er met jou?'

'Niks. Het ene moment ben ik als een vreemde voor Charles en de volgende keer praat hij tegen me alsof ik verdomme zijn minnares ben. Wat moet ik ermee?'

'Dat vraag je mij?'

'Waarom niet?'

'Omdat ik niet bepaald een expert in de liefde ben, Laura, anders was ik nu niet alleen.' Ze sloeg linksaf. HEIDELBERG stond er op een donkerblauw straatbord. 'Trouwens, is die man jou iets verschuldigd?' Ze parkeerde de auto voor een vreemd bouwwerk dat was opgetrokken uit grijze ronde keien met een grote schoorsteen in het midden. Het deed me aan de Flintstones denken. De linkerkant van het huis was zwartgeblakerd en ingestort. Als de rotte kiezen uit een afgebrokkeld gebit lagen her en der enorme keien op het grasveld rondom het huis. Toch hingen er nog gewoon gordijnen voor de ramen. En op de veranda stond een houten schommelstoel. Zachtjes bewoog hij heen en weer, alsof er een geest op zat.

'Is dit het?' vroeg ik.

'Nee.' Leni opende het dashboardkastje, toverde een aansteker en een verfrummelde sigarettenpeuk tevoorschijn. Ze streek de peuk glad en stak 'm op.

'Ik wist niet dat je rookte.'

'Doe ik ook niet. Alleen nu even. Dizzy heeft 'm laten liggen.' Ze draaide het raampje naast zich omlaag en inhaleerde diep. Meteen begon ze te hoesten.

'Ik kan er gewoon niet tegen als iemand met mijn gevoelens solt. Dat is toch logisch?'

'Hmm,' deed Leni. Ze zoog aan de sigaret alsof het een zuigfles was. Ze hield de rook even binnen; toen ze weer begon te ademen kwam de rook als plukjes witte stoom haar neus uit. Daarna gooide ze de peuk naar buiten. 'Moet je mij nou zien. Weet je dat je op me lijkt?'

'Op jou?'

'Niet uiterlijk. Wees maar niet bang. In mijn ogen ben je een baby.' Ze draaide het raampje dicht en leunde achterover.

'Heb je trouwens ooit nog dat horloge van Dizzy teruggevonden? Dat dure horloge dat hij kwijt was?' vroeg ik.

'Nee, maar hij heeft er ook niet meer over gebeld.'

'Jammer.'

Leni haalde haar schouders op. Een zilverkleurige BMW pas-

seerde ons. Twee jongens zaten voorin. Ze hadden de stereo vol-
uit aanstaan. Diepe, trage bastonen dreunden als een hartslag
door de straat. Zelfs toen de auto de hoek om was geslagen trilde
het zware geluid nog na, alsof het zich vastzette in het asfalt en
het steen van de huizen.

'Toen ik pas getrouwd was met John nam hij me op een avond
mee naar de Rainbow Room, een jazzclub hier in Detroit. Marion Brown trad er op, de saxofonist. Ken je hem?'

'Nee.'

'Hij had nog met John Coltrane en Archie Shepp gespeeld.
John stelde ons in de pauze aan elkaar voor. Marion, dit is Leni,
Leni, Marion. Na de show nodigde Marion ons uit wat te drinken in een club in de buurt. John was niet lekker die avond, hij
had griep en ging al vroeg naar huis. Daar stonden we, Marion
en ik, midden in de nacht, op een kruispunt ergens in het centrum, er was helemaal geen verkeer, maar we wachtten braaf tot
het voetgangerslicht op groen sprong, zo idioot. Ik herinner me
het precies. Ik staarde naar het rode licht. Alles zag er perfect uit,
glanzend. Het was alsof er een dun laagje ijs over het asfalt lag.
Onzin natuurlijk want het was warm, zelfs op dat uur. Marion
was ouder dan ik. Hij speelde zoals hij eruitzag. Breekbaar, dun,
hij was vel over been, maar zijn handen waren groot en breed, hij
had korte, dikke vingers, helemaal geen vingers voor een saxofonist. Hij leek wel wat op Chet Baker, maar Marion was gezond.
En zwart. Volgens mij had hij indiaans bloed. Hij vertelde dat hij
uit New York kwam. Zijn moeder had ooit een saxofoon voor
hem gekocht omdat hij als kind zo gek was van de muziek van
Charlie Parker. We gingen dus naar die club, maar die bleek al gesloten. Het was een uur of twee. "Wat doen we?" vroeg Marion.
Ik wist niets te bedenken dus zei ik: "Een stukje wandelen?" Hij
knikte. We slenterden terug naar de Rainbow Room waar mijn
auto geparkeerd stond. Dat was alles. We namen afscheid. Maar
toen ik even later terugreed naar huis wist ik dat er iets onom-
keerbaars was gebeurd.'

Ze keek op haar horloge. Ik wachtte. Leni had geen aanmoediging nodig verder te vertellen. Ik keek naar het rare, zwartgeblakerde Flintstoneshuis. De architect die dat bouwsel had ontworpen hield vast niet van mensen. Het had iets doods en afstotends zoals het er stond op dat veldje zonder heg of beschutting eromheen. Die enorme grauwe keien.

'We schreven elkaar. Marion en ik. Dat hebben we dertig jaar volgehouden. Hij trouwde, kreeg kinderen, scheidde. Een keer nodigde hij me uit bij hem op bezoek te komen in New York. Ik was allang van John af. Maar op het laatste moment werd Marion bang. John was een vriend van hem; hij wilde geen moeilijkheden.'

'En toen?'

'Hij kreeg een beroerte, een paar jaar geleden. Hij kwam in een verzorgingstehuis terecht. Ik heb hem daar een keer opgezocht. Ik weet niet eens of hij me herkende. Het was heel raar. Hoe hij zich uitdrukte, alsof hij in een zelfbedachte taal sprak, een zacht melodieus gemompel, bijna zingen, de betekenis van de woorden volstrekt ondergeschikt aan de klanken. Hij had altijd al een zachte stem, maar nu kon je hem bijna helemaal niet meer horen. Het deed me pijn hem zo te zien zitten in een rolstoel, een verschrompelde oude man, geen tand meer in zijn mond. Ik kreeg bijna medelijden met mezelf, begrijp je dat? De luxaflex waren naar beneden omdat het zo'n bloedhete New Yorkse augustusdag was. Het gefilterde zonlicht viel precies op Marions gezicht; een mistig waas van licht. Alsof hij voor mijn ogen oploste in het niets.'

'Treurig.'

'Je gelooft het of niet, op een dag moest Marions linkerbeen worden afgezet vanwege suikerziekte. In het ziekenhuis waar ze hem opereerden hebben ze prompt zijn verkeerde been geamputeerd. Zijn zoon spande een rechtszaak aan. Geef hem 's ongelijk. Weet je hoeveel hij eruit sleepte? Zes miljoen dollar! Zes miljoen! Dat kan toch alleen in Amerika? In ieder geval, hij heeft een huis in Florida gekocht voor zijn vader en daar woont Marion nu, met die zoon en zijn gezin.' Ze schudde haar hoofd. 'Zoiets verzin je niet, of wel?' Ze wachtte even. 'Ik hou nog steeds van Marion. Alleen zal er nooit meer iets van komen, ben ik bang.'

'Vind je dat erg?' Vanuit mijn ooghoeken zag ik de gordijnen achter het raam in het Flintstoneshuis bewegen. De hand van een man of een vrouw. Iemand stond naar ons te kijken. Ik was zo opgegaan in Leni's verhaal dat ik niet had gezien hoe het weer was veranderd. De lucht boven de straat was donkerblauw, onweersblauw, dreigend. Door het onnatuurlijke blauwgrijs schitterde hier en daar fel zonlicht. Alsof er vonkjes elektriciteit uit de lucht spatten. Leni zag me kijken.

'We moeten snel zijn voor het nog harder gaat regenen. Het lijkt wel tornadoweer, maar dat kan niet in november,' zei ze. 'Het is te koud.' Ze keek me met grote ogen aan. Startte de motor.

'Je was iets aan het vertellen,' zei ik. Ik baalde ervan dat de intimiteit in de kleine sedan ineens weg was. 'Of je het erg vindt dat het niets meer kan worden met jou en Marion?'

'Jawel, maar voor een vrouw van bijna vijfenzestig heb ik genoeg liefde gehad in mijn leven. En bovendien, wat ik met Marion had was veel meer dan zomaar liefde. Ik werd deel van een wereld die tot dan toe onbereikbaar voor me was geweest, begrijp je wat ik bedoel? Marion had nog met Coltrane gespeeld. Hem goed gekend. Stel je dat eens voor! Wanneer ik een brief van Marion kreeg was ik dagen van de wereld. Ik bestudeerde zijn handschrift alsof er geheime boodschappen in te ontdekken vielen. Die sierlijke letters, het dunne papier, en hoe het rook, zoet, warm. Volgens mij deed hij er altijd wat geurolie op. Alsof ik een liedje van Billie Holiday werd binnengeslingerd. *I need that person much worse than just bad.* Zulke poëtische dingen schreef Marion nooit en ik ook niet. We wisselden alleen heel gewone dingen uit, hij schreef waar hij optrad en hoe het hotel was, hoe het met zijn kinderen ging en over vroeger toen hij met zijn moeder in een flatje in Harlem woonde, en ik deed hetzelfde. Ik heb Marion meer over mijn vader en moeder en Hanne geschreven dan ik ooit aan John heb verteld. Eigenlijk kun je zeggen dat ik me door Marion pas echt thuis ben gaan voelen in Amerika. Ik bedoel maar…' Ze stopte, drukte het gaspedaal in en begon stapvoets te rijden.

'Wat bedoel je?' vroeg ik.

'Straks,' zei ze. 'Nu gaan we naar Heidelberg, anders is de dag alweer voorbij. Hoe laat wil je thuis zijn?'

'Maakt niet uit.' Het woord *thuis* deed me onmiddellijk aan Tania denken en ook aan Charles. Morgenochtend zou hij in Detroit zijn. Ik had geen flauw idee wat er stond te gebeuren, wat de bedoeling was. Was het mijn tijd om te vertrekken uit deze stad? Juist nu Leni over werk begon en geld verdienen. Het lag zo voor de hand. Had ik niet al die tijd gewacht op het moment waarop ik deze reis productief kon maken? Mijn ervaringen omzetten in iets tastbaars, een verhaal, foto's?

'Waarom zei je dat ik op je lijk?' vroeg ik.

'Gewoon. Je wilt toch niet beweren dat het de bedoeling was dat je hier bent. Wel soms? Wees maar niet bang. Ik bedoel er verder niks mee.'

Geleidelijk aan veranderde het landschap. De lucht was nu bijna inktzwart. Maar hier was alles licht. Ik had nog nooit zoiets gezien. Alsof we een sprookje binnenreden. Een groot houten huis op de hoek was van onder tot boven behangen met enorme knuffeldieren. Goofy, Mickey Mouse, Tom & Jerry. Het hout was beschilderd met grote stippen in alle kleuren van de regenboog. De andere panden, die ooit duidelijk bestemd waren geweest voor de sloophamer, waren getransformeerd tot een vreemd soort heksenhuizen, beschilderd en beplakt met allerlei kleurig afval, poppen, kindermatrasjes, hoeden, petten, handschoenen, hamers, koffers, speelgoed. Aan de kale takken van een blauw geschilderde dode boom hingen afgetrapte schoenen in alle soorten en maten. Het asfalt was beschilderd met stippen en gezichten in pasteltinten. Op een grasveldje stonden drie torenhoge verkoolde boomstammen als plechtige Afrikaanse totems. Daarnaast een lachende, robotachtige pop van gekleurd afvalijzer.

'Kijken of Tyree er is,' mompelde Leni terwijl ze vooroverboog om alles goed te kunnen zien. 'Dit is het. Daar kunnen we toch wel een reportage over maken, denk je niet? Zoiets kennen ze in Europa niet. Een getto omgebouwd tot paradijs. Tyree Guyton is een tovenaar.' Ze parkeerde de sedan voor een van de huizen. De regen kletterde nu met bakken naar beneden. Er was geen mens te zien. Leni opende het portier, pakte een oude krant van de achterbank, hield die boven haar hoofd en liep naar de deur. Ze klopte een paar keer. 'Tyree! Ik ben het, Leni Sinclair.'

Ik draaide mijn raampje open. Heel zacht hoorde ik bluesmuziek uit het huis komen. 'Hij hoort je niet,' riep ik.

'Je moet hem ontmoeten. Hij heeft dit allemaal gemaakt, samen met zijn opa Sam Mackey, maar die is nu dood.'

Hoe donkerder de hemel werd, hoe scherper en helderder het licht werd dat leek op te stijgen uit het asfalt en de huizen, de daken, de kinderspeelplaats, waar behalve een paar schommels en een glijbaan ook allemaal oude kapotte autodeuren lagen die stuk voor stuk beschilderd waren met enorme gezichten. Kindertekeningen leken het, wild, ruw, ongepolijst en impulsief. FACES OF GOD, stond er in vette letters boven geschilderd.

Met een hoge piep ging de deur van het huis open en een zwarte man van een jaar of vijftig met een bezemsteel in zijn hand stapte de veranda op. 'Wat brengt jou hier?' zei hij. 'Heb je niet gemerkt wat voor weer het is, gek oud mens?' Dit moest Tyree zijn, de kunstenaar. Leni gaf hem een hand en ik stapte de auto uit en rende naar de veranda.

'Ik heb een collega uit Nederland meegebracht, Laura, ze wil over je project schrijven. Ik ga de foto's bij het artikel maken.'

Ik gaf Tyree een hand. Hij was een knappe, rijzige man in een oude bruine overal vol verf en roestvlekken. Hij knikte vriendelijk, maar nodigde ons niet uit binnen te komen.

'Ik heb geen zin in interviews vandaag.' Hij keek naar de hemel. 'Je zult terug moeten komen.'

'Natuurlijk,' zei Leni. 'Toch Laura? Ik moet sowieso terug voor de foto's. Wanneer?'

'Morgen, overmorgen? Maakt niet uit. Liefst na twee uur.' Hij maakte aanstalten weer naar binnen te gaan. 'Ik zie je,' mompelde hij. In de lucht spatte een lichtflits uit elkaar. We renden terug naar de auto. Een paar tellen later hoorden we de knal. De regen was nu een heus gordijn van water. Leni begon te rijden maar we zagen nauwelijks wat er voor ons op de weg gebeurde. Alsof de wereld zich om ons heen sloot.

'Hoe vond je het?' vroeg Leni alsof er niks aan de hand was.

'Indrukwekkend.' Ik hoorde het mezelf zeggen; het klonk nogal voor de hand liggend, leeg. Ik had nauwelijks woorden voor wat ik had gezien. Ik dacht aan de dode boom met de afgetrapte schoenen die zachtjes heen en weer deinden op de wind. De inktzwarte hemel erachter. In de lichte wereld die Tyree in Heidelberg had gebouwd, stond de boom duidelijk apart als een donker en zwaar monument voor alles wat kapot was en voorbijging. Ik vertelde Leni wat ik over de boom had bedacht. 'Zie je nu wel dat je erover moet schrijven? Je mist alleen een detail maar dat kan Tyree je beter vertellen. De tweelingbroer van zijn opa Sam is als kind gelyncht door blanken. Ze woonden toen nog in het Zuiden. Opa Sam heeft zijn broer nooit teruggezien. Ze waren twaalf of dertien. Daar komt dat idee van die boom en die schoenen vandaan. Dat zijn de zielen van de doden. Vraag Tyree maar als we hem de volgende keer zien.'

Ze ging er duidelijk van uit dat onze samenwerking een feit was. Maar ik voelde me betrapt als buitenstaander. Was dat niet precies wat Tania me verweet? *Waarom schrijf je niet over mijn treurige leventje? Je kunt er een boek over schrijven en rijk worden.* Morgen komt Charles. Mijn maag kromp ineen. Zou ik met hem terugreizen naar New York? En dan?

Heel langzaam reden we Heidelberg uit, sloegen linksaf. Alles om ons heen was grijs, wit, nat en ondoorzichtig. Ze stopte de auto aan de kant van de weg. 'Even wachten tot het ergste over is,' zei ze. Ze deed haar stoel naar achteren en sloot haar ogen. De regen spoelde over de auto. Aan alle kanten droop het water langs de ruiten, kletterde met veel kabaal op het dak.

'De verwarming doet het niet,' zei ze.

'Het is niet koud,' zei ik.

We zwegen en luisterden naar de regen. Het was alsof de avond al was ingevallen, zo donker werd het. Na een poosje zei ik: 'Misschien ga ik over een paar dagen wel terug naar New York.'

'Ik wist het.'

'Boos?'

'Nee. Je komt toch wel terug om de reportage te maken.' Het klonk als een mededeling, een feit. Ze opende haar ogen.

'Ik weet alleen niet wanneer,' zei ik.

'Het is goed,' zei Leni.

'Ik wil je niet teleurstellen, Leni. Je moet niet denken dat…'

'Wat? Dat je me gebruikt? Hou toch op. Zo'n cliché, word ik beroerd van. Je komt terug. Deze stad kan je gek maken maar als je daartegen bestand bent wil je altijd terugkomen. Trouwens, ik moet nog zien dat je vertrekt. Wacht eerst morgen maar af.'

De regen was gestopt. Abrupt, alsof een voorstelling was afgelopen. Nevel dampte van de kletsnatte straten en trottoirs. De plotselinge stilte had iets onnatuurlijks. Geen vogelgekwetter, geen wind, geen geraas van verkeer. Het was een uur of één in de middag. Alles stond stil.

'Ik vroeg me af,' zei ik op fluistertoon.

'Ssjt.'

Ik luisterde. Telde in mezelf een twee drie vier vijf. Toen zong een merel een paar voorzichtige tonen. Even plotseling als de stilte was gevallen, kwam alles nu in beweging.

'Hoor je het?' Leni stak haar vinger omhoog.

'Ik vroeg me af of ik een keer je archief mag zien,' zei ik. 'Ik bedoel ook foto's van heel lang geleden, toen je net in Amerika was.'

'Ah, ik was een nanny bij een rijk Iers gezin met vijf kinderen. Een hel, alsof ik Assepoester was, maar zo heb ik wel Engels geleerd, ik oefende op de kinderen.'

'Zal ik meegaan naar je huis?'

'Nu? Nee, dat kan absoluut niet. Het is een gigantische troep en Celia ligt waarschijnlijk te slapen in mijn kamer, nee…' Ze startte de motor en reed de straat uit.

'Wil je nog naar het museum?' vroeg Leni. 'Iets eten?'

'Goed,' zei ik. Alle straten in deze buurt leken op elkaar: protserige villa's met torentjes en erkers, opgetrokken uit hout of bruinrood of geel baksteen, grasveldjes eromheen. Hoewel de regen de huizen en straten zojuist had schoongespoeld, was het alsof er een dun laagje grijs stof over alles heen lag. Spinrag. We naderden een rood stoplicht, Leni minderde vaart, stopte de auto. Toen het licht op groen sprong sloegen we rechtsaf. Ik herkende Woodward. Het drukke verkeer. We waren dicht bij het Detroit Institute of the Arts.

'Ik moet zo tanken,' zei Leni.

'Laat mij betalen.'

'Is goed. Als dat je helpt.' Ze lachte en parkeerde de auto in een smalle zijstraat vlak bij het museum. Boog voor me langs en duwde mijn portier open. 'Ik heb niet veel tijd meer,' zei ze. 'De school van Beyoncé gaat zo uit.'

'Wil je doorrijden?'

'Nah.'

Als een rivier stroomde water in een brede stroom langs de straat. De riolen waren overbelast door de zondvloedachtige regenbui.

'Wacht,' zei Leni. Ze trok het portier weer dicht. 'Ik zet de auto een stukje verderop. Ik heb je toch verteld dat ik in '89 in Duitsland was?'

'Nee,' zei ik.

De weg liep wat omhoog. Leni reed de auto een meter of tien verder en parkeerde hem achter een gele minivrachtauto. Het meeste regenwater hier was al naar beneden gestroomd.

'Op een avond regende het precies zo. Heb ik je dat niet verteld? Het was in november. De Muur was net gevallen. Ik zag het allemaal gebeuren op televisie, al die mensen met hun hamers en beitels die als mieren over de Muur kropen. Diezelfde dag nog kocht ik een vliegticket naar Berlijn. Sunny en Celia verklaarden me voor gek. Ik belde niet eens met mijn familie. Ik vertrok gewoon. Ik heb thuis nog een stukje muur liggen, ik zal het je wel 's laten zien. Ik ben dus in Berlijn. Geweldig. Op de Muur en alles. Feest. Mijn handen bloedden van het hakken in het steen. Geen adres van Hanne of niks had ik bij me. Geen telefoonnummers. Ik weet alleen dat Conny en zij een bedrijf in bloemen en planten runnen dicht bij het Prinselijk Paleis aan de Elbe in Dresden. Ik huur een auto en ga op weg. Natuurlijk had ik niet de bevoegde papieren maar bij het checkpoint lieten ze me gewoon door. Een uur of vier, vijf rijden is het naar Dresden. Halverwege neem ik een paar lifters mee. Aardige lui, jong, rugzakken. Het is nacht, bijna ochtend. En net voordat we Dresden binnenrijden begint het te regenen, net als daarstraks, een wolkbreuk, geen hand voor ogen zag ik, alleen maar water water water, het begon net licht te worden, maar ineens werd het weer vreemd donker, als bij een zonsverduistering, ken je dat? De lucht donkergrijs, rafelig hel licht aan de randen, alsof er aan de achterkant een enorme lichtspot op is gezet. Het was behoorlijk eng want ik durfde de auto niet te stoppen; ik zag te weinig. In ieder geval, na een minuut of wat houdt de regen op. De zon komt door, een fletse novemberzon, maar helder genoeg om het water op de snelweg te laten glinsteren als zilver. Ongelooflijk. We rijden door naar Dresden; daar komen die lifters vandaan. Ik vertel ze over het bedrijf van Hanne en Conny en zonder problemen loodsen ze me ernaartoe. Moet je je voorstellen. Hanne zat koffie te drinken aan een houten tafel. Met haar rug naar de deur. Ze droeg zo'n bodywarmer van bruin nepbont, dat weet ik nog goed. Door het raam zie ik haar zitten. Ik klop, maar wacht niet af, stap naar binnen. Ze draait zich om en ziet mij staan.'

'En?'

'Ik wilde dat ik toen foto's had genomen. Ik bleef een paar da-gen, toen moest ik terug naar Amerika. Ik had een goedkoop tic-ket, dat kon ik niet veranderen.'

'Mijn god.'

'Het was goed. Ik miste de kinderen. Pas later zijn Hanne en ik weer gaan praten, echt praten, bedoel ik, toen onze zus Irmgard stierf aan borstkanker. Dat is zes jaar geleden.'

'En nu?'

'Wat bedoel je?'

'Is ze bij jou op bezoek geweest?'

'Nee. Te druk met de zaak zegt ze. En Conny houdt niet van reizen.'

'Raar.'

'Niet raar. Ze werkt zich echt uit de naad om dat bedrijf draai-ende te houden en ik vraag me ook af wat Hanne hier te zoeken heeft. Kun je je dat voorstellen? Ik heb niet eens een logeerkamer en Hanne is nogal op comfort gesteld. We schrijven en bellen als het uitkomt. En als ik geld heb zoek ik haar op en mijn broer in Ottstadt am Berge. Dat is nog geen twee uur rijden van Dresden, een piepklein dorp aan de voet van Buchenwald. Als je vanuit Weimar naar zijn huis rijdt zie je het kamp boven op de berg lig-gen, dat grote monument voor de slachtoffers. Je moet hem 's opzoeken wanneer je terug bent in Europa. Zal hij leuk vinden. Mijn broer lijkt meer op mij.'

Het was alsof ze ineens bang was dat ze iets vergat te vertellen nu ik wellicht over een paar dagen terug naar New York ging. Ik werd er onrustig van, *wanneer je terug bent in Europa…*

'Denk je dat ik teleurgesteld raak?' vroeg ik.

'Dat is niet de goede vraag,' zei Leni. 'Wat zoek je?' Ze stak haar rechterhand op, begon op haar vingers af te tellen. 'Avontuur, op-winding, inspiratie, troost, geschiedenis, een plek om te wonen, familie, liefde…'

'Moet ik kiezen?'

'Van mij hoef je helemaal niets. Wil je het museum nog in?' Ze deed haar portier op een kier. Een vlaag waterkoude lucht kwam de auto binnen.

'Wat bedoel je nu eigenlijk?'

'Ga gewoon, Laura. Of niet. Waar ben je bang voor?'

'Ik ben niet bang.'

'Weet je waar ik achter ben gekomen? Heb je nog heel even?' Ze leek heel ergens anders met haar gedachten. 'Mijn broer. Mijn kleine broertje, hij was een kleuter toen ik uit de DDR wegging. Ik kende hem nauwelijks. Toen hij zeventien, achttien jaar was, richtte John in Detroit de White Panther Party op, uit solidariteit met de Black Panthers. In die tijd schreef ik nog regelmatig naar huis, over wat we deden, de concerten die we organiseerden, de demonstraties tegen Vietnam, je kent het allemaal wel. En Erhard – zo heet mijn broer – liet zich inspireren door die brieven. Wist ik veel dat hij vanuit Vahldorf een eigen protestbeweging oprichtte die hij ook de White Panther Party noemde? Compleet met een eisenpakket. Vrijheid van meningsuiting, het recht om lang haar te hebben en minirokken te dragen, op vrij reizen. Uiteindelijk belandde hij in de gevangenis, net als John, op hetzelfde moment ongeveer. En toen hij vrij was registreerde de Stasi zo ongeveer iedere stap die hij zette. Hij trouwde met Angelica, een echte revolutionaire. Dat was zijn Rosa Luxemburg, zijn Ulrike Meinhof of Jeanne d'Arc. Dat heeft hij me later allemaal verteld. Het huwelijk was een drama. Erhard is een nog grotere romanticus dan ik. Hij houdt van reggaemuziek. Hij is al een paar keer in Detroit geweest. Maar wat ik bedoel is, onze verhalen verschilden niet zoveel van elkaar.'

'Alleen had jij Marion Brown.'

'Ja. Maar Erhard is opnieuw getrouwd en kreeg nog twee kinderen. Volgens mij is hij gelukkig.'

'En jij niet?'

'Ik ben tegenwoordig al gelukkig wanneer Celia zich rustig

houdt en Beyoncé op school is; wanneer ik een paar uur voor mezelf heb. En nu ben ik niet cynisch.' Ze duwde het portier open en stapte de auto uit. Keek op haar horloge. 'Een klein half-uur. Is dat genoeg tijd om te lunchen?'

'Meer dan,' zei ik. Ik wilde naar huis. Een bad nemen, wat kleren uitwassen, mijn kamer opruimen voordat Khalid of Tania en Monique thuiskwamen.

'Laura!'

Het was Charles. Tania porde in mijn zij. We zaten op de fu-
tonbank in haar slaapkamer naar de televisie te kijken. Het late
journaal zou zo beginnen.

'Laura!'

'Ja. Ik kom al.' Ik stond op en maakte aanstalten naar de
woonkamer te gaan. Tania bleef gewoon tv kijken.

'Ik ga naar beneden,' zei ik.

'Veel plezier,' zei ze.

Ik aarzelde. Wilde ik haar goedkeuring? Met geen woord hadden we over onze ruzie gesproken. Alsof er niets was gebeurd. Ik
schudde mijn hoofd. Zou ik ooit een manier vinden om met Tania's quasi-onverschillige houding om te gaan? De stiltes die ze
tussen haar handelingen en uitspraken liet vallen waren niet gewoon stiltes; het was alsof op dat soort momenten alles bevroor,
alsof de zuurstof in de lucht op was, de tijd stopte, totdat ze weer
iets zei of deed en alles weer verder ging.

'Wat?' Ze keek me vragend aan.

'Blijf je hier?'

'Heb je mijn man horen roepen?' Ze lachte, richtte haar blik
weer op de televisie.

Ik liep de kamer uit en ging naar beneden.

'Daar ben je,' zei Charles. Hij stond onder aan de trap te praten met Khalid. Hij zag er anders uit dan ik me herinnerde. Ouder, magerder, maar zijn ogen stonden helder. Hij droeg een

donkergroen Afrikaans mutsje over zijn grijzende haar. Plukte afwezig aan zijn baard. Hij stak zijn armen uit en omhelsde me. 'Sorry dat ik zo laat ben. In Cleveland was een enorme verkeerschaos, een ongeluk. Ik heb uren in de file gestaan. Ik blijf niet lang. Zie ik je morgenochtend?'

'Waar ga je heen?' De hele dag had ik gewacht, geprobeerd hem te bellen maar zijn mobiele telefoon stond uit. Nu was ik overdonderd en teleurgesteld tegelijk. Het leek zo gewoon dat hij hier was.

'Ik slaap bij mijn zus Janet. Heb ik dat niet gezegd? Ik ben doodop. Loop je even mee naar de auto?'

Khalid verdween naar de keuken. In het voorbijgaan kruisten onze blikken elkaar maar allebei hielden we ons op de vlakte. Toch voelde ik zijn betrokkenheid. Sinds die ochtend in het Michigan Palace hadden we een stilzwijgend verbond. Ik wist dat hij zich verantwoordelijk voor me voelde en uit zijn onbewogen maar warme blik maakte ik op dat hij die zorg nu vanzelfsprekend overdroeg aan zijn oom.

Charles ging me voor. Zijn donkerblauwe Chrysler stond pal voor het huis geparkeerd. Het motregende. Hij deed het portier open. 'Kom even zitten.'

We stapten in. Charles deed het lichtje boven het dashboard aan. Traag rolde hij een sigaret.

'Koud?' vroeg hij toen de sigaret klaar was en hij hem opstak.

'Ja,' zei ik.

'Je bent aardig gesetteld hier, toch?'

'Hmm.'

Hij blies een wolkje rook de auto in. Legde zijn handen op het stuur. Ik keek naar zijn smalle polsen, de geelbruine kleur van zijn huid en de plukjes zwart haar op de rug van zijn handen en zijn vingers. Alsof ik met een volslagen vreemde in een auto zat.

'Ik heb een week,' zei Charles.

'Een week,' zei ik hem na.

'Om eerlijk te zijn, Laura.' Hij wachtte. Stopte zijn sigaret tussen zijn lippen en wreef in zijn ogen. 'Hoe moet ik dit zeggen?'

'Wat?'

Hij zuchtte vermoeid. 'Ik kom je morgen om een uur of tien halen, jullie allemaal, gaan we ergens lekker ontbijten. Wat denk je daarvan?'

'Leuk,' zei ik.

'Ik heb met Charlie Mingus' zoon gebeld. Met Eric. Hij heeft een huis in de Catskill Mountains, vlak bij Woodstock. De sleutel ligt onder de mat, zei hij. Ik wil daar een paar dagen gaan zitten. Ik moet denken, Laura.' Hij draaide het portier naar beneden en tikte de as van zijn sigaret.

'Denken?' vroeg ik.

Charles wurmde zich uit zijn zwarte leren jack en gaf het aan mij. 'Trek aan. Straks vat je nog kou.'

Ik legde de jas over mijn schouders. Alsof er stenen in de zakken zaten, zo zwaar was-ie. Ik zakte onderuit.

'Weet je wat, we rijden een paar blokken. Wordt het vanzelf warm.' Hij startte de motor, keerde de auto en reed Colorado uit. Meteen zag hij er meer ontspannen uit. Hij hield van autorijden.

'Hoe is het in New York?' vroeg ik.

'Bijna weer gewoon.'

'Wat?'

'Wil je muziek horen?'

'Goed.'

Hij drukte op de playknop van zijn cd-installatie. Melodieuze klassieke jazz vulde de kleine ruimte. Zowel voor als achter in de auto waren boxen ingebouwd. Het geluid was glashelder. Een monotoon simpel basritme. Fijne, haperende tonen van een trompet. Alsof ik de adem van de muzikant op mijn huid voelde.

'In welke kamer slaap je?' vroeg Charles. We reden maar wat rond in de buurt. Omdat het lampje in de auto nog aan was zag ik nauwelijks waar we waren.

'De blauwe kamer aan de voorkant.'

'De blauwe kamer aan de voorkant,' zei hij. 'De volgende keer dat ik hier kom heb je zelf een huis gekocht. Let maar op.' Hij lachte maar het was een lach die alleen voor hemzelf bestemd was. Droge, warme lucht werd de auto in geblazen.

'Wat wil je morgen doen?' vroeg ik.

'Jij?'

'Niks speciaals.' Ik wachtte. 'Ik ben blij dat je gekomen bent, Charles.'

Het was alsof hij me niet hoorde. 'Gisternacht toen ik op weg was hiernaartoe luisterde ik naar 'Trane, zijn ballads, *Greensleeves*, *Naima*, dat soort werk. Gewoon achtergrondmuziek, dacht ik, om me wakker te houden. Maar ik kon het niet aanhoren, die zachte tonen, alsof hij je aanspreekt, fluistert, gerust wil stellen, zoiets, ik weet het niet precies. John Coltrane was een goed mens, dat hoor je in zijn muziek. Volgens mij was er nauwelijks afstand tussen wat hij voelde en zag en dacht, en het geluid dat hij uit zijn sax haalde. Zo eerlijk. Het was gewoon te pijnlijk om te luisteren.'

'Romantisch,' flapte ik eruit.

'Het heeft niets met romantiek te maken, schatje, helemaal niets. Maar lief dat je zoiets zegt.' Hij toverde een asbakje uit het dashboard tevoorschijn en drukte zijn sigaret uit. De asbak lag vol met peuken en as.

We waren weer terug bij Khalid en Tania's huis. We hadden een rondje gereden. Het was inmiddels snikheet in de auto. Ik duwde de leren jas van mijn schouders.

Charles parkeerde de auto op de oprit, achter Tania's rode Suzuki. Hij maakte geen aanstalten uit te stappen. Vanuit mijn ooghoeken nam ik hem op. Hij droeg een zwart fleecejack over een wit T-shirt, een spijkerbroek die duidelijk gestreken was. De zilveren armband om zijn rechterpols glom in het licht van de buitenlamp. Een vogel, dacht ik. Zijn jukbeenderen staken uit zijn wangen. Misschien was het de vermoeidheid. Zijn gezicht leek wel gebeeldhouwd, zijn huid van klei. Hij bewoog zich niet, sloot zijn ogen. De benauwde warmte in de auto loste langzaam op. Ik ving een zweem op van de zoete pittige geur van muskus vermengd met een vleugje vanille of sandelhout; dezelfde warme geur die in Charles' appartement op Manhattan hing, die ik gevangen had in de stof van mijn kleren, opgesloten in mijn koffer, rits dicht, geen verse lucht erbij zodat de belofte helemaal intact bleef. Weken had ik op deze man gewacht, die nu als een vreemde naast me zat in een oude Chrysler in een donkere straat in Highland Park. De stilte was even droog als de lucht. Alsof, wanneer we nog even zouden wachten, deze ontmoeting vanzelf zou worden uitgewist, vergeten. Niet eens een herinnering.

De volgende ochtend om halftien tikte Charles op het glas van de tochtdeur om zijn komst aan te kondigen. Ik was al uren op. Tegen mijn verwachting in had ik als een baby geslapen. Diep en droomloos. En toen ik wakker werd om een uur of zeven was ik meteen opgestaan en onder de douche gesprongen terwijl het huis nog in een diepe rust gehuld was, zelfs Monique, die anders altijd voor zevenen al in haar kamertje rondspookte, sliep nog.

Ik voelde me verkwikt en opgetogen, ondanks de teleurstelling van de vorige avond. Misschien kwam het doordat ik nu in ieder geval niet meer wachtte. Alsof ik eindelijk gewoon in de tegenwoordige tijd leefde.

'Is er koffie?' riep Charles. Hij had zijn groene mutsje verruild voor een donkerbruine leren pet waarvan de klep half voor zijn ogen hing. Een sigaret losjes tussen zijn vingers. De mouwen van zijn sweater omhooggeschoven. Smalle elegante polsen. Hij zag er goed uit.

Ik hees me uit de enorme fauteuil in de woonkamer. Monique kwam de trap af gevlogen in een witte jurk en een rode maillot.

'Daar is mijn vlindermeisje,' riep Charles. Hij opende zijn armen zodat Monique er vanaf de trap in kon springen. Ze klemde haar benen om zijn dunne lijf.

'Oom Charles?' vroeg ze.

'Wat is er, meisje?'

'Papa Cory gaat chocoladerepen verkopen in Engeland en nu

wil hij een reep "Monique" noemen. Witte chocolade met mijn naam erop in bruine letters. Heeft-ie me gemaild. Ik word beroemd!'

'Waar zijn je ouders?'

'In bed.'

'Weten ze dan niet dat we pannenkoeken gaan eten in de stad?'

'Ik maak ze wakker,' gilde Monique. Ze worstelde zich uit Charles' omhelzing en maakte aanstalten om weer naar boven te gaan.

'Rustig, rustig. We hebben alle tijd. Je ouders zijn vast heel moe,' zei hij.

Ik liep naar de keuken om koffie te zetten. 'Goed geslapen?' vroeg ik in het voorbijgaan.

Charles reageerde niet, schraapte alleen zijn keel. Hij ging op de bank zitten, pakte een van Khalids boeken uit de kast en begon erin te bladeren. Monique kroop tegen hem aan.

Terwijl ik het koffieapparaat aanzette bedacht ik hoe gewend ik inmiddels was aan die vanzelfsprekende nonchalante houding die bijna alle volwassenen hier tegenover elkaar aannamen. Alsof het op een of andere manier gevaarlijk was om beleefd te zijn, of vriendelijk. Daardoor was het soms alsof alles gewoon maar gebeurde en niemand er werkelijk zeggenschap over had. Ik schonk zwarte koffie in een stenen beker en ging terug naar de kamer.

'Wat dacht je ervan als ik met je meega naar de Catskill Mountains?' zei ik. Ik zette de mok op het tafeltje naast Charles.

'O?' zei hij zonder op te kijken.

'Nou?'

'Heb je het er met Tania over gehad?'

'Ze hadden ruzie,' zei Monique smalend.

'Ruzie? Wanneer?'

'Het was niks,' zei ik. 'Wat irritaties, het is allang weer voorbij.'

'Mama huilde,' zei Monique. Ze wentelde zich in Charles' aandacht, trok haar benen onder haar billen en nestelde zich dichter tegen hem aan.

'Wijsneus,' lachte Charles.

Op slag veranderde Moniques gezichtsuitdrukking van gemaakt verdrietig in overdreven triomfantelijk, alsof ze zojuist gehoord had dat ze een prijs had gewonnen. Ze lachte breeduit en rechtte haar rug. Haar wangen glommen van opwinding. Ik hield van dat kind, maar soms vroeg ik me af of ze niet veel te slim en te opmerkzaam was voor haar leeftijd.

'Wachten we of gaan we?' zei ik. 'Ik heb honger.'

'Ik ook,' zei Monique. Ze sprong van de bank, ging naast mijn stoel staan en trok ongeduldig aan mijn hand. Nu was ik haar bondgenoot.

Charles keek me aan, voor het eerst die ochtend. Alsof ik een elektrische schok kreeg. Zijn blik was vragend en warm tegelijk, er lag iets smekends in, net als op die dag na de aanslagen in New York. Hetzelfde onvoorwaardelijke vertrouwen dat hij me in zijn appartement had geschonken, waarmee ik in één klap een ander leven in werd geslingerd. *Ga naar Detroit.* Mijn herinnering had er herkenning van gemaakt, liefde.

'Dit reisje is voor mij geen vakantie,' zei hij.

'Weet ik,' zei ik.

'Nee, dat weet je helemaal niet. Maar het is okay, ik kan je alleen niet terugbrengen naar Detroit. Ik heb niet voldoende tijd.'

'Ik red me wel,' zei ik.

Onderweg naar Irene's Soulfood Restaurant op 8 Mile Road. Ik zat achter in de Chrysler omdat Monique net zolang gezeurd had dat ze voorin wilde zitten tot ze haar zin kreeg. Ik had mijn mond gehouden. Dit was toch een soort afscheid. Ik wilde het kind niet van streek maken. De zon brak door de wolken. Het licht was hard en wit. Er waren veel minder auto's dan door de week. Charles drukte op het gaspedaal. Alsof we over het asfalt vlogen. Geen landschap, alleen lucht en wolken.

'Zit je goed daar?' vroeg hij over zijn schouder.

'Ja.'

'Mijn vader nam ons vroeger iedere zaterdagochtend mee naar een restaurant. Janet en ik hadden het er gisteravond laat nog over. Hij was een echte vader.'

Ik wil Janet wel ontmoeten, wilde ik zeggen, maar het lawaai van de motor ontnam me de lust om te praten. Ik keek uit het raam zonder iets te zien. Ik dacht aan mijn vader. Voordat hij ziek werd gingen we soms op zondag fietsen met z'n allen. Mijn broer ging onder protest mee, maar ik genoot van dat soort uitstapjes. Wanneer ik moe werd duwde mijn vader me. Of we stopten en aten een ijsje in een cafetaria of café. We reden meestal via Diepenveen naar Olst, daar namen we het pontje over de IJssel. Over de dijk fietsten we terug naar de stad. 'Ruik je het?' vroeg hij. Ik knikte. 'Snuif je longen maar goed vol!'

Ik was elf of twaalf toen mijn broer me na zo'n tochtje apart nam in zijn slaapkamer.

'Hij is vreemd,' zei hij. 'Je moet uitkijken voor hem.'

'Hoezo?'

'Kijk gewoon uit, okay? Je bent een meisje. Ik ga nu weg. Ik heb met Eddy afgesproken.' En weg was hij.

Daarna lukte het me nooit meer om onbevangen naar mijn vader te kijken. Altijd was er een vaag gevoel van schaamte. Voor hem, en voor mijn eigen achterdocht.

'Daar is het!' riep Charles opgewonden. Ik schrok op uit mijn gedachten. Zag een groot uithangbord waar met ouderwetse, sierlijke letters IRENE'S SOULFOOD RESTAURANT op stond.

'Jullie weten niet half hoe ik dit gemist heb!'

Monique maakte haar veiligheidsriem alvast los. Charles manoeuvreerde de auto de parkeerplaats op.

Het was stampvol in Irene's en we moesten een minuut of tien wachten bij de ingang voor we een plek kregen toegewezen. Alle ramen waren beslagen. Personeel rende af en aan met dampende borden. De geur van gebakken vlees en gefrituurde vis leek zich te hebben vastgezet in het smoezelige pleisterwerk dat van de wanden brokkelde. Het was warm. Gezinnen met kinderen zaten op nepleren banken aan formica tafels uitgelaten te eten of te wachten op hun bestellingen. Monique wilde pannenkoeken met ijs en een beker cola. Charles en ik namen eieren, gebakken aardappelen met ui en grutten. Ik was de enige blanke in het restaurant, maar het leek niemand, behalve mijzelf, op te vallen.

Op de terugweg zat ik naast Charles. Zodra de motor startte viel Monique in slaap. Als een tevreden poes lag ze opgerold op de achterbank.

'Wil je naar huis?' vroeg Charles.

'Wat is je plan?'

'Het liefst rijd ik 's nachts. Naar de Catskills is een uur of tien. Wat denk je?'

'Ik kan toch slapen?' Ik knikte in de richting van Monique.

'Je moet mij juist wakker houden, liefje.' Hij legde zijn hand op de mijne. Alsof hij me betrapte.

'Zal ik muziek opzetten?' zei ik, mijn hand onder de zijne uit wurmend.

'Mo moet niet wakker worden. Dat kind is uitgeput volgens mij. Gaat het wel goed daar in Colorado?'

'Heb je niet met Khalid gepraat?'

Charles schudde van nee. 'Doe ik straks wel.' Hij lachte in zichzelf. 'Weet je, toen ik twaalf was nam mijn vader me mee naar Brooklyn om de Dodgers te zien. Ik moest er daarnet in Irene's aan denken. We gingen met de auto, hij en ik samen, volgens mij zag hij het als een soort inwijding in de volwassenheid. Het verste waar ik tot dan toe was geweest was Dresden in Canada, net over grens, daar was hij opgegroeid. Maar Brooklyn, New York, dat was een heel ander verhaal. In ieder geval, we zagen de wedstrijd, de Dodgers verloren maar dat maakte niks uit. Naderhand wilde mijn vader wat eten in een chic restaurant in de buurt, ik ben de naam kwijt, we stonden te wachten bij de ingang om naar een tafeltje te worden gebracht. Het was echt iets bijzonders wat hij voor ons wilde doen. Na een poosje kwam de manager op ons af. *We bedienen jullie soort niet,* zei hij. Hoe mijn vader keek. Alsof hij in zijn gezicht werd gespuugd. Hij zei niks terug. Hij stond daar maar. Voor mijn gevoel duurde dat moment uren. *Wilt u nu weggaan? En neem uw zoon mee.* Mijn vader was een gerespecteerd man in Detroit. Vrijmetselaar. Dirigent van de harmonie van het verzekeringsbedrijf waar hij werkte. De hele weg terug van New York naar Detroit heeft hij geen woord tegen me gesproken.'

In de verte zag ik de witte voetgangersbrug boven Woodward opdoemen. 'We moeten zo linksaf,' zei ik.

'Ik ben hier geboren.'

'Sorry hoor.'

'Ik denk dat mijn vader toen dacht dat ik hem doorzag, wat voor bullshit hij allemaal wel niet had moeten slikken om te komen waar hij was. Hij had een gezin, een groot huis, auto's, geld op de bank. Alsof ik hem in één klap ontmaskerde, maar dat was helemaal niet zo. Ik vond het alleen heel erg jammer dat hij me nooit meer ergens mee naartoe nam.'

Charles nam een scherpe bocht naar links; we reden Colorado in. Zijn verhaal over de Dodgers en zijn vader hing als een dot onzichtbare rook in de auto; het donkere lome geluid van zijn stem, alsof hij de woorden niet uitsprak maar zuchtte, voor je het wist waren ze vervlogen en vroeg je je af of je wel goed gehoord had wat hij zei. Maar ik was blij dat hij gewoon wat vertelde.

Ik maakte Monique wakker. Het kind kreunde en wreef de slaap uit haar ogen, maar liet zich gewillig oppakken en naar binnen dragen door haar oom.

Charles had de autosleutels aan mij gegeven en ik sloot de Chrysler af. Khalid en Tania zaten, ieder verstopt achter een laptop, in de woonkamer.

'Waar waren jullie?' vroeg Tania. Ze zag er ontspannen en uitgeslapen uit. Ze droeg een wijde kleurige kaftan; de geelgroene zijden sjaal die ze om haar haar had gebonden, benadrukte haar fijne gelaatstrekken en haar lange nek. Haar huid glansde. Ze was zo mooi.

'Irene's,' bracht Monique met moeite uit terwijl ze bij haar moeder op schoot kroop en zich oprolde om verder te gaan slapen.

'Je weet toch dat ik dol ben op Irene's; waarom heb je me niet wakker gemaakt?'

'Mocht niet van oom Charles.'

'Domme, domme oom Charles.' Tania drukte Monique dicht tegen zich aan en overdekte haar gezicht met kussen.

'Gedver,' deed Monique en ze sloeg haar handen voor haar ogen.

'Ondankbaar kind. We moeten zo naar vioolles. Pak je spullen maar alvast.' Monique gleed van haar schoot en sjokte de trap op. Tania boog zich weer over haar laptop.

Khalid stond op en begroette zijn oom met een omhelzing. 'Bedankt,' fluisterde hij.

Ik volgde Monique naar boven. Ik wilde me niet opdringen en bovendien moest ik mijn koffer pakken. Ik wilde nog wat slapen voor we vanavond vertrokken.

In mijn kamer sloot ik de gordijnen. Maakte stapeltjes van mijn kleren, bedacht dat ik niet alles mee hoefde te nemen naar de bergen, maar in ieder geval wel een warme trui en laarzen; misschien moest ik Tania vragen me een kleiner koffertje of een tas te lenen. Ik pakte de discman waarvoor ik nog altijd geen nieuwe batterijen had gekocht. Legde mijn cd's op een stapel naast mijn kleren. Nick Cave, Bob Dylan, Nina Simone. Opende het voorvak van de koffer en haalde er de 78-toerenplaat van Paul Robeson uit. Ik pakte mijn aantekeningenschrift dat nog vrijwel leeg was, mijn boeken over Robeson en Ondaatjes *Coming Through Slaughter*. Ik leunde achterover tegen het bed. De verwarming zoemde en het was behaaglijk warm in mijn kamer. Monique had muziek opgezet. Doffe bastonen drongen door de muur. Beneden hoorde ik Khalid en Charles met elkaar praten, af en toe de hoge scherpe stem van Tania erdoorheen, gelach. Zo zat ik een poosje te midden van mijn spullen. Ik had geen plan. Verder dan een paar dagen vooruit dacht ik niet. The Catskill Mountains, de naam alleen al was voldoende om ernaartoe te willen gaan. Ik pakte het boek van Ondaatje en bladerde erin, in sommige bladzijden had ik ezelsoren gevouwen, daarop stonden passages die ik mooi vond. *Here where I am anonymous and alone in a white room with no history and no parading. So I can make something unknown in the shape of this room.* Jaren had ik het boekje met me meegesleept, alsof ik heimelijk wachtte op het moment dat de woorden tot leven kwamen. *He came here and placed my past and future on this table like a road.* Ik kon me niet herinneren wanneer ik me voor het laatst zo leeg en ontspannen had gevoeld, gelukkig bijna. Alsof alles mogelijk was, ook al was dat *alles* niet meer dan een vormloos en vaag idee. Ik was zo verzonken in mijn gedachten dat het even duurde voor het geklop op de deur mijn bewustzijn binnendrong. Ik sprong op. Het werd zwart voor mijn ogen en moest ik me vasthouden aan het bureau.

'Wie is daar?'

'Ik ben het.' Tania.

Ik opende de deur. 'Wat is er?'

'Jullie gaan vandaag weg?' vroeg ze met een neutrale stem.

Ik knikte.

'Charles zegt dat je alleen terugkomt.'

'Misschien wel ja. Ik weet nog niet precies wat ik ga doen. Ik laat wat spullen hier, is dat goed?'

'Natuurlijk. Graag. Sorry... ik bedoel... Mo vindt je aardig.'

'Ik haar ook,' zei ik.

Tania gebaarde naar de badkamer. Ik hoorde de kraan van het ligbad stromen. 'Ik moet opschieten,' zei ze.

'Bedankt,' zei ik.

Ze draaide zich om, stak haar rechterhand op en wuifde naar me zonder om te kijken. 'Ik zie je later,' zei ze.

Ik sliep bijna de hele weg. Zodra Charles de motor startte en de wagen zacht begon te schommelen, de muziek klonk, voornamelijk zachte jazz of oude soulballades, verloor ik al snel de greep op mijn bewustzijn en dommelde ik in slaap. Tegen de ochtend wekte Charles me.

'We zijn er bijna.'

We reden op een kronkelige weg in een dal. De meeste bomen waren al kaal. De lucht was grijsblauw. Plukken dichte nevel hingen laag en stil boven de heuvels en tussen de bomen. De geur van natte aarde, vergane bladeren en schimmel drong door kieren van de ramen de auto binnen. De weg ging langzaam omhoog; ik voelde het aan de weerstand in de Chrysler. Ik had honger en mijn nek en schouders voelden stijf. We waren maar één keer in een cafetaria bij een benzinestation ergens in Ohio gestopt om te tanken en wat te eten. We reden over een smalle houten brug, diep onder ons glinsterde een riviertje tussen grote grijze rotsblokken. BEARSVILLE stond er op een bord langs de weg.

'Beren?' Ik schoot in de lach.

'Eric heeft vast wel een geweer in zijn schuur hangen,' zei Charles minzaam. 'Het huis ligt op een heuvel, zei hij, het staat helemaal apart van de rest van het dorp. Het is trouwens een gat, er wonen maar een paar honderd mensen, voor eten moeten we naar Kingston of Woodstock.'

'Woodstock,' zei ik hem na en ik dacht meteen aan Leni. Ze had me verteld dat ze te zien was in een film over het beroemde popfestival dat ooit in Woodstock was gehouden. Ik had haar niet meer gebeld om te zeggen dat ik wegging. Had ik haar nummer wel bij me?

Ik boog voorover voor een beter zicht. In het waterige ochtendlicht zag het landschap er desolaat en kaal uit.

'Daar moet het zijn.' Charles wees vooruit. Een smal zanderig laantje leidde naar een fletsgele bakstenen bungalow boven op een berg. De luiken voor de ramen waren dicht. Het gras en het onkruid rondom het huis waren wel een meter hoog, bedekten de onderkant van de voordeur. Op de veranda stonden een paar verroeste stoelen, eentje lag er op zijn kant. Ik keek naar Charles.

'Ik heb je gewaarschuwd,' zei hij.

'En wat bedoel je daarmee?'

'Kom op.' Hij parkeerde de auto en we stapten uit. Zijn gezicht zag er kreukelig en vaal uit van vermoeidheid. Hij haalde een sleutel onder de deurmat vandaan en opende de voordeur. Roestig hoog gepiep van scharnieren. Een paar muizen schoten voor onze voeten weg. Op de grond lag een stapel brieven en vergeelde kranten. Charles schopte ze aan de kant. 'Jezus,' mompelde hij. Het huis rook naar oud stof, vocht en nicotine. Ik drukte op het lichtknopje maar er gebeurde niets.

'Ik moet slapen,' zei Charles. We liepen door een kleine donkere woonkamer naar een smalle gang met allemaal deuren. Hij duwde er een open. Badkamer. Nog een. Een mengpaneel, geluidsboxen, een paar elektrische basgitaren, een conga. De volgende kamer was een slaapkamer met een groot en keurig opgemaakt tweepersoonsbed. 'Eric zei zoiets,' murmelde Charles. Hij liet zich languit op het bed vallen en sloot zijn ogen. Ik bleef in de hal staan, opende de deuren van de resterende kamers waarvan er een was ingericht als kinderkamer met een ledikantje en Sesamstraatbehang; op de andere kamer stond een twijfelaar met een opzichtig geel dekbed en bijpassende kussens. Ik hoorde Charles snurken en bedacht dat dit voorlopig mijn kamer zou zijn. Mijn spullen zaten nog in de auto, maar Charles had de autosleutels in zijn zak en ik wilde hem niet wakker maken. Ik zou proberen de luiken te openen zodat er licht en frisse lucht het huis in kon stromen. Op mijn tenen sloop ik naar buiten. Zonlicht glinsterde door de kale bomen achter het huis. Omdat het zo laat in het jaar was leek het licht gefilterd, fluweelachtig, alsof je de stralen kon vastpakken. Ik stapte het trapje van de veranda af, het hoge gras in. Voelde de dauw door het linnen van mijn gympen dringen. Nu pas zag ik het uitzicht. De enorme weidsheid van het landschap, een eindeloze zee van beboste heuvels die paarsblauw kleurden in het bleke ochtendlicht. Geen huizen. Geen wegen. Geen menselijke geluiden. Alleen gekwetter van vogels. Het ondefinieerbare donkere zoemen dat uit het bos opsteeg. Ik liep de veranda weer op en opende de luiken van het raam van de woonkamer. Ik wilde weer naar binnen gaan toen ik achter me een takje hoorde breken. Ik keek om, recht in de ogen van een hert. Het dier stond erbij alsof het uit de lucht was komen vallen, als een standbeeld. Met waterige lodderogen staarde het me aan. Zijn grijsbruine vacht gaf een dunne witte damp af, zijn gewei leek van ivoor. Ik had nog nooit zo'n groot en mooi hert van dichtbij in het wild gezien. Even overwoog ik Charles wakker te maken, maar bedacht meteen dat het dier dan allang weer verdwenen zou zijn. Zo rustig mogelijk ging ik het huis binnen. Hoewel het hert bevroren leek als op een schilderij, had ik het idee dat het al mijn bewegingen volgde en voelde ik me bespied. Alsof zijn aanwezigheid een soort commentaar op mij inhield.

Eenmaal binnen deed ik snel de deur achter me dicht en leunde tegen de muur. Ik ging naar de woonkamer. Er stond een grenen bank met versleten gele kussens en twee bijpassende stoelen. Op een glazen salontafel stond een asbak met uitgedrukte peuken en as en een witte beker met een restje koffie of thee waar een zilverachtig vliesje op dreef. De vloeren in het huis waren van hout. De muren lichtoranje gepleisterd. In de hoek van de kamer stond een oude piano. Er was een open haard. Het zag er huiselijk uit, met een beetje moeite zou het hier gezellig kunnen zijn. Nu pas zag ik de posters en foto's en schilderijen die overal hingen. Een groot, kleurig geschilderd portret van Charles Mingus met staande bas, verzonken in zijn muziek. Ernaast een oude zwart-witfoto van Mingus en Charlie Parker, samen spelend in een rokerige jazzclub. En een groepsportret van vier jonge mannen, 'zonen van…' stond er in potlood onder geschreven, en de namen van de geportretteerden. Eric Mingus in een strandstoel, naast hem de zoon van Miles Davis, en Ravi Coltrane, eveneens zoon van, en op zijn hurken, voor de anderen, lachte de zoon van Thelonius Monk naar de camera. Hoewel ik geen uitgesproken jazzkenner of liefhebber was, voelde ik opwinding. We waren afgesneden van de bewoonde wereld, nergens in dit huis had ik een telefoon of tv gezien en ik vroeg me af of mijn mobiele telefoon bereik zou hebben in dit afgelegen gebied. Het was twee uur rijden naar New York City, maar eerlijk gezegd kon ik me nauwelijks voorstellen daar ooit nog terecht te komen. Alsof dit huis een soort eindpunt was. Alsof de wanden geschiedenis ademden en ik er met terugwerkende kracht deel van zou kunnen uitmaken.

'Wat doe je?'

Ik keek om. Met een slaperige kop stond Charles in de deuropening, geeuwend.

'Niets. Kijken,' zei ik.

'Kom naar bed.'

'Wat?'

'Het is koud.'

'Ja.'

'Maar?'

'Maar...' zei ik, 'heb je die foto's gezien?'

'Natuurlijk.'

'Ze zijn prachtig.'

'Luister, Laura, ik heb geen tijd voor dit soort gedoe, begrijp je me?'

'Nee.'

'Ik zit in de shit en je helpt me niet door me te bespelen.'

'Ik bespeel je niet.'

'Kom dan gewoon naar bed.'

'En dan?'

'Slapen we nog wat. Ik zal heus niet... Jezus Laura, ik probeer het alleen maar gemakkelijker te maken.'

'Wat voor shit bedoel je?'

'In bed.' Hij draaide zich om en liep terug naar de slaapkamer. Ik volgde hem niet meteen. Ik luisterde naar de stilte, hoopte dat er een zacht geluid zou opstijgen van de foto's of de posters met aankondigingen van concerten. Maar er kwam niets. Er was alleen stilte, pure diepe stilte. Ik liep naar de grote slaapkamer. Charles sliep alweer; hij lag op zijn rug en ademde zwaar en gelijkmatig. Ik ging op de rand van het bed zitten. Keek naar zijn gezicht, de donkere paarsblauwe kringen rond zijn ogen, zijn huid, die bedekt leek met een laagje stof, zijn poriën, lippen die zo fijn gevormd waren dat ze getekend leken. Vagelijk rook ik zijn zweet, de warme geur van slaap. Ik kon de aandrang hem aan te raken nauwelijks onderdrukken. Er ging een diepe menselijkheid uit van zijn slapende lichaam. Misschien was dat het wat ik in Charles herkende, die bijna meedogenloze eerlijkheid die hij uitstraalde, die maakte dat ik in zijn buurt wilde zijn, hoe afstandelijk hij ook deed.

Hij draaide zich op zijn zij en trok zijn benen op. Een intens gevoel van alleen-zijn overviel me. Ik aarzelde of ik naast hem zou gaan liggen. Ik was klaarwakker. Mijn hoofd was zo licht en helder dat alles waar ik naar keek er scherp uitzag en bijna pijn deed aan mijn ogen. Alsof ik door een vergrootglas keek. Ik betrapte mezelf erop dat ik mijn adem inhield. Realiseerde me dat ik onbewust naar dit moment toe had geleefd, erop gewacht. Alsof ik op het punt stond een grens over te gaan, een onzichtbare grens, en wat er daarachter lag was compleet onduidelijk, ik zou net zo goed in een diepe afgrond kunnen vallen. Het had niet eens zoveel met wel of geen seks hebben te maken. Wat er binnen in me gebeurde was fundamenteler dan dat, maar ik had er nauwelijks woorden voor. Alsof ik mijn hele leven op een of andere manier in de gaten was gehouden door iets of iemand, een onzichtbaar oog, een alwetende verteller aan wie ik verantwoordelijkheid verschuldigd was voor mijn daden en denken. En nu pas, nu ik mezelf beroofd had van alle zekerheden die ik tot voor kort in mijn leven had, lukte het me te ontsnappen. Zelfs mijn geld raakte op. Er was geen ruimte voor angst.

'Zat er trouwens een boodschap voor me verstopt in dat boek van Ondaatje?' Charles rekte zich uit en streelde mijn arm. 'Ik sliep niet. Ik zag je door mijn oogharen heen. Waar dacht je aan?'

'Niets.'

'Leugenaar.'

'Kom hier, je hebt kippenvel.' Hij hield het dekbed omhoog en ik kroop naast hem.

'Moet je je voorstellen: ik lees een boek over Buddy Bolden, de eerst belangrijke zwarte Amerikaanse jazzheld, om te proberen een witte Europese vrouw te begrijpen. Is dat niet de wereld op zijn kop? Geef me dat boekje eens aan, wil je, het zit in mijn binnenzak.' Hij wees naar zijn leren jack dat over de stoel naast het bed hing. Ik pakte het boek eruit en gaf het hem.

'Luister ...*Breathing towards the final liquid of the body, the liquid snap, till we slow and slow and freeze in this corner. As if this is the last entrance of air into the room that was vacuum that is now empty of the other histories.* Ongelooflijk, net muziek, vind je niet? Maar jij blijft een raadsel voor me, Laura.'

'Ik heb niet gezegd dat je het moest kopen.'

'Weet ik.' Hij sloot zijn ogen, drukte zijn gezicht tegen mijn arm en begon zachtjes heen en weer te wiegen. Alsof hij zich wilde vastklampen. 'Mijn god,' fluisterde hij. Ik voelde zijn adem op mijn huid.

'Wat is er?'

'Ik heb je toch verteld over Aaron, mijn zoon? Het kan zijn dat ik alles verkloot heb. Mijn vrouw is in Californië bij haar zuster. Ze wil bedenktijd.'

'Waarom?'

'Aaron wilde geld, zoals gewoonlijk. Mijn god, Laura, zoals dat kind me aankijkt soms. Alsof ik een of ander onmens ben... ik bedoel... al mijn tekortkomingen en fouten zie ik terug in zijn ogen. En hij doet het erom. Hij weet dondersgoed hoe hij me moet pakken. Mijn vrouw ziet dat niet, of ze wil het niet zien.

Het is... het is net... ik bedoel... Aaron is een overlever, hij weet...'

'Wat?'

'Ik heb hem het ziekenhuis in geslagen,' zei Charles.

'Jezus.'

'Ik ben zijn vader.'

'En nu?'

'Alleen wat hechtingen bij zijn oog. Een paar gekneusde ribben. Hij is allang weer thuis, of bij een vriend, moet ik zeggen, ons huis is leeg. Maar daar gaat het allemaal niet om. Ik voel me een oplichter en...' Hij maakte zijn zin niet af.

'En je andere kinderen?'

'Die weten van niks. Tenminste, als mijn vrouw ze niet heeft ingelicht, maar dat denk ik niet. Zo is ze niet.'

'Wanneer komt ze terug?'

'Ze zou me bellen. Ik ben zijn vader godverdomme. Weet je wat ik voel wanneer ik zo tekeerga? Wil je dat weten?'

'Ja.'

'Alsof ik op de top van een hoge berg sta, los van alles ben, van mezelf. Als ik me uitrek kan ik de hemel aanraken met mijn vingers. Mijn lichaam staat in brand. De pijn die ik voel is een diep lelijk genot. Verdomme Laura, wat voor iemand ben ik?' Hij hees zich omhoog en leunde tegen de muur. Ik voelde zijn spanning en ongeduld, maar het was duidelijk dat hij geen antwoord verwachtte.

De warmte in bed was behaaglijk; nu pas werden mijn ledematen zwaar van de vermoeidheid van de autorit. Ik rekte me uit. 'Laten we slapen,' zei ik.

'Ga jij maar slapen. Ik blijf wel hier,' zei hij.

Ik sloot mijn ogen. Het zachte deinen van de auto zat nog in mijn lijf, alsof alles bewoog en ik op een luchtbed op water lag, een groot meer, de zee, het was warm en de zon brandde door mijn kleren heen, op mijn gezicht, het glinsterende water was als zilver, verblindend als je er langer naar keek. Ik opende mijn ogen.

'Er was een hert buiten,' zei ik. 'Daarnet, voor de deur. Hij stond erbij alsof hij nooit meer weg zou gaan. Alsof ik een indringer was, zo keek hij naar me.'

'Dat is wat jij ziet. Ze doen niks.'

'Het is zo stil hier.'

'Hmm.'

Ik draaide me op mijn zij. Het boekje van Ondaatje lag nog in bed. Ik keek naar het omslag. Het grijsgele portret van de jonge zwarte vrouw in een witte, diep uitgesneden zomerjurk. Haar breekbare tijdloze schoonheid. De foto paste perfect bij het boek. Alle fragmenten waren kort, rafelig, flarden mist boven de heuvels. Alsof de schrijver een eigen taal probeerde te vinden om over Bolden te schrijven, zijn obsessies, liefdes. Ik bladerde wat. Las: 'We had no order among ourselves. I wouldn't let myself control the world of my music because I had no power over anything else that went on around me, in or around my body.' Ik sloeg het boek weer dicht.

Charles zat met zijn armen over elkaar gevouwen rechtop in bed; alsof hij de wacht hield en ieder moment op kon springen als dat nodig was.

'Weet je,' zei hij. 'Ik moest eraan denken, met die aanslagen op het WTC en alles. Toen ik een jaar of achttien was heb ik wekenlang samen met een vriend – hij is nu een succesvol architect – plannen beraamd hoe we het Empire State Building op konden blazen zonder al te veel slachtoffers te maken. Moet je je voorstellen! Zo groot was onze haat tegen het regime en alles wat het vertegenwoordigde. Voor ons gevoel stonden we buiten het systeem. Het waren de late jaren zestig. Dr. King was net vermoord, de Kennedy's, Malcolm natuurlijk. Ik weet niet waarom ik dit vertel... Al dat geweld, de haat, het maakt ons zo verschrikkelijk kwetsbaar, Laura. Ik moet met Aaron praten, hem uitleggen, vertellen... Ik ken hem helemaal niet en hij...' Hij stopte.

'Het is niet te laat,' zei ik.

'Ik weet het niet.'

Het was schemerdonker in de slaapkamer. Door de lange autorit was mijn tijdsbesef behoorlijk in de war. Het kon net zo goed avond zijn, of nacht.

'Mijn vader was ook een radicaal,' zei ik, 'diep in zijn hart, maar hij was een angsthaas. Hij was zo bang dat hij niet eens de communistische krant thuis durfde te ontvangen. Hij liet 'm in een envelop sturen zodat niemand zag wat hij las.'

'Jij lijkt meer op je moeder,' zei Charles.

'Waarom zeg je dat?'

'Paul Robeson, de plaat, die had zij toch? Je hebt me nog steeds niet verteld wat voor vrouw je moeder is.'

'Mijn moeder? Ik weet eigenlijk helemaal niet wat ik over haar moet zeggen. Natuurlijk hou ik van haar. Maar ze vertelde ons bijna nooit wat over zichzelf. Ik weet dat ze toneelspeelde voor ze trouwde. En ze had een paar zussen maar daar had ze geen contact meer mee. Het leek wel alsof ze haar geschiedenis had uitgewist, zoiets. Ze bewaarde niets. Behalve die plaat dan... Ik weet het niet... misschien schaamde ze zich, ik bedoel, mijn vader was ziek, gek, hoe zeg je dat, en ik denk dat ze bij hem bleef omdat ze bang was dat hij zich wat aan zou doen, begrijp je?'

'Niet helemaal, maar dat maakt niet uit. Ik denk dat iedereen een verhaal nodig heeft, een geschiedenis, achtergrond, maar dat hoeft niet per se je eigen hoogstpersoonlijke geschiedenis te zijn.'

'Diep,' zei ik en duwde hem in zijn zij.

Hij keek me verbaasd aan. Toen ik niet reageerde, schoot hij in de lach en schudde zijn hoofd. Hij zakte onderuit, duwde het boek van Ondaatje aan de kant en kroop tegen me aan. 'Je gloeit helemaal,' zei hij.

'Ik hou van je, Charles.'

'Je weet niet wat je zegt. Je kent me niet.'

'O nee?'

'Dit is niet de echte wereld, begrijp je me? Het is natuurlijk wel de echte wereld, maar... Het is niet de bedoeling dat we hier zijn, samen.'

'Wie bepaalt dat?'

'Uiteindelijk wijzelf. Jij, ik. Maar we kunnen er weinig aan veranderen, ben ik bang.'

'Maar ik wil je niet kwijtraken.'

'Dat gebeurt ook niet.'

'Wat dan wel? Hoe gaat het verder?'

'Ssjt.' Hij legde zijn wijsvinger over mijn mond. Drukte een kus op mijn voorhoofd. 'Niet zo ongeduldig,' fluisterde hij.

'En wat als ik…'

'Niet meer praten.'

VERANTWOORDING

Als Casablanca is een roman waarin fictie en werkelijkheid met elkaar zijn verweven. Zonder de openhartigheid en het vertrouwen van Leni Sinclair, Khalid El-Hakim, Tania McGee, Hannelore Arndt en John Sinclair had ik dit boek niet kunnen schrijven. Toch zijn zij al schrijvend getransformeerd tot echte romanfiguren, met een eigen wil en een eigen stem. Dat ik hun echte namen in het boek gebruik, is een welbewuste keuze die ik in overleg met hen heb gemaakt. Ik heb namelijk wel veel van de informatie en verhalen over hun leven die ze mij in de loop der tijd toevertrouwden, gebruikt in de roman. Het zou vreemd zijn die persoonlijke achtergronden toe te schrijven aan andere, niet-bestaande personages.

Christine Otten, november 2007

DANKWOORD

Mijn dank gaat in de allereerste plaats uit naar Leni Sinclair, Tania McGee, Monique McGee, Khalid El-Hakim, John Sinclair, Sunny Sinclair, Beyoncé en Celia Sinclair voor hun gastvrijheid en vertrouwen. En voor de talloze autoritten door Detroit en omgeving.

Janet Milben, Elaine McKinney, Tyree Guyton, Cary Loren bedank ik voor de tijd die ze met me doorbrachten en voor hun verhalen. Ben Schot die zo hartelijk was me voor te stellen aan zijn vrienden in Detroit. Sharon en Melvin Peters en Sandra St.Clair voor hun hulp en opvang in Michigan, wanneer dat nodig was. Speciale dank ben ik verschuldigd aan Erhard en Heike Arndt, Uta Arndt en Hildegard Arndt in Duitsland, die me ontvingen als een oude bekende.

Ik bedank mijn uitgever Emile Brugman voor zijn warme steun en zijn altijd trefzekere, heldere kritiek. Redacteur Denise Larsen, die me op mijn zwakste momenten altijd weet op te beuren. En de andere mensen bij Uitgeverij Atlas, Ellen Schalker, Marjet Knake, Marjolein van Doorn, Melanie Elst, Anita Roeland, Hans Enters, Marijke Nagtegaal, Tamara Doornik, Rianne Blaakmeer en Jessica Nash voor hun tomeloze inzet.

Diet Verschoor bedank ik voor haar vriendschap en scherpe blik.

En natuurlijk ben ik dank verschuldigd aan Hans Krikke en mijn kinderen Daniel en Tina voor hun liefdevolle geduld.